惡魔

악마

신동휘 新武俠 판타지 소설
FANTASTIC ORIENTAL HEROES

악마 3

신동휘 新무협 판타지 소설

초판 1쇄 찍은 날 § 2008년 7월 2일
초판 1쇄 펴낸 날 § 2008년 7월 7일

지은이 § 신동휘
펴낸이 § 서경석

편집장 § 문혜영
편집책임 § 정서진
편집 § 유경화 · 최하나

펴낸곳 § 도서출판 청어람
등록번호 § 제1081-1-89호
등록일자 § 1999. 5. 31
어람번호 § 제2-1523호

주소 § 경기도 부천시 원미구 심곡1동 350-1 남성B/D 3F (우) 420-011
전화 § 032-656-4452 팩스 § 032-656-4453
http://www.chungeoram.com
E-mail § eoram99@chollian.net

ⓒ 신동휘, 2008

ISBN 978-89-251-1376-0 04810
ISBN 978-89-251-1323-4 (세트)

청어람
도서출판

신동휘 新무협판타지소설
FANTASTIC ORIENTAL HEROES

죽음[死]을 죽음[死]으로 받아들이지 못하는 방황하는 망혼(亡魂)들아,
네 존재 의미에 있어 가장 귀한 것들을 맞이할 준비를 해라!
세상[世]으로부터 격리된 지독한 원념(怨念)들과
세상[世]으로부터 낙오된 늙어버린 한탄(恨嘆)들을!

나는 아직 살아 있다. 아직 나는 살아 있는 것이다.

네 속에 자리한 그 작은 티끌까지도
너는 나를 위해 바치거라!

悪魔

악마

회상(回想)

③

目次

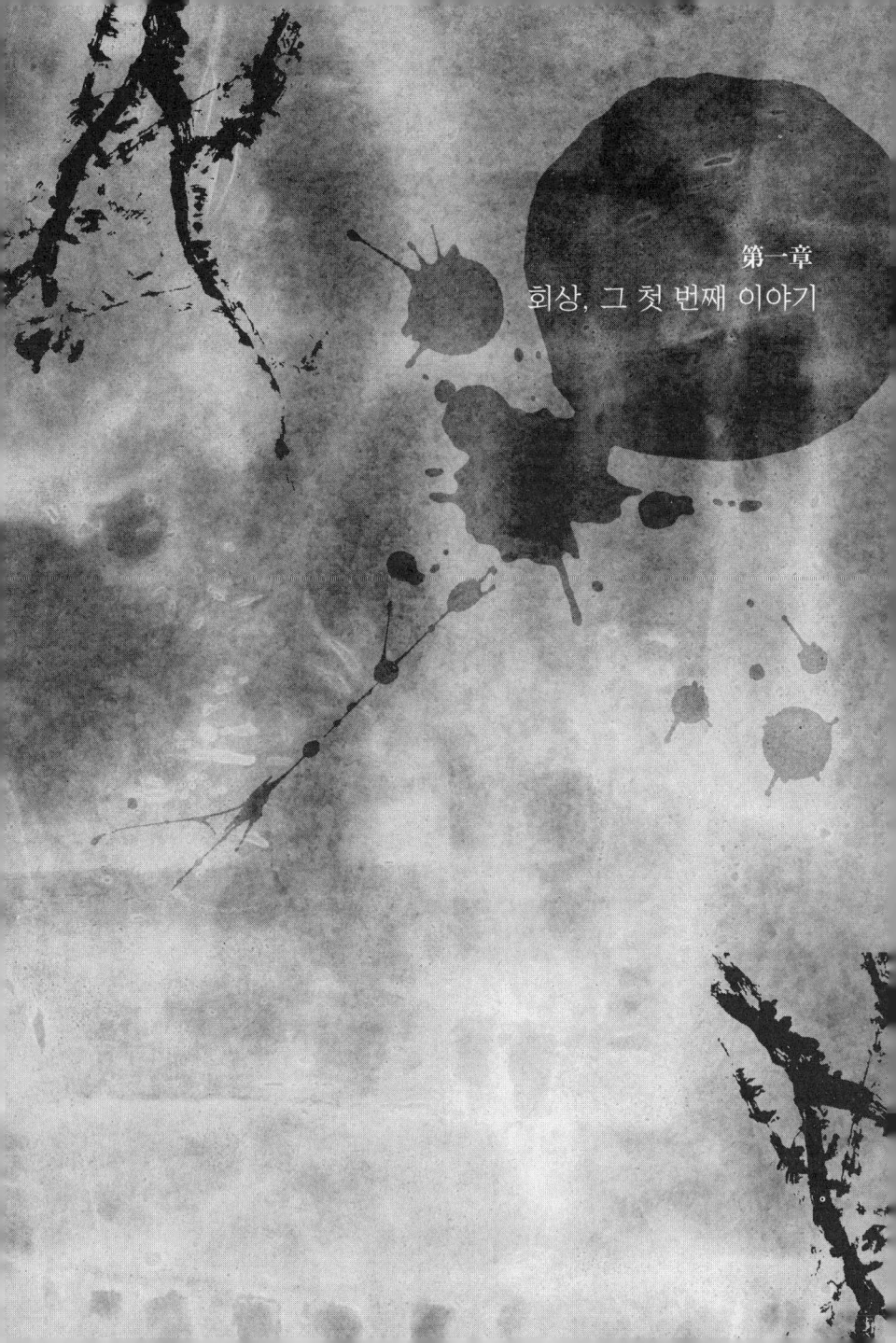

第一章

회상, 그 첫 번째 이야기

악마

가아아아아.

어둠이 내려앉고 있었다. 너울거리며 주변을 장악해 가는 그것은 분명 무거웠다. 모든 것이, 주위에 있는 모든 것들이 무거워 보였다. 바닥에 들러붙은 채로 미동조차 하지 않고 있는 듯했다.

그토록 단단하게 가라앉은 공기 사이에서 아스라이 들려오는 풀잎 소리, 바람이 스쳐 지나가는 그 소리마저 긴장감을 놓지 않고 있었다.

일행들은 자꾸만 숨이 막혀왔다. 아무것도 없는 허공에서 무언가 아른거리는 것이 보였다.

자박!

그때 들려온 작은 발자국 소리에 모용혜가 흠칫 놀랐다. 여전히 같은 보폭으로 걷고 있는 장천휘가 보였다. 그가 아득하게만 보였다. 분명 그리 멀지 않은 거리에 있는 그였지만 까마득하게 보이는 것이다. 어째서일까?

문득 냉정해 보이는 그의 얼굴이 눈에 들어왔다. 조금은 야윈 뺨과 굳게 닫힌 입술이 딱딱하고 메마르게 느껴졌다. 마른 장작을 보면 저런 느낌이 나는 걸까? 까닭 모르게 가슴이 아려온다.

"망각이란 언제나 일방적인 것이지. 당연한 거야, 그건."

장천휘가 중얼거리듯 내뱉었다. 그의 입가를 살짝 스치고 지나간 웃음은 어둠 속에서 힘을 잃어가는 촛불처럼 희미했다. 한순간 일행은 소름이 스륵 끼쳤다.

그 웃음을 보고 있으니 그가 텅 비어버렸다는 느낌이 들었다. 어떤 이름 모를 영혼이 그의 몸을 장악하고는 움직이고 있는 게 아닌가 하는 착각이 들었다. 장천휘라는 껍데기만 남은 채, 그의 영혼이 사라져 버린 기분이었다. 알 수 없는 상실감이 찾아왔다.

무언가가 꿈틀거렸다. 여전히 자신들의 몸을 옥죄고 있는 검은 그림자가 그 형체를 서서히 변화시키고 있는 것이었다. 무엇일까? 작은 물방울 같기도 하고, 예리한 칼날 같기도 한 그것은 작게 몸을 떨며 장천휘의 주위를 맴돌기 시작했다.

스으으으.

두터워지기 시작한 어둠이 소용돌이치며 움직였다. 그의 주변에서 피어오르듯 만들어지는 그것은 바닥에 착 달라붙어 있던 공기들을 깨우고 있었다. 일행들은 자신들의 몸이 가벼워지는 느낌을 받았다. 그것은 단순한 기분이었을지도 모른다. 하지만 서서히 현실이 되어가고 있었다.

"……!"

말도 안 되는 일이었다. 모든 것들이, 장천휘를 제외한 모든 것들이… 떠오르고 있었다.

어디선가 축축한 바나 비린내가 풍겨왔다.

정말 한순간의 일이었다. 자신들의 몸이 맥없이 허공에 떠오르고 있는 이 비현실적인 모습에 일행의 가슴에 짙은 불신이 피어올랐다. 그들의 시선이 모인 곳, 장천휘가 손을 슬쩍 들었다.

스르르르르.

그의 주위를 맴돌던 암흑의 기류가 그의 손 위로 모여들고 있었다. 짙어진다. 세상이 너무 짙어지고 있었다.

어디선가 영혼이 울고 있는 것 같아 모용혜가 오싹한 심정을 누르며 장천휘를 바라보았다.

'내 모든 감정을 웃음 뒤에 감추리라.'

장천휘의 손 위로 모이던 암흑이 점점 하나의 형상을 만들어내고 있었다. 조금씩 그 형상이 구체화되어 가고 있었다.

그리고 그와 동시에 사방에서 메아리처럼 몰아치는 절규와 신음 소리. 그 고통스러운 소리에 일행들의 얼굴이 비슷하게 변했다.

'이건 말도 안 돼.'

모용혜는 순간 섬뜩한 생각이 들었다. 스스로가 인지하지 못하는 순간에 자신이 죽었던가? 그것이 아니라면 지금 자신의 눈앞에서 벌어지는 일들을 어찌 설명한단 말인가.

죽음을 죽음으로 받아들이지 못했던 자들이란 이런 의미였던가? 이미 죽어서 혼으로 돌아간 자들이었다. 마땅히 다른 세계로 돌아갔어야 할 영혼들이 이 세상에 남아 떠돌고 있는 것이었다.

스르르르르.

장천휘의 주위에 보이지 않는 다리로 둥실 떠다니는 망혼들. 파르스름한 눈과 흐물흐물한 두 팔. 일행들의 가슴을 뒤흔들던 지금까지의 공포와 두려움이 그 실체를 드러낸 것이다!

"너희들의 안식은 아직 멀었다. 그러니 움직여라. 나를 위해 모든 것들을 바치거라!"

아아아아아아.

아무 소리도 들리지 않았다. 장천휘의 주위를 떠다니던 망혼들이 입을 열고 기괴한 소리를 질렀지만 아무것도 들리지 않았다. 하지만,

"아악!"

모용혜를 비롯한 나머지 사람들이 허공에 뜬 상태에서 귀를 막으며 신음을 내뱉었다.

분명 아무것도 들리지 않았는데?

그것은 인간의 귀가 듣지 못할 정도의 날카로운 소리였다. 귀의 고막이 찢어질 것만 같았다. 귀를 막아도 그 소리를 막지는 못했다. 부들부들 떨리는 몸이 아주 잠시 동안 잊고 있었던 지독한 공포를 다시 마주했다.

아, 아아아아.

망혼들이 장천휘의 손짓에 이리저리 움직였다. 그 입에서는 여전히 기괴한 소리를 내면서도 온순한 동물처럼 장천휘의 의지에 따라 움직였다.

"끄, 끄으윽. 그으으으."

일곱 괴인의 목에서 알아듣기 힘든 소리가 새어 나오기 시작했다. 귀에서도, 그리고 코, 입, 심지어는 눈에서조차 피가 줄줄 새어 나오고 있었다.

자신들을 붙잡고 있는 미지의 힘에 대항하기 위해 손발을 휘저으며 반항하고 있었지만, 그들의 몸이 땅에 내려오는 일은 일어나지 않았다.

퍽, 하며 무언가 터지는 소리가 났다. 가장 우측에 있던 괴인의 몸이 천천히 땅으로 떨어졌다. 이미 바닥은 그들의 피로 인해 흥건히 젖어 있었다.

그들도 인간이라는, 아니, 그들의 신체는 어디까지나 인간의 그것임이 분명한 증거였다.

파바바밧!

장천휘가 갑자기 바닥을 박차며 앞으로 뛰어갔다. 자신의 몸에, 자신의 육체에 들어온 '그것'이 막대한 힘을 전해주고 있었다. 가만히 있으면 한낱 인간의 육체는 금방이라도 터져 버릴 정도의 거대한 기운이었다.

콰앙!

지금까지 장천휘가 보여준 움직임이나 내공들은 아무것도 아니었다는 듯, 인간의 힘 따위는 자신과 비교할 수도 없다는 듯!

장천휘가 손을 앞으로 내밀었다. 다섯 손가락이 한 괴인의 머리를 잡았다.

퍽!

괴인의 머리가 물이 든 가죽처럼 힘없이 터져 버렸다. 그러자 희멀건 뇌수와 피가 주변으로 뿜어졌다.

장천휘는 분명 그것들을 피할 수 있었으면서도 그러지 않았다. 자신의 뺨에, 자신의 손에, 그리고 옷에 묻은 피를 바라보며 오히려 즐겁다는 듯 웃고 있었다.

"읍!"

더 이상 망혼들의 찢어지는 울부짖음 소리가 들리지 않자, 무심결에 고개를 든 모용혜의 눈에 장천휘의 모습이 들어왔다. 목에서 신물이 올라왔다.

퍽!

이번에는 심장이었다. 바로 옆에 떠 있던 괴인의 가슴에 한 손으로 찔러 넣은 장천휘가 아직도 움찔거리는 심장을 꺼냈다. 그리고는 손에 힘을 주어 터뜨려 버렸다.

"하, 하하하하하하!"

갑자기 장천휘가 앙천대소했다.

콰가가강!

그렇게 웃던 장천휘가 나머지 괴인들이 있는 곳으로 손을 휘둘렀다. 괴인을 향해 뿌려지는 암흑의 손길. 그대로 괴인들의 몸이 두 동강이 나버렸다.

"……."

그리고 그것을 마지막으로 일행들은 정신을 잃었다.

*   *   *

'이제는 홀로 살아가야 한다.'

누가 내게 그 말을 했었는지는 기억나지 않는다. 하나 그 말을 들은 이후, 정말로 난 이 세상에서 혼자가 되었다. 그때까지만 해도 누군가를 좋아한 적도, 정을 받아본 적도 없었다. 그렇기에 외롭다거나 그립다는 감정이 생기지는 않았다.

하지만 문제는 살아남는 방법을 전혀 몰랐다는 것에 있었다. 누구도 날 도와주지 않았으며, 누구에게 도움을 청하는 방법도 몰랐다. 스스로 배우고 살아가야 했지만 세상은 그리 녹록지가 않았다.

'몸은 지쳤어도 마음이 지치지 않았다면 움직여라. 마음이 몸을 다스리지 못하고 몸의 요구만 듣는다면 넌 결국 굶어 죽게 될 것이다.'

굶주림에 지쳐 모든 것들을 포기한 순간이었다. 어느새 내 앞에 다가온 노인이 주먹밥을 내밀며 말했다. 그는 나에게 동정도 연민도 아닌, 무감정한 시선을 보내고 있었다.

나는 힘겹게 일어나 그 주먹밥을 먹었다. 자꾸만 목이 메고 헛구역질이 나왔지만 결국 그 주먹밥을 다 먹었다. 그 모습을 본 노인이 고개를 끄덕였다. 돌아서는 그의 뒷모습을 바라보며 나는 결심했다.

강해지기로 했고 단단해지기로 했다. 절대 울지 않으리라 다짐했다. 그래서 쉬지 않고 움직였다. 시간이 넉넉해도 뛰어다녔으며 돈을 주지 않아도 일을 했다. 그 무엇에도 의문을 갖지 않고 그저 열심히 살았다.

그래서였을까? 언제부터인가 사람들은 어린아이가 참 부지런하다며 칭찬했다. 그러면서 먹을 것을 주었고, 일손이 부족할 땐 나를 불렀다.

나는 그렇게 살아남았다. 혼자서 살아남는 방법을 하나 배운 것이다.

나는 이름이 없었다. 그게 당연하다고 생각하며 살았다. 마을 사람들도 나에게 이름을 물어보진 않았다. 그저 '부지런한 아이'라고만 불렀을 뿐이었다. 한데 처음으로 내 '이름'을 물어본 사람이 있었다.

"이름이 무엇이냐?"

나는 대답하지 않았다. 아니, 대답할 수가 없었다. 이름이 없기에 당연한 것이었다. 잠자코 그를 쳐다보았다. 고급스러워 보이는 옷을 입은 중년 사내가 다시금 말했다.

"이름이 없느냐?"

나는 고개를 끄덕였다. 그러자 그는 불쌍하다는 눈빛을 지었다. 기분이 나빠졌다.

'이름이 없는 게 어째서 불쌍한 거지?'

하지만 나는 아무런 말도 하지 못했다. 동네 아저씨들이 모여 나누는 대화를 가끔 듣곤 하는데, 강호인들은 항상 무기를 가지고 다니며 자신의 마음에 들지 않는 사람은 그 자리에서 죽여 버린다고 했었다. 아까부터 동네 사람들이 슬그머니 이 사내를 피한다. 그의 허리에 매인 검을 보니 조금 무서워졌다.

"사람들에게 들어보니 굉장히 부지런하다고 하더구나. 나를 따라가면 배고프지 않게 먹을 수 있고, 춥지 않은 곳에서 잘 수 있다. 나를 따라가겠느냐?"

겨울이 가까워진 어느 날이었다. 매일 추위에 떨며 잠을 자던 기억이 났다. 나는 고민할 필요도 없이 따라가겠다고 말했다. 강호인에 대한 미지의 두려움보다 죽음의 공포가 더 컸기 때문이다.

그리고 내 인생은 그날부터 바뀌기 시작했다.

"잠시 네 몸을 살펴보고 싶구나."

그는 그렇게 말을 하고는 내 몸 이곳저곳을 만졌다. 기분이 이상했다. 뜨거운 건지, 차가운 건지 판단할 수 없는 기운이 내 몸속을 휘젓고 다녔다. 한참이 지나고 내 몸에서 손을 뗀 그가 조금은 복잡한 표정으로 말했다.

"원래는 우리 세가의 시종으로 쓰려고 했다. 한데 보기보 다 근골이 좋구나. 아니, 굉장히 좋다."

그는 내가 이해할 수 없는 이야기를 했다.

"무슨 말인지 모르겠다는 표정이구나. 쉽게 설명을 해주 마. 너는 이제 두 가지 중에 하나를 선택할 수 있다."

선택? 처음 듣는 말은 아니었다. 하지만 나에게는 낯선 말 이었다. 이제껏 살아오면서 선택이라는 것을 해본 적이 없었 기 때문이다. 너무 어색해 믿을 수 없는 심정으로 그를 바라 보았다.

"하나는 아까 말한 것처럼 시종이 되는 것이다. 넌 매일 누 군가의 손발이 되어서 그 사람의 심부름을 하는 것이다. 무엇 인지 대충 알겠느냐?"

나는 고개를 끄덕였다. 많은 걸 듣고 배우지는 못했지만 시종이 무엇인지는 알고 있었다.

"다른 한 가지는 바로 무인이 되는 것이지. 강호인이라는 말을 들어보았느냐? 매일같이 자신의 몸을 단련하는 사람들이다. 네가 상상하는 그 무엇보다 힘들지만, 너의 무공이 높아지면 높아질수록 사람들의 대우가 달라질 것이다."

그는 내가 이해할 수 있도록 최대한 쉽게 설명하려는 것 같았다. 잠시 생각을 한 후에 그에게 말했다.

"그럼 강해질수록 좋은 옷과 좋은 음식을 먹을 수 있는 건가요?"

그기 크게 웃으며 고개를 끄덕였다.

"그렇지, 바로 그거란다."

그래서 나는 태어나서 처음, 선택이라는 것을 하게 되었다.

"강호인이 되겠어요."

나는 그에게 무공이라는 것을 배우기 시작했다. 평소에 그는 꽤 자상한 사람이었다. 하지만 무공을 배우는 시간이 되면 마치 다른 사람처럼 보였다.

"정신 차려라! 네가 배우는 것은 독과 암기다. 한순간의 실수로 평생 폐인이 될 수도 있고, 심하면 죽을 수도 있다는 것을 잊지 마라!"

그는 항상 집중과 긴장을 요구했다. 그래서 나는 내 능력 이상으로 집중하려고 노력했고, 긴장을 늦추지 않으려 애를 썼다. 그리 둔하지는 않았던 모양이다. 나는 빠르게—그가 말한 것으로 미루어보아—무공을 익혔다.

그 외에도 글을 배웠고, 세상에 대해서도 배웠다. 밤늦게까지 그는 웃으며 이런저런 이야기를 해주었다. 나는 그것을 절대로 잊지 않겠다는 심정으로 들었다. 왠지 그래야 한다는 생각이 들었기 때문이었다.

그러던 어느 날이었다.

"숙부님."

한 소녀가 그를 부르며 달려왔다. 백의를 입은 소녀였다. 아주 작은 먼지마저도 묻어 있지 않은 백의를 입은 소녀였다. 걸음을 옮길 때마다 나풀거리는 치맛자락, 그 속에 자리한 가느다란 발목은 새하얗게 빛나고 있었다.

눈부신 햇살이 소녀에게만 닿은 것 같았다. 반가움이 가득한 큰 눈동자는 내가 봤던 그 무엇보다도 맑았다. 태어나 지금까지 그렇게 예쁜 아이를 본 적이 없었다. 고결함마저 느껴지는 소녀를 바라보며 나는 이게 꿈인가 착각했다. 하지만 너무나 생생했다. 소녀가 사뿐거리며 뛰어올 때마다 내 가슴은 터질 듯 뛰어올랐다.

"주희가 아니냐."

그는 매우 정답게 소녀를 맞이했다.

"언제 오신 거예요?"

소녀는 그 말과 함께 다가왔다. 고귀함과 순결함. 그 모든

것들이 소녀에게 있었다. 손을 뻗어 만져 보고 싶었다. 하지
만 나는 끝내 그러지 못했다. 손에 닿는 순간 신기루처럼 사
라질 것 같은 두려움. 그 두려움으로 인해 나는 용기조차 일
지 않은 것이다.

나는 고개를 숙이고 가만히 있었다. 얼마나 그러고 있었을
까? 그가 나를 부르는 목소리가 들렸다.

"인사하거라."

별거 아닌 말이었지만 나는 화들짝 놀랐다. 하지만 그 모습
을 숨기고 빳빳한 고개를 움직였다. 소녀는 나를 쳐다보고 있
었다. 나노 소녀를 쳐나보았다. 그러자 소녀의 얼굴에서 작온
미소가 피어올랐다. 어디선가 불어오는 바람이 느껴졌다. 그
바람 속에 스며든 미약한 향기에 숨이 콱 막혀 버렸다.

"안녕하세요. 당주희라고 해요."

소녀의 미소는 눈부셨다. 순간적으로 머릿속이 텅 비어버
렸다. 잠시 동안 생각했던 말들이 떠오르지 않았다. 무슨 말이
라도 해야 했지만, 끝끝내 입을 열지 못했다. 소녀의 입에 녹
아 있는 미소, 그것에 내 정신을 모조리 빼앗겼기 때문이었다.

그리고 그날 밤, 그가 나에게 말했다.

"나는 지금껏 결혼을 하지 못했단다. 그리고 그 누구에게
도 무공을 가르치지 않았었지."

그는 나에게 처음으로 술 취한 모습을 보여주었다. 그런 그
를 가만히 바라보고 있으니, 마치 커다란 파도가 휩쓸고 지나

간 무인도가 떠올랐다. 그 무인도에 홀로 남은 나무와 닮았다는 생각이 들었다. 기분이 묘해졌다. 그는 쉬지 않고 자신이 살아온 이야기를 해주었다.

자신이 겪은 슬픔과 기쁨, 나이를 먹고 어쩔 수 없이 세상과 타협을 했던 과거, 그리고 그것에 대한 후회. 나는 잠자코 그가 하는 말을 듣기만 했다. 그의 외로움이 느껴졌다. 그의 고독함이 나를 우울하게 만들었다.

그는 결코 강하지 못한 사람이었다. 하지만 강해야만 했던 사람이었다. 세상이라는 우물 속에 갇혀, 오르지 못할 하늘을 바라보며 뛰는 시능만을 했던 것이다. 그가 술에 취해 잠이 들었다. 이상하게 가슴이 아려왔다.

그가 잠들고 한참의 시간이 지나도 나는 잠을 이루지 못했다. 완벽하게 변했다. 모든 것이 변한 것이다. 단지 얼마의 시간이 지났을 뿐인데 나의 세상은 너무나도 변했다. 나는 아버지가 생겼고, 그는 아들이 생겼다.

그리고 이 세상에 당태중이라는 사람도 생겼다.

그날 이후로 나는 당태중이라고 불렸다. 아버지는 나에게 위대한 당가의 후손임을 잊지 말라고 당부하셨다. 그래서 항상 그 말을 상기한 채 살았다. 위대한 당가의 후손 당태중. 그는 어느 날 갑자기 생긴 사람이었다. 그리고 그 사람은 바로 나였다.

언제나처럼 세월은 하염없이 흘러갔다. 그 흘러간 세월로 인해 나는 소년에서 청년이 되었고, 무공도 제법 높아졌다. 그리고 그 소녀는 아름다운 여인으로 변했다.

"오라버니."

그녀는 나를 자주 찾아왔다. 아버지는 친동생처럼 잘해주라고 했다. 하지만 그게 쉽지만은 않았다. 그녀와 함께 있으면 이상하게 가슴 한편이 지독히도 아프다. 나는 그것이 무엇인지 몰랐다. 하지만 나이를 먹고 많은 이야기를 듣고 난 이후 나는 알게 되었다.

사랑이었다. 나는 그녀를 사랑하고 있는 것이다.

"또 무공을 수련하고 계셨나요?"

그녀의 얼굴에는 미소가 가득하다. 나와 함께 있는 것이 즐거운 모양이다. 하지만 나는 전혀 그렇지 못했다. 그녀와 함께 있는 나는 어디까지나 오라버니일 뿐이니까. 오라버니로서의 나는 전혀 기쁘지가 않다.

"우리 놀러 가요, 오라버니."

그녀의 입에서 나오는 오라버니라는 소리. 이상하게 그 소리를 들으면 가슴이 아려온다. 그녀는 알까? 오직 추위와 배고픔을 잊기 위해 발버둥 치던 사람이 기적적으로 얻은 새로운 삶. 그 안락함을 버리더라도 얻고 싶은 사람이 자신이라는 것을.

"숙부님, 오늘 오라버니랑 놀러 가고 싶어요. 안 될까요?"

그녀가 하는 부탁은 그 누구도 거절하지 못했다. 박력이 있는 것은 아니다. 하지만 그녀의 부탁은 거절할 수 없게 만드는 묘한 무언가가 있었다.

"하루 정도 노는 것도 괜찮겠지. 태중아, 주희랑 바람이라도 쐬고 오려무나."

아버지는 흔쾌히 허락했다. 하루 정도라고 말씀하셨지만 사실은 그렇지가 못했다. 어제도 그랬고, 삼 일 전에도 그랬다. 하지만 아버지는 항상 웃으며 허락을 하셨다.

'다른 사람과 사귀는 방법도 알아야 하지 않겠느냐.'

언젠가 아버지께서 내게 해주신 말씀이었다. 나는 쐬고 오겠다고 그녀에게 말했다. 아버지였다. 그 누구도 아닌, 나의 아버지였다. 아버지께서 하시는 말씀은 들어야만 한다. 아버지 곁에 있는 사람은 이제 나 하나뿐이다. 그리고 아무것도 없던 내게 다가온 사람은 아버지 한 분밖에 없었다.

사랑이 무언지 아직은 잘 모르겠다. 그녀에게 향한 마음. 하지만 이루어질 수는 없다. 표현할 수도 없고, 누구에게 말할 수도 없다. 하지만 아버지에 대한 마음만큼은 확실하게 표현할 수 있다.

'사랑합니다, 아버지.'

그 한마디.

아직은 못했다. 하지만 언젠가는 꼭 하리라 항상 다짐한다.

"와아! 너무 예뻐요."

그녀는 이름 모를 들꽃을 보며 감탄을 했다. 그 소리에 나는 겨우 정신을 차렸다. 잠시 멍한 표정을 짓고 있던 나를 물끄러미 쳐다본 그녀가 해맑게 웃는다. 그 모습에 가슴이 아파온다.

"무슨 생각을 그렇게 하고 계셨던 건가요?"

그녀가 장난스러운 미소와 함께 나의 곁으로 다가온다. 나는 최대한 무표정하게 보이려고 애썼다. 하지만 가슴은 터질 듯이 뛰어올랐다.

"아무것도 아니야."

간신히 그 한마디를 입에 담는다. 지독한 외로움을, 아니, 갈망과도 비슷한 그것을 산식한 재, 숨이 콱 막히는 넓은 사막 한가운데 놓인 기분이었다. 점점 메말라 가는 나를 발견할 수 있었다.

"무언가 그리운 것이 있으신 건가요?"

그녀가 조금 걱정스런 말투로 물었다.

'그런 건 없어.'

하지만 나는 대답하지 못했다. 자꾸만 숨이 막혀오는 바람에 기절할 것만 같다.

"에잇."

그녀가 갑작스럽게 내 양 볼을 쥐어 잡고는 양쪽으로 길게 잡아당겼다. 내 표정이 우스꽝스러웠던지 그녀가 꺄르르, 웃음을 터뜨렸다. 그 모습에 나는 아무런 말도 할 수가 없었다. 안타까웠다.

"오라버니는 너무 재미가 없어요. 좀 웃으면 좋을 텐데."

그녀가 볼을 부풀리며 투정하듯 말한다. 그녀의 한마디 한마디, 사랑스러운 행동 하나하나, 이 모든 것들을 내 가슴속에 모아두고 싶었다. 절대 빠져나올 수 없는 거대한 철창 안에 그 모든 것들을 담아두고 싶었다. 영원이라는 시간 동안 그녀를 바라보며 그녀와 함께 있고 싶다.

하지만 이런 내 마음을 표현할 수 없었다. 거기에는 용기가 필요했지만, 나에게는 용기만으로 부족한 일이었다. 아니, 어쩌면 용기만 있다면 가능할지도 모른다. 하지만 나는 그 용기마저도 일지 않는 것이다. 보이지 않게 한숨을 쉬고는 억지로 웃음을 지었다.

"그래요, 그렇게 웃으시라고요."

그녀는 내 표정이 마음에 들었는지 활짝 웃었다.

"어서요."

내 손을 잡고 뛴다. 나는 어색한 미소를 지우지 않은 채, 그녀를 따라간다. 눈이 시릴 듯한 햇살은 여전히 우리를 감싸고 있었다. 하지만 지독히 가슴이 아프다.

한참을 뛰던 그녀는 지쳤는지 풀 위에 살포시 앉았다. 나는 아무 말 없이 조용히 그녀의 뒤에 섰다. 겨울은 지나갔다. 그리고 어느새 봄이 다가온 것이다. 봄의 향기는 살아 있음을 느끼게 한다. 주위의 것들이 살아 있음을 느끼고, 나도 살아 있음을 깨닫게 되는 것이다.

긴장감이 일순간 풀리는 포근함. 그 흐름에 몸을 맡긴 채 그녀를 쳐다보았다. 잔잔한 미소를 짓고 있는 그녀는 하늘을 바라보고 있었다. 한참 동안이나 그러고 있던 그녀의 뒷모습은 매우 작게 느껴졌다. 연약하게, 약간의 힘만 주어도 금세 바스러지는 낙엽처럼 연약하게 보였다.

나는 손을 들었다. 그리고 그녀의 어깨로 가져갔다. 감싸주고 싶었다. 안아주고 싶었다. 그녀의 손이 되고 발이 되어 이 세상을 살아가고 싶었다.

하지만 현실에서의 나는 그녀의 어깨에 손을 얹는 것조차 할 수 없는 사람이었다. 그 용기 없음에 비참한 마음이 들었다.

"……."

소녀의 몸이 살짝 흔들렸다. 마치 울고 있는 것처럼 보였다. 아니, 분명 그녀는 지금 울고 있으리라. 내 가슴속에서 분노라는 감정이 끓어올랐다.

도대체 넌 뭐 하는 놈이지? 그녀를 위해 아무것도 해줄 수 없는 인간. 그 현실에 나는 분노하는 것 이외에는 아무것도 할 수 없었다. 그녀는 이윽고 작은 소리로 울기 시작했다. 가슴이 무너져 내리는 기분이 들었다. 그녀가 우는 모습은 나에게 온 세상이 우는 것처럼 느껴졌다. 하늘도 울고, 땅도 울었다.

"……."

나는 주먹을 꽈악 쥐었다. 하지만 그것은 힘없고 연약한 소

년의 작은 주먹이었다. 그 이상도, 그 이하도 아니었다. 나는
눈을 감았다.

*   *   *

시간이 지날수록 세상은 나에게 과거와의 단절을 원했다. 나
는 거부했다. 몸부림을 치며 거절했다.

하지만 언제나처럼 떠오르는 태양 빛은 내 가슴속에 자리한
안개를 조금씩 녹여내고 있었다. 그리고 온몸이 얼어버릴 듯한
시린 바람이 두 번 돌아왔을 때쯤, 내 머릿속 그녀의 얼굴까지
도 얼려 버렸다.

나는 절망했다. 더 이상 내 머릿속의 그녀는 웃지 않았다. 누
군가 내게 말했다. 가슴 아린 기억도 언젠가는 웃어넘길 수 있
을 때가 올 것이라고.

하지만 그녀에 대한 애달픈 기억이 점점 흐릿해져 갈수록, 그
것에 대한 회상은 내 가슴속의 절망과 슬픔만을 더더욱 깨울 뿐
이었다.

사천당문은 전 무림에서 손꼽히는 명문문파다. 친구도 많
고 원수도 많다. 하지만 그 누구도 그들 앞에서 쉽게 이빨을
들이대지는 않는다. 사천당문의 힘. 그것을 우습게볼 수 있는
사람은 없다. 적어도 제정신인 사람 중에서는 말이다.

그날도 그녀와 함께 시간을 보내고 있었다. 평소와 같은 날이었고, 평소와 같이 가슴 시린 하루였다. 하지만 나는 그날, 미친 마인(魔人)과 만나게 된다.

"크크크크."

그는 아무런 말도 하지 않았다. 시뻘겋게 충혈된 눈과 입가에 흐르는 침. 사람의 입에서 나오는 소리라고 믿기 힘든 음성. 순간적으로 그의 눈이 그녀에게 향했다.

싸늘한 전율이 온몸을 강타했다. 날카로운 가시가 내 머릿속에서 꿈틀거리는 아찔한 고통이었다. 가느다란 신음 소리가 입에서 새어 나왔다. 그의 몸에서 느껴지는 극강의 기운. 내 온몸이 땀에 절어 있을 때에야, 그가 우리에게 다가오고 있음을 깨달았다.

"오, 오라버니."

그녀가 겁에 잔뜩 질린 목소리로 나를 불렀다. 그 표정을 보는 순간 정신이 번쩍 들었다.

"도망가!"

나는 급하게 그녀의 앞을 막으며 외쳤다. 어서, 제발, 빨리 도망가라고! 가슴이 막혀 버릴 것만 같았다. 하늘에서 빛을 먹어치우는 어둠이 내려앉고 있었다. 풀벌레 우는 소리마저 소름 끼치게 느껴졌다.

"오라버니······."

그녀가 내 옷자락을 잡으며 눈물을 흘린다. 하지만 나는 그

것에 신경 쓸 정신조차 없었다. 움직일 생각을 하지 않는 그
녀에게 다시금 외쳤다.

"어서 가라고!"

나는 그녀의 앞에서 이렇게까지 소리를 지른 적이 없었다.
그만큼 나는 다급했고 당황했다.

"어서!"

간절할 정도로 외치는 내 모습을 보던 그녀가 아랫입술을
깨물었다.

"크크크크크."

괴인은 여전히 기괴한 소리를 내며 다가오고 있었다. 긴장
감에 몸을 지탱하기도 힘들었다. 그 괴인의 힘이 그녀에게
닿지 않도록 내 몸으로 그 기운을 받아들이는 것만으로도 쓰
러질 것 같았다. 결국 그녀의 눈에서 눈물이 한 방울 떨어졌
다. 하지만 그녀는 닦을 생각도 하지 않고 떨리는 음성으로
말했다.

"어, 어른들을 모셔 올게요."

그녀는 그 말과 함께 눈물 가득한 눈으로 날 바라보고는 몸
을 돌려 뛰어갔다. 그녀의 뒷모습을 보며 이유없는 씁쓸함이
입 안을 맴돌았다.

"크크크크크."

고개를 돌린 내 눈에 괴인이 들어왔다. 이를 악물었다. 몸
이 말을 듣지 않았다. 괴인의 몸에서 흘러나오는 기운을 받는

것만으로도 내 모든 내공이 사그라지는 것 같았다.

시간을 끌어야 했다. 그 한 가지 일념이 내 머릿속에서 강렬하게 빛을 냈다. 하지만 몸이 움직이지 않았다. 공포와 긴장이 섞인 무언가가 내 몸을 옭아매고 있었다.

덜덜덜, 내 몸이 조금씩 떨리기 시작했다. 그의 손이 올라오는 것이 보였다. 그 손이 나에게 뻗어오는 것이 보였다. 미칠 듯이 빠르지만 난 움직일 수가 없었다. 죽음의 손길이 나에게 미치고 있었다. 내 몸을 지배하려 한다. 안 돼, 절대로, 절대로 그럴 순 없다!

"으아아아아아!"

나는 고함을 질렀다.

공포여, 나를 지배하려 하지 마라. 나는 약하지 않다. 나는 위대한 당가의 후손, 내 아버지의 아들이란 말이다!

스아앗.

그의 손이 스치고 지나간 내 뺨에서 피가 튀었다. 마침내 겨우 몸을 움직일 수 있었다. 뒤로 물러나는 것과 동시에 나는 망설임없이 보법을 펼쳤다. 몇 년 동안 쉬지 않고 수련했고, 꿈에서도 연습했던 그 동작이다. 왼발이 뒤로, 오른발은 앞으로. 두 팔은 곧게 펴서 뒤로 향한다. 내 등이 활처럼 휘어졌다. 손에 잡힌 암기에서 서늘한 감촉이 느껴졌다. 두 손이 부르트도록 연습했었다. 너를 믿는다. 내 평생의 동반자여!

나의 손에서 떠나도 나의 의지에서 벗어나지 않는다.

이것이 당문의 자존심.

암기의 절대자의 힘이다!

나의 손에서 시작된 빛은

너의 심장을 죄여오리!

'창응충천(蒼鷹衝天)!'

여덟 개의 암기가 나의 손에서 뿜어져 나왔다. 수없이 연습했던 만큼 실수는 없었다. 완벽하게 펼친 초식이었다. 내 손에서 벗어난 암기들이 빛살처럼 그에게 날아들었다.

'제발.'

나는 간절한 염원을 담아 암기를 날렸다. 내가 선보일 수 있는 최고의 무공이었다. 그가 상처를 입어야 했다. 아주 작은, 미약한 상처라도 남겨야 한다. 그래야 그 후에 내가 도망을 가면 나를 따라올 것이다. 그녀를 따라가지 않을 것이다!

파바바바바박!

그의 전신에 내 암기가 꽂혔다. 성공한 것인가? 나는 조마조마한 마음으로 그를 유심히 살폈다.

'말도 안 돼!'

후두둑, 하며 떨어지는 암기들. 나는 경악했다. 그 어떤 암기도 그를 상처 입히지 못했다. 마치 단단한 돌에 부딪친 것마냥 튕기고 구부러졌다. 대체 얼마만큼의 무공 차이가 있는 거지? 나는 이를 악물었다.

"크크크크크."

그가 가소롭다는 표정을 짓는다. 가볍게 몸을 터는 모습에 무력함이 느껴졌다. 온몸에 소름이 돋고 떨려오기 시작했다. 잊었던 공포가 떠오르기 시작한 것이다. 그것은 자괴감과 함께 내 몸을 지배하려 하고 있었다. 나는 피가 배어날 정도로 이를 악물었다. 그래, 해보자고. 누가 이기나 해보잔 말이다!

나는 부러질지언정 휘어지지 않을 것이다!
죽을지언정 패배감에 무릎 꿇지는 않을 것이다!

온몸에 과한 힘이 들어갔다. 터질 듯이 부풀어 오르는 근육이 바르르 떨렸다. 나는 방어를 도외시한 채 그에게 달려갔다. 권각을 제대로 배우지는 못했다. 하지만 내가 할 수 있는 건.

'이것 하나뿐이란 말이다!'

내 모든 내공이 주먹으로 모여들었다.

<u>고오오오오오.</u>

나는 주먹을 내질렀다. 퍽, 하는 소리와 함께 그의 가슴에 꽂혔다. 뼈가 부러진 건가? 하지만 이상하게도 고통은 느껴지지 않았다.

"크크크크크."

그가 여전히 웃고 있었기 때문이다. 내 공격에 아무런 타격도 입지 않았음이 분명한 그의 모습. 비참한 웃음이 내 얼굴에 나타났다.

결국 이런 것이었나. 매일같이 수련에 수련을 거듭해 봐야 이런 미친놈 하나도 제압하지 못한단 말인가.

"하하… 하하하."

퍼어어어억!

그가 가볍게 뻗은 손바닥이 내 가슴에 닿았다. 나는 저항조차 하지 못한 채 멍하니 날아갔다. 죽는 것인가. 이대로 나는 죽는 것인가?

…그녀, 그녀는?! 당태중, 이 미련한 놈아! 일어나, 일어나란 말이다! 나는 나에게 주문을 걸었다. 세상이 자꾸 흔들린다. 휘청거리는 다리를 주먹으로 내려쳤다. 뼈가 부러진 탓에 주먹이 잘 쥐어지지도 않았다. 겨우 일어날 수는 있었으나, 움직일 수가 없었다. 나는 결국 얼마 지나지 않아 다시 쓰러졌다.

'아아.'

포기라는 단어가 내 머릿속에 떠올랐을 즈음, 어디선가 하얀 빛살이 내게 내려왔다. 꿈인가? 나는 마지막 희망을 갖고 손을 들었다. 그리고 한쪽을 가리켰다. 괴인이 사라진 방향, 또한 그녀가 도망친 방향이었다. 그리고 나는 정신을 잃었다.

온몸에 느껴지는 통증에 신음을 내며 정신을 차렸다. 쓴 약
냄새에 머리가 싸한 느낌이 들었다.

"정신이 들었느냐?"

햇살에 눈이 부셨다. 나는 잘 떠지지 않는 눈을 찌푸리며
목소리의 주인공을 쳐다보았다. 아버지……

"오늘도 깨어나지 않으면 어쩌나 걱정했단다."

자상함과 걱정스러움이 묻어 나오는 말이었다. 왠지 모를
안도감이 느껴졌다.

'……!'

하지만 그 순긴 나는 급실 밎은 사람처럼 몸을 떨었나.

"주… 주희는 어떻게 되었습니까?"

무리하게 몸을 움직였더니 지독한 통증이 느껴졌다. 하지
만 나는 개의치 않고 몸을 일으켰다.

"걱정하지 말거라. 늦기 전에 도착할 수 있었단다."

한순간 긴장이 풀린 탓에 온몸의 힘이 빠졌다. 다행이야.
너무나 다행이야.

"오라버니?"

"……"

"오라버니?"

"으… 응?"

나는 정신을 차리며 대답했다. 어느새 울음을 그친 그녀가

큰 눈망울을 반짝이며 나를 보고 있었다. 또 잡념에 빠졌었나 보다. 나는 머리를 긁적였다.

"오라버니는 툭하면 그러시네요. 그런 버릇 좋지 않아요."

나는 작게 고개를 끄덕였다. 석양에 붉게 물든 하늘이 눈부신 아름다움을 빛내고 있었다.

"전 가끔 이런 생각을 해요."

그녀는 작은 입을 열며 하늘을 쳐다보았다.

"완벽한 사람의 곁에 있고 싶어요. 그럼 아무런 걱정도 없이 행복하겠죠? 완벽하니까. 모든 것을 알고 모든 것을 해줄 수 있는 거겠죠?"

참기 힘든 오한이 나를 순식간에 덮쳤다. 이가 떨릴 정도로 추웠다. 갑자기 찾아온 이 지독한 추위는 어디에서 온 것일까.

"삶이라는 건 자신을 조금씩 부수고… 마모시키는 것일지도 모른다는 생각이 들어요. 모든 희망과 꿈을 하나씩 하나씩 버려가면서, 우리의 몸과 영혼을 조금씩 마모시키는 것. 그것이 우리들 인간이 살아가는 방법인가 봐요."

작고 연약한 영혼이 우는 소리가 들린다. 그녀의 미소는 여전히 아름다웠다. 하지만 내 가슴은 조금씩 부서져 가고 있었다. 그녀의 미소 뒤에 감춰진 슬픔이, 나를 '나'로 있을 수 없게 만들고 있었다.

"그때… 누군가 날 평생 지켜줬으면 좋겠다는 생각을 했어요. 태어나서 그렇게까지 무언가가 무섭게 느껴진 적은 처음

이었거든요. 아무런 생각도 할 수가 없었어요. 그저 누군가
날 꼭 안아주고는 '이건 꿈이야. 이제 그만 깨어나야지' 라고
말해주기를 바랬어요. 아무 일도 없었다는 듯이 안아 주었으
면 좋겠다고……. 하지만 결국 그 생각이야말로 꿈에 불과하
다는 걸 깨닫게 되었어요."

그녀의 마지막 말이 송곳처럼 나를 찔러댔다. 무표정하게
바뀐 그녀의 표정이 힘겨워 보였다.

해가 지고 있었다. 이른 밤바람은 생각보다 차가웠다. 모
든 이들이 하루를 마치기 위해 무언가를 하고 있었다. 하지만
난 아무것도 힐 수가 없었다.

"……."

그녀는 어둠이 깔리는 이 세상에서 유일하게 빛을 내고 있
었다. 나를 스쳐 지나간 바람이 그녀의 머리칼을 슬며시 쓰다
듬었다.

그녀는 여전히 내 앞에 있었다. 내가 손을 뻗으면 닿을 거
리. 손을 내밀면 쓰다듬어 줄 수 있는 거리. 두 팔로 안아줄
수 있는 거리였다.

하지만… 난 그렇게 할 수가 없었다.

세상에서 그 무엇보다 아름다운 사람.
세상에서 그 무엇보다 소중한 사람.

가슴이 찢어질 정도의 안타까움이 결국 나를 무너지게 만들었다. 무거웠다. 비애에 젖은 내 가슴은 거대한 멍에라도 짊어진 것처럼 지독히도 무거웠다.

"별을 보기 위해서는 태양이 있어서는 안 돼요."

그녀가 손가락으로 하늘을 가리켰다.

"태양은 너무 밝으니까… 너무 빛나니까 주위의 다른 빛을 용납하지 못해요."

나는 눈물이 나오려는 걸 간신히 참았다.

"제 주위에서 빛을 발하던 별들은 태양 때문에 보이지 않게 되어버렸어요. 그렇기에 그 별을 다시 보기 위해서는 어둠 속으로 가야만 해요. 어쩌죠? 이제…….."

그녀가 무표정한 얼굴로 노래를 부르기 시작한다. 감정을 숨길 수가 없었다. 지금 내 표정을 조절할 수가 없었다. 두텁게 내려앉은 밤하늘이 정말로 감사했다.

"지금의 저에게 있어 어둠이란, 이별할 수 없는 존재예요. 아무리 떨쳐 버리고 싶어도 앞서 갈 수가 없어요. 손에 닿아도 느낄 수가 없는… 지독히도 슬픈 영혼의 메아리."

결국 내 가슴속에서 무언가가 떨어져 내렸다. 지금의 그녀에게 나를 봐달란 말을 도저히 할 수가 없었다. 어둠 속으로 들어와 달라는 말을 할 수가 없는 것이다.

나는 결국 그녀의 어둠 속에 자리한 사람이었다. 진실이란 언제나 지독하다. 그 진실 앞에서 내 모든 것들이 스러져 가

고 있었다. 그것을 깨닫고 나는 주먹을 쥐었다. 그리고 한 가
지를 결심했다.

"주희 때문이냐?"

나는 대답하지 않았다. 하지만 아버지는 마치 다 알고 있다
는 표정을 지으셨다. 알고 계신 건가요? 그녀를 향한 제 마음
을. 제가 그녀에게 품고 있는 이 지독한 감정을 알고 계셨던
건가요?

"언제쯤 돌아오려고 하느냐?"

역시 대답하지 못했다. 안락한 생활 속에서, 가벼운 마음가
짐으로 얻을 수 있는 힘의 한계란 명확했다. 내 나이에 이룰
수 있는 힘의 한계란 분명히 있었다. 그 한계를 뛰어넘기 위
해서는 보통의 삶을 뛰어넘는 삶을 살아야만 했다.

그래서 나는 가야만 한다. 어딘지는 모른다. 갈 수 있다는
보장도 없다. 하지만 나는 가야만 한다.

내 모든 것. 내 육신과 영혼을 '악마'에게 팔아서라도 그녀
를 지킬 수 있는 힘을 얻어야만 한다. 구걸을 해서라도, 무릎
을 꿇어서라도 구해야만 한다.

그녀를 보듬어줄 수 없다면, 지켜줄 것이다. 평생, 내 남은
모든 생을 바쳐서라도 지켜줄 것이다. 하지만 그러기 위해서
는 힘이 필요하다. 지금 내가 가진 알량한 힘만으로는 턱없이
부족하다.

"강한 사람이 되어서 돌아오겠습니다."

나는 그렇게 말했다. 강한 사람이 되지 않는다면 돌아오지 않을 것이다. 그런 내 모습에 아버지의 표정이 살짝 일그러졌다. 그리고 천천히 본래의 모습으로 돌아온다.

"그래, 강해지거라. 강해져서 돌아오거라. 세상 그 어떤 세찬 바람이 분다 하더라도 절대 흔들리지 않을 만큼 강해져서 돌아오거라. 시련은 사람을 강하게 만들어준다고 나는 믿는다. 지금 너의 고뇌도 결국 너에게는 힘이 되어줄 것이다."

아버지의 눈가에 자리한 가느다란 잔주름이 파르르 떨리는 것이 보였다. 가슴 깊숙한 곳에 무언가를 애써 감추려 하시는 게 보였다. 가슴이 묵직해졌다. 눈물이 나올 리가 없는데 눈물이 나오려고 한다. 어째서…….

"아들아."

"……."

결국 그 한마디에 눈물이 한 방울 떨어졌다. 까닭 모르게 나오는 눈물은 이상하리만큼 뜨거웠다.

"내 하나밖에 없는 사랑하는 아들아."

나는 고개를 숙였다. 도저히 아버지의 얼굴을 볼 자신이 없다. 가슴이 먹먹해졌다.

"고개를 들고 나를 보거라."

따스하고 거친 손바닥의 느낌이 내 볼에 닿았다. 그렇게 강한 힘도 아니었지만, 나는 저항할 생각도 하지 못했다. 천천

히 고개를 들자 자상하게 웃고 계신 아버지가 보였다. 내 가
슴 전체가 따뜻해지는 미소였다.

"영원한 것이 아름답고 위대해 보이는 이유는, 순간이 찬
란하고 빛나기 때문이란다. 불가능하다는 걸 알기에 우리는
더더욱 그것을 갈망하는 것이지. 하지만 모두가 알고 있단다.
'완벽함'이나 '영원함' 따위는 존재하지도 않고, 가능하지도
않다는 것을."

"……"

"불행을 겪어본 사람만이 행복을 느낄 수가 있는 것이고,
고독을 아는 사람만이 누군가를 진정으로 아껴줄 수 있는 것
이다. 순간을 사랑할 용기가 있다면, 영원을 말할 자격이 있
는 것처럼."

나는 내가 머리가 꽤 나쁘다는 걸 깨달았다. 도저히 아버지
가 하는 말씀이 무슨 말인지 이해할 수가 없었기 때문이다.
그런 내 모습에 환하게 웃은 아버지가 다시금 말하셨다.

"사람이 사람을 사랑할 때, 너무 많은 생각을 하면 자기 자
신만 힘들어질 뿐이란다."

날 일으켜 세운 아버지가 내 등을 몇 번 두드리셨다. 그리
고는 나를 꼭 안아주셨다.

"강해지거라. 강해져서 돌아오너라. 그래서 돌아온 너의
넓은 가슴에 이 아비가 안겨보고 싶구나."

내 머리를 부드럽게 쓰다듬어 주신 아버지의 눈동자가 조

금 붉어졌다. 울고 계신 건가요? 어째서 저 때문에 울고 계신 건가요. 어째서……

"사랑한다, 아들아."

아아, 눈물이 멈추지 않아. 아니, 멈추게 하고 싶지 않아.

"돌아오거라. 꼭 돌아오거라. 그리고 언제까지나 내 곁에 있어주었으면 한단다."

돌아오겠다고. 반드시 돌아와 당신을 보살펴 드리겠다고. 당신의 손발이 되어 언제까지나 당신 곁에 있어드리겠다고.

죄송하다고. 못난 자식이 한낱 감정을 못 이겨 당신의 곁을 떠나서 죄송하다고. 고개조차 들지 못할 정도로 죄송하다고.

그리고… 사랑한다고. 당신을 너무나도 사랑한다고. 제 모든 것을 안아주신 당신을 사랑한다고.

아버지.

당신을 사랑합니다.

*   *   *

나는 그곳에 가기 전, 천휘와 태중이를 만나기 전의 기억은 떠올리고 싶지 않다. 나는 그들에게 웃음을 배웠고 믿음을 받았다. 하지만 언제나처럼 나를 붙잡는 건 과거의 기억이었다.

그들이 내게 잘해줄 때마다 말해주고 싶었다. 나는 이런 사람이었다고. 나는 너희들에게 그런 대우를 받을 자격이 없는 사람이라고.

가끔은 이런 생각을 한다. 내가 겪은 과거의 일들이 모두 다 거짓이었으면 좋겠다고. 천휘와 태중이를 만난 이후로 언제나 그런 소망을 가졌다.

하얀 눈처럼, 눈부신 햇살처럼 그렇게 순결하고 깨끗한 사람으로 다시 태어나고 싶었다. 그래서 나는 망설임없이 사랑한다 말하고 싶었다. 그래서 나는 오늘도 소망한다.

내가 겪은 모든 것들이 꿈이었으면…….

"퉤! 걸레 같은 년."

한 남자가 나를 보며 침을 뱉는다. 걸레 같은 년. 그것은 내 이름이었다.

"으앵으앵."

어디선가 애기 울음소리가 들린다. 그 참기 힘든 소리와 함께 구역질이 올라온다. 더러운 오물과 여기저기 널브러진 쓰레기들. 묘하게 어울린다.

여인들의 간드러진 웃음소리가 여기저기서 남자들을 유혹하고, 멀리서도 들리는 교합(交合)의 들뜬 신음 소리가 이곳저곳에서 울려 퍼진다.

이곳은 사창가(私娼街). 내가 사는 곳이다.

"얼마지?"

어느새 다가온 한 남자가 나를 보며 위아래로 훑어본다. 뱀

이 내 몸을 스치고 지나간 기분이 들었다. 징그러움과 역겨움이 섞인 무언가가 목까지 치솟아올랐다. 익숙해질 법도 하지만 나는 도저히 익숙해지지 않는다.

"은자 두 냥."

나는 가볍게 대꾸했다. 그러자 그가 조소를 지었다.

"미친년."

남자는 침을 뱉으며 나를 지나간다.

"아이고. 잠시만요, 나리."

내 뒤에서 뛰쳐나온 여자가 그를 붙잡았다. 나에게는 들리지 않는 대화를 둘이서 나눈다. 보나마나 뻔하다.

"영광으로 생각해라."

더러운 웃음을 지으며 더러운 말을 지껄인 남자가 안으로 들어간다.

"야이, 미친년아. 너 자꾸만 이런 식으로 할 거냐?"

취낭. 그녀의 이름이다. 나에게 밥을 주는 사람이고 나를 재워주는 사람이다. 그리고 나를 수많은 남자들의 먹잇감으로 던지는 사람이기도 하다.

"뭐 하고 있는 거야! 어서 들어가지 않고!"

방금 전의 남자가 들어간 방으로 나를 강제로 집어넣는 취낭. 나는 반항하지 않고 들어간다. 이것이 나의 삶. 걸레 같은 년이 살아가고 있는 삶이다.

"헉. 헉."

발가벗겨진 내 몸 위에서 격한 숨을 내쉬는 남자. 즐거워? 그렇게도 즐거운 거야? 그 남자의 얼굴에 드러나는 희열과 만족감, 그리고 우월감이 잔뜩 배어난 그 표정이 내 영혼을 갉아먹고 있다.

상관없어. 이제는 아무 상관 없는 거야. 기억도 나지 않는 먼 과거, 그날부터 내 몸은 내 것이 아니게 되었으니까. 내 소유도 아닌 물건을 소중하게 생각할 이유 따위는 없겠지.

일그러진 세상. 욕망과 탐욕만이 자리한 이 삶에서 나는 자꾸만 죽고 싶어진다. 삶의 지평선 끝에는 무엇이 있을까? 내 심장이 멈추고, 이 육신을 빠져나간 영혼이 가는 곳이 어디쯤일까?

모든 기억들이 잠자고 있다는 '망각의 바다'일까? 아니면 모든 것들이 무(無)로 돌아가는 심연과도 같은 무저갱일까? 확인하고 싶지만 그럴 수가 없다. 죽음이 두려운 것이 아니다. 죽음 이후에 다가올 세상이 지금과 똑같을지도 모른다는 생각에 그럴 수가 없는 것이다.

덧없다. 모든 것이 의미가 없다. 이 사내는 나를 안고 있어서 기쁜 걸까? 나의 몸을 탐하고 있어서 즐거운 걸까?

차라리 나도 그랬으면 좋겠다. 내 위에서 짐승처럼 땀을 흘리며 허덕이는 이 사내처럼 모든 것을 잊을 만큼 기뻤으면 좋겠다. 하지만 몇 년이 지난 지금에도 나에게 돌아오는 건 고통뿐이었다.

내가 사는 세상은 텅 비어 있다. 오직 관념만이 존재하고, 실제는 아무것도 없다. 영혼이 존재하지 않는 육신이 걷고 움직이며 밥을 먹는다. 그것은 마치 상념이 만들어낸 '죽은 자들의 세상' 처럼 황량하고 볼품없는 모습이다.

그런 생각을 하는 도중에 그 남자와 눈이 마주쳤다. 순간적으로 그의 표정이 일그러지는 것이 보였다.

"이런 시팔."

욕을 내뱉으면서 그는 멈추지 않는다. 얼굴에는 기분이 나쁘다는 것이 여실히 드러나지만, 자신이 하는 일을 그만두지 않는다. 돈이 아까운 거야?

"윽."

한차례 몸을 부르르 떤 그가 허리춤을 올리며 일어났다. 나를 안고 있을 때와는 완전히 다른 표정을 지으며 나를 바라본다. 마치 뒷간을 들어갈 때와 나올 때에 바뀌는 사람의 표정 같았다. 더러워? 내가 더러운 거야? 어째서 그런 거야? 아까는 내 위에서 희열을 느꼈으면서?

"무슨 년의 표정이……."

나를 보며 욕을 내뱉는 그의 모습에 잊고 있던 사실이 떠올랐다. 맞아, 난 단지 저런 인간들이 욕정을 불출시키는 도구에 불과했었지. 뒷간과도 같은, 어쩌면 그보다도 못한.

"퉤! 걸레 같은 년."

그가 다시 내 이름을 부른다. 알려준 적도 없는데 어떻게 알고 있는 거지? 어떻게 넌 내 이름을 알고 있는 거지?

"안녕히 가세요."

취낭이 방에서 나가는 그를 향해 간드러지게 말한다. 무언가, 꿈결처럼 몽롱해진다. 마치 현실이 아닌 꿈을 꾸고 있는 듯했다.

눈앞이 살짝 흐릿해졌다. 콧등이 아려온다. 눈물? 어째서 눈물이 나오는 거야? 이것이 내 삶이잖아. 더럽고 추악한 삶. 아무런 희망도 없고, 아무런 꿈도 없는 세상. 잊지 마, 매번 이러면 곤란하단 밀이야. 이곳이야. 이곳이 바로 내가 살아가고 있는 곳이란 말이야…….

창녀의 삶이란 간단해. 돈을 받고 몸을 주는 거지. 그게 끝이야. 그 외에는 아무것도 없어.

꿈과 희망? 그런 건 이 세상에 존재하지 않아. 이 세상에는 욕망을 참지 못하는 남자와, 그것을 받아주는 여자만이 존재할 뿐이야. 적어도 내가 사는 세상에서는 말이야.

사랑? 나는 인간들이 싫어. 먼 과거에서부터 떠받듯이 찬양하고, 마치 대단한 것인 양 아끼는 사랑이란. 결국 욕망과 이기, 배반과 질투로 가려진 질 낮은 환상에 불과할 뿐이야. 그런 싸구려 동정을 믿기에는 나는 너무 현실적인 세상에서 살고 있으니까.

창녀가 된 이유? 그것이 궁금해? 이곳은 말이야. 강간을 당한 후에 주위 사람들에게 버림받고 오는 사람이 많아. 그런 버림받은 여자들이 갈 곳은 그리 많지 않으니까. 그래서 이곳으로 흘러들어 오는 거야.

여기서 하나 재미있는 사실이 있어. 그렇게 강간을 당한 여인들은 말이야, 대부분이 자신의 가족들이나 친인척들에게 당했다는 사실이야. 아버지나 오빠 뭐, 그런 사람들에게 당하고 이곳으로 오는 거지.

믿기 힘들지? 하지만 여기 세상은 네가 보는 것보다 더욱 징그럽고 더러워. 조금만 들춰보면 구역질이 나올 일은 수두룩해.

넌 어떠니? 네가 살고 있는 세상은 어떤 곳이니? 비슷하니? 참 궁금해. 어떤 세상일지.

나는 항상 날고 싶다는 생각을 해. 저 하늘을 훨훨 날아 내가 가보지 못한 곳에 가보는 거야. 찾아내고 싶어. 이곳과는 전혀 다른 세상을. 그래서 잠시라도 좋으니 그곳에서 살고 싶어.

내 말에 대답을 해주지는 않을 거니? 응? 네가 사는 곳이 어떤지 물었잖아. 대답하기 싫은 모양이구나. 알았어. 그럼 다음에 봐.

나는 밤하늘에 떠 있는 유일한 친구인 달[月]과의 대화를 마치고 창문을 닫았다.

"이런 개 같은 년이!"

밖에서 싸우는 소리가 들린다. 술에 취한 남자의 목소리. 앙칼진 여자의 목소리. 이곳에서는 흔하디흔한 일이다. 거의 매일같이 일어나는 일이다. 실랑이를 벌이는 일 따위는 질리도록 보면서 살아왔다.

그래… 흔하디흔한 일이잖아. 왜 그런 감흥도 없는 일에 신경을 쓰는 거야? 어차피 내 삶이란 끝난 거잖아. 끝나 버린 삶에 미련을 갖는 거야?

정신 차려. 난 걸레 같은 년이야. 왜 눈물을 흘리는 거야. 왜 눈물 따위를 흘리고 있는 거냐고…….

말했잖아. 이곳에서 그런 일은 흔하다니까. 강간을 당하고 주위 사람들에게 버림을 받는 건 너무나 흔한 일이라니까.

모두가 그런 거야. 나만 그런 게 아니라니까. 내가 세상에서 가장 불행한 사람이라고 착각하고 있는 거야?

이 바보야, 그만 울어. 그만 울란 말이야. 제발, 제발 그만 울란 말이야.

이 세상에…….

구원이라는 말은 없어.

        *   *   *

난 어머니가 없다. 그분께서는 나를 낳고 돌아가셨다고 한
다. 식상한 이야기였다. 자신의 어머니를 죽이고 태어난 자
식. 책에서도 너무 자주 나오는 이야기. 그렇지만… 그렇지만
직접 그 상황을 겪은 사람에게는 그게 그리 쉬운 이야기가 아
니다.

내 육체는 어머니의 죽음으로 얻은 것이며, 내 영혼은 어머
니의 영혼을 저 멀리 이름 모를 세계로 밀어버리고 얻은 것이
었다.

나는 결국 태어나 지금까지 어머니의 그림자를 발로 밟으
면서 살아온 것이다. 어머니의 삶과 뒤바꿔서 태어난 아이.
그것이 바로 내가 삶을 얻은 대가였다.

언제부터인가 나는 누군가를 함부로 원망할 수 없게 되었
다. 그럴 자격이 없었으니까. 언제나 내가 증오하고 미워할
수 있는 대상은 나 자신이 되었다.

그것은 자학이 아니었다. 그건 진실이라 불리는 것이었다.
나는 살아오며 누군가에게 도움을 준 적이 없었다. 언제나 피
해만 입히며 살아왔다고 생각했다. 가슴에 단단한 바위가 얹
힌 듯한 느낌으로 살아왔다.

또한 나는 벌을 받으면서 살아야 한다고 생각했다. 언제나
내 가슴속에 존재하는 죄스러운 마음. 나는 자살할 자유조차
주어지지 않은 인간이었다. 그렇다. 나는 내 자신을 그렇게
생각하며 세상을 살아왔다.

내가 아홉 살이 되던 해였다. 난 버림받았다. 할아버지께서 나를 내치셨다. '넌 나의 손자가 아니다' 라며. 하지만 난 혼자 버림받은 게 아니었다. 나의 아버지. 아버지와 함께 버림받은 것이다.

"너에게 미안하구나."

다듬지 못한 수염과 퀭한 눈동자의 아버지가 나에게 말씀하셨다. 왜 저에게 사과를 하시는 건가요. 제가 어머니를 죽인 겁니다. 저 때문에 어머니가 죽은 겁니다. 목구멍까지 올라오는 말을 나는 끝내 하지 못했다.

"내가 아는 곳이 있으니 그곳에서 당분간 지내도록 하자."

휘청거리는 발걸음을 간신히 옮기는 아버지의 모습이 내 눈에 들어왔다. 가슴속에서 날카로운 비수가 솟아올랐다. 그 비수는 내 몸속의 내장을 잔인하게 자르고 파버리고 있었다.

어째서, 어째서 태어났다는 이유만으로도 이렇게 힘든 세상을 저에게 주셨나요. 나는 누군가에게 하소연이라도 하고 싶었다. 하지만 그 누구에게도 그럴 수는 없었다. 문득 얼굴도 보지 못한 어머니가 떠올랐다.

'그저 아버지랑 평생 행복하게 사시지. 어째서 절 낳는다고 고집을 부리시다가 돌아가신 건가요. 저따위가 뭐가 그리 중요하다고……'

하지만 지나간 과거를 돌릴 방법이 있을 리가 없다. 내게 남은 건 한 가지뿐이었다.

'죄송해요, 어머니. 제가 죽는다 해도 어머니가 살아 돌아
오시지는 않겠죠. 그리고 제가 죽으면 슬퍼하시겠죠? 당신의
삶을 버려서까지라도 낳고 싶어하셨으니, 제가 죽기를 바라
지는 않으셨겠지요. 그럴게요. 그 누구보다 오래 사는 모습을
보여 드릴게요. 그리고 먼 훗날 제가 죽어, 잠시라도 어머니
를 만나뵐 수 있다면, 꼭 말씀드릴게요. 너무나도 죄송하다
고, 그리고 감사하다고. 그래야 어머니가 기뻐하시겠죠? 그
럴게요. 약속드릴게요. 보고 싶어요, 어머니.'

"아니, 이게 누군가?"

아버지가 나를 데리고 가신 곳은 한적한 산속이었다. 그리
고 그 산에서 뛰어나온 사람이 반갑게 우리를 맞이했다.

"자네 이게 얼마 만이란 말인가!"

"오랜만에 뵙습니다, 어르신."

아버지가 고개를 숙여 그 사람에게 인사하는 모습에 나도
덩달아 고개를 숙였다.

"됐네, 됐어. 내가 자네에게 듣고 싶었던 말은 그게 아니라
는 걸 잘 알잖는가."

그 모습에 아버지가 쓴웃음을 지으셨다. 그리고는 내 등을
살짝 밀고는 말씀하셨다.

"제 아들입니다. 당분간은 이곳에서 지내고 싶습니다

만⋯⋯."

"걱정하지 말게. 평생 여기에서 지내도 상관없으니."

그 사람은 크게 웃으며 아버지를 다독거렸다.

"어른을 뵈면 인사를 해야 하지 않느냐."

아버지의 목소리에 나는 다시 고개를 숙였다.

"처음 뵙겠습니다. 장천휘라고 합니다."

"허허. 고놈 참 똘망똘망하게 생겼구나! 나는 손후민이라
고 한다. 할아버지라고 불러도 상관없단다."

그것이 사부와의 첫 만남이었다.

"권(拳)은 바람[風]! 깊고 부드러워야 하며, 진중하고 자연
스러워야 한다!"

부아아아앙!

나는 입을 크게 벌렸다. 요동치듯 주위의 공기가 주먹으로
모여들고 있었다. 내 몸마저 빨려 들어갈 것 같았다.

"각(脚)은 뇌전(雷電)! 그 무엇보다 쾌속해야 하며 그 무엇
보다 강력해야만 한다!"

쩌저저저적!

셀 수 없는 뇌기가 발에서 뿜어져 나온다. 나는 그 모습에
빠져 아무런 생각도 할 수가 없었다. 바람과 번개를 부리는
천신(天神)처럼 보였다. 장난처럼 뻗어지는 주먹과 발에 믿기
힘든 힘이 담겨져 있었다.

"어떠냐?"

천신이 웃으며 나에게 다가왔다.

"배우고 싶으냐?"

나는 간절한 마음으로 고개를 끄덕였다. 처음이자 마지막으로 사부님을 존경했던 순간이었다.

사부님께 무공을 배운 지 반년이 지났다.

"저… 사부님?"

대낮임에도 불구하고 옆에는 술병을 끼고 히히덕거리며 잠을 자는 사부님을 불렀다.

"드르렁 쿠우……."

"사부님?"

아무리 불러도 대답이 없다. 나는 어쩔 수 없이 들고 온 바가지를 그대로 끼얹었다.

"어푸푸푸푸! 누구냐! 어떤 놈이 감히 어르신을 암습하려는 것이냐!"

술병을 들고 일어나서는 엉거주춤한 자세로 주변을 둘러보는 사부님. 한 편의 촌극 같았다.

"말씀하신 것을 끝냈습니다."

"너냐? 감히 네놈이 이 어르신을 암습하려고 했던 것이냐!"

내 말에는 신경도 쓰지 않는 사부님이 죽일 듯한 표정으로 나를 노려보았다.

"오늘 말씀하신 수련을 끝냈습니다."

"고얀 놈! 감히 어르신의 방심을 틈타 불의의 일격을 가하
다니! 과연 놀랍구나!"

"더 시키실 것이 없으면 그만 물러가겠습니다."

"결투다! 이놈! 감히 나의 몸에 상처를 내고 도망가려는
것이냐!"

"휴우."

술병을 집어 던진 사부님이 나를 향해 달려오신다. 대련을
빙자한 구타의 시작이다.

퍼버버빅!

경쾌한 소리가 내 몸에서 울려 퍼진다.

"으어어어억!"

신나게 나를 때리시던 사부님이 어느 순간 괴상한 비명 소
리와 함께 뒤로 자빠지신다.

"과, 과연 대단하구나!"

별로 할 말이 없다. 익숙해질 법도 하지만 반년이 지난 지
금도 익숙해지지 않는다.

"역시 극악토존(極惡兎尊)! 네놈의 흡초신공(吸草神功)은 듣
던 대로 대단하구나!"

나는 순간 풀을 흡수해서 내공을 키우는 토끼신선을 상상
해 버렸다.

깨작깨작.

머릿속이 수준 낮은 상상으로 가득해졌다.

깨작깨작.

그… 그만.

"사부님, 전 이제 그만 쉬어도 되겠습니까?"

머릿속의 토끼를 지워 버리고 말하자 사부님의 표정이 와 락 구겨졌다.

"이런 패기없는 놈을 봤나! 넌 근성이 부족해, 근성이!"

"근성없는 제자는 이만 물러가겠습니다."

나는 가볍게 대답하고 몸을 돌렸다.

"쿨럭. 요새… 어르신께 무공을 배운다고?"

아버지의 병세는 날이 갈수록 심각해졌다. 듣기로는 태어 날 때부터 몸이 허약하셨다고 한다. 그리고 어머니의 죽음 이 후 위험할 정도로 나빠지셨다. 지금까지 살아 있는 것이 기적 이라는 말도 들은 기억이 있다.

"네. 저도 이제 아버지께 짐이 되지 않을 테니 어서 일어나 세요."

나는 아버지의 손을 잡아드렸다. 앙상한 뼈마디의 차가움 이 내 손으로 전해져 온다. 움푹 파인 볼과 생기를 잃어가는 눈동자. 하지만 아버지는 내 모습에 희미하게 웃으셨다.

"너를 두고 아무 데도 가지 않는다. 내 어찌 너를 두고 가 겠느냐, 천휘야. 아무런 걱정도 하지 말거라. 내일이면 이 아비가 거뜬하게 일어나 너를 안아줄 터이니."

"네, 믿을게요. 걱정하지 않아요. 그러니 어서 일어나셔서 저를 꼭 안아주세요."

나는 이를 악물고 눈물을 되삼켰다. 보여 드릴 수 없어. 내 눈물을 아버지에게 보여 드릴 수 없어. 코가 찡해진다. 눈에서는 자꾸만 습기가 차오른다.

안 돼. 절대로 안 돼. 내가 눈물을 흘리면 아버지는 슬퍼하셔.

"어느새 우리 아들이 이렇게도 컸구나. 이 아비의 손도 다 잡아주고… 쿨럭."

아버지의 목소리는 가래가 섞여 힘겹게 들렸다. 아니, 정말 힘드신 거야. 정말로 말을 하시는 것조차 힘드신 거야.

"우리 천휘가 장가가는 모습을 봐야 하는데……."

아버지는 희미한 미소 속에서 무언가를 꿈꾸고 계셨다. 제가 장성하여 장가를 가는 모습을 그리시는 건가요? 그러지 않으셔도 돼요. 아버지는 오래오래 건강하게 사셔서 제가 장가가는 모습을 보시면 되는 거예요. 꿈꾸지 않으셔도 돼요. 아버지는 꼭 제가 장가가는 모습을 보셔야만 해요.

"어서… 어서 일어나세요."

안 돼, 지금 울어선 안 돼.

"이놈아. 내가 꼭 죽기라도 할 것 같은 표정이구나……."

장난스러운 아버지의 말씀이었지만 나는 웃을 수 없었다.

순간 아버지의 눈이 빛났다. 이제 괜찮으신 건가? 나는 기대
심 가득한 눈으로 아버지를 보았다.

괜찮으신가요? 이제 다 나으신 건가요? 아버지는 힘겹게
자리에서 일어나 앉으셨다. 정말 이젠 괜찮으신 건가요?

"강해져야 한단다, 천휘야. 남자는 강해야만 한다. 이 아비
처럼 약해서는 아무것도 지킬 수가 없단다."

아버지는 강한 힘으로 내 손을 잡으셨다. 아아! 이제 아버
지는 다 나으신 거야. 날 안아주실 수 있는 거야.

"강하다는 건 말이다. 항상 웃을 수 있다는 것이다."

아버지는 굳은 눈빛으로 말씀하셨다.

"웃거라. 너무 힘들어서 죽고 싶다는 생각이 들면 웃어라.
눈앞의 상대가 너무 두려워서 발조차 움직일 수 없어도 웃어
라. 언젠가 눈물이 나오지 않는 자신을 발견하고 지독히도 울
고 싶은데 우는 방법이 기억이 나지 않아도 웃어라. 너의 모
든 감정을 그 웃음 속에 감추거라."

나는 미친 듯이 고개를 끄덕였다. 왠지 그렇게 해야 할 것
같은 기분이 들었다. 그리고 나는 웃었다. 아버지도 그 모습
에 미소를 지으셨다.

"천휘야… 사랑한단다."

그리고 아버지는 돌아가셨다.

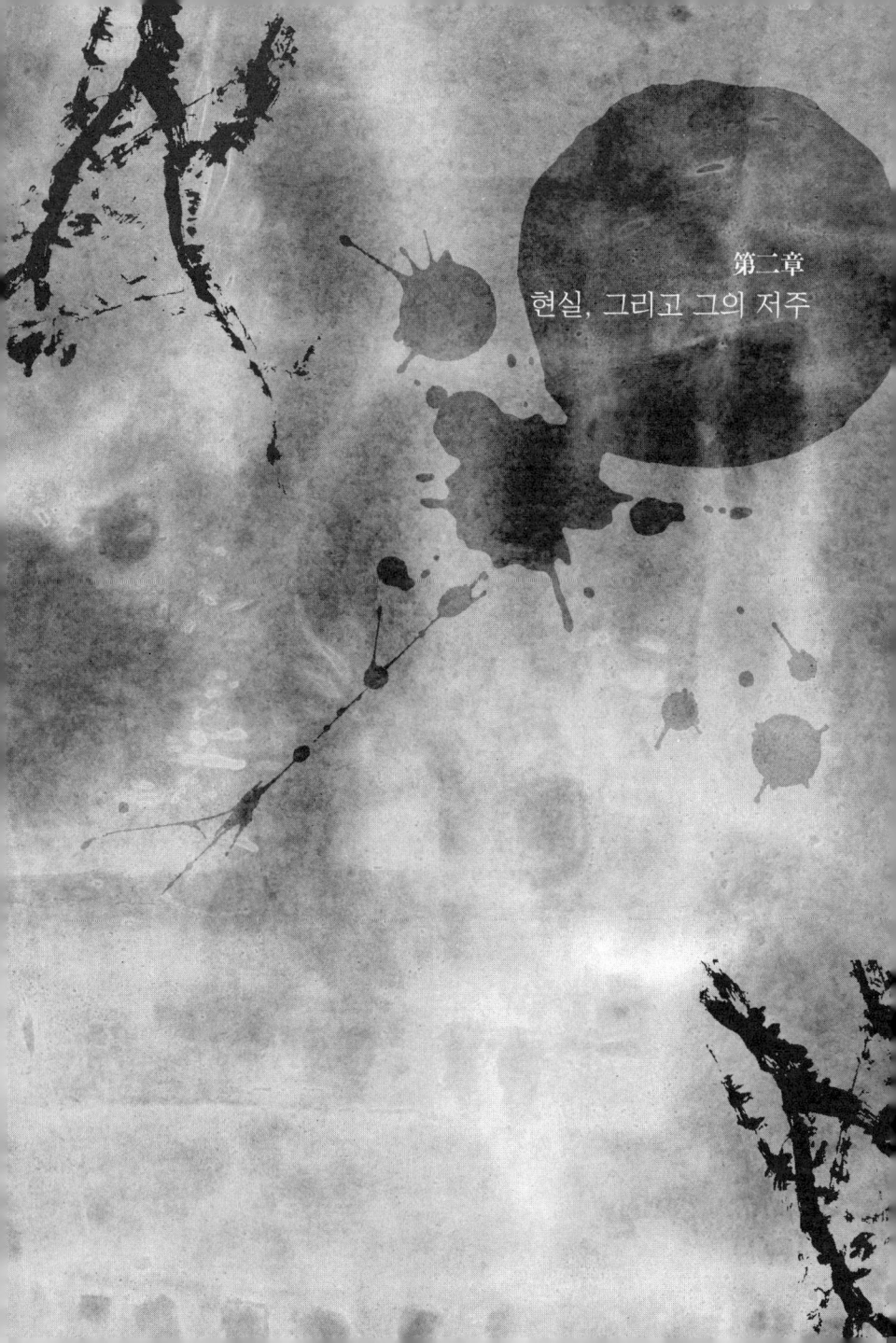

第二章
현실, 그리고 그의 저주

악마

"으음……."

"일어났구나."

몸을 뒤척이던 설희는 자신의 옆에서 들린 목소리에 고개
를 돌렸다.

"사… 형?"

장천휘를 부르는 그녀의 목소리가 살짝 떨렸다. 여전히 미
소 짓고 있는 그에게 어리둥절한 표정을 지어 보인 그녀가 몸
을 일으켰다.

'아앗!'

몸에서 전해지는 통증에 인상을 쓰자 고개를 저은 장천휘

가 설희의 몸을 다시금 눕혔다.

"아직은 몸을 움직이지 않는 게 좋아. 좀 더 누워 있어도 되니까 편히 쉬어."

천천히 손을 들어 설희의 이마를 매만진 장천휘가 조용히 말했다.

"여기는 어디인가요?"

그녀는 작은 목소리로 물으며 주위를 살펴보았다.

"다행히 사매가 기절한 곳에서 멀지 않은 곳에 마을이 있었어. 여긴 의방이야."

"다른 분들은요?"

"다들 무사해. 북궁 소저도 이미 오래전에 일어나 사매를 걱정하고 있어. 그러니 어서 기력을 회복해서 일어날 수 있도록 해."

"그렇군요."

고개를 끄덕인 설희가 기억을 더듬었다. 정신을 잃기 전의 일을 떠올렸다. 일곱 명의 괴인들. 그들과의 싸움. 그리고……?

'응?'

순간, 설희는 자신의 가슴에서 올라오는 위화감에 정신이 번쩍 들었다. 크게 뜬눈으로 장천휘를 바라보자 그는 왜 그러냐는 표정을 지었다.

"갑자기 왜 그래?"

약간의 의문이 섞인 눈빛의 장천휘가 물었다. 설희는 아무 말도 없이 그를 쳐다보았다.

"사매?"

"……."

설희의 표정이 점점 변하고 있었다. 당혹스러움에서 경악으로 변화하고 있었다. 왜 그러는 거야? 장천휘가 전혀 모르겠다는 표정으로 물었지만 설희는 대답하지 않았다. 그때, 작은 문소리가 들렸다.

끼이이.

"일어나셨군요."

문을 열고 들어온 모용혜가 설희에게 말을 걸었지만 그녀는 고개조차 돌리지 않았다. 장천휘에게 꽂힌 시선을 결코 돌리지 않고 있었다.

"사… 형, 이게 무슨 일인가요?"

떨리는 음성으로 설희가 물었다. 말도 안 돼. 세차게 고개를 저으며 그녀가 중얼거렸다.

"뭐가?"

아무렇지도 않게 한 대답이었지만 장천휘의 목소리에 섞인 미세한 떨림을 설희는 느낄 수 있었다.

"지금 이… 것이 저에게만 일어난 일인가요? 다른 분들도 모두 그런 건가요?"

그녀의 말에 모용혜가 의아한 표정을 지었다. 천천히 다가

온 모용혜가 설희에게 물었다.

"뭐가 잘못되었나요?"

그 순간, 설희의 얼굴이 하얘졌다. 맞아. 그날… 그날도 이
랬었어! 더듬거리며 외치는 그녀를 보며 장천휘가 입을 굳게
닫았다.

"사형, 이것이었나요? 사형이 걸린 저주라는 게 이것이었
나요!"

몸의 고통 따위는 잊어버린 듯 설희가 자리에서 일어나 장
천휘를 다그쳤다. 모용혜는 여전히 의문의 눈빛으로 둘을 바
라보고 있었다.

"말도 안 돼요. 이건 도대체가… 말이 되지 않는 일이라고
요!"

고개를 저으며 금방이라도 눈물을 쏟을 듯한 표정의 설희
를 보며 장천휘가 눈을 감았다. 눈치 채지 않기를 바랐지만
결국 그녀는 알아버린 것이다. 나머지 일행들 중의 누구도 알
아차리지 못했지만 그녀는 알아챈 것이다. 자신의 저주를, 그
리고 자신의 운명을…….

"야! 장천휘!"

화가 난 목소리로 나를 부르는 태중이를 보며 난 시큰둥하
게 대답했다.

"왜?"

퍽!

아프다. 나에게 다가와서는 뒤통수를 치고는 거친 숨을 몰아쉬는 그를 보며 말했다.

"왜 그러는 거야?"

씩씩거리며 화를 내는 태중이가 눈을 부릅뜨며 외쳤다.

"너, 그 '힘' 을 쓰지 말라고 내가 몇 번을 말했냐! 자꾸 이러면 나 진짜 화낼 거다!"

퍽이나 무섭습니다, 라는 표정을 지어주고는 그에게 말했다. 난 또 무슨 일이라고.

"이치피 힘 조절을 해서 아무 일 없었잖아. 이 정도는 괜찮은 거 알면서 왜 그렇게 화를 내는 거야?"

나는 장난스러운 표정으로 말했지만 태중이는 그렇지가 못했다. 아직도 화가 풀리지 않았는지 나를 노려보며 말했다.

"그러다 조절이 안 되면 어쩔 건데? 그 힘을 쓰는 것에 익숙해지면 어쩌려고! 쓰지 말라고, 절대로! 너에게 그 힘이 없다고 생각하라고, 몇 번을 말해!"

내가 걸린 저주에 대해서 알고 난 이후, 태중이는 내가 그 힘을 쓰는 것을 절대로 반대했다.

"따지고 보면 내가 너보다는 양호하잖아. 너처럼 매일매일 그러는 것도 아니고 그저 조심만 하……."

순간, 태중이의 표정이 차갑게 굳었다. 싸늘하게 변한 표정에서 얼음이라도 뚝 떨어질 것만 같았다. 평소 장난기 어린 말투와 표정의 그였지만, 지금의 그에게서는 그런 것들을 찾아 볼 수가 없는 것이다.

"아무렇지도 않다는 거냐, 그것이? 너에게는 정말 아무렇지도 않은 일인 거냐?"

태중이의 서늘한 눈빛이 나를 향했다. 대답을 요구하는 그 눈빛에 나도 모르게 고개가 숙여졌다.

"천휘야, 넌 내 친구다. 단 한 명밖에 없는 유일한 내 친구. 그런데 그런 친구가 사라져 버릴지도 모르는 상황을 아무렇지도 않게 받아들이라는 거냐?"

"그런 건 아니잖아."

"같은 거다. 기억해 둬. 우린 언제 죽을지 모른다는 걸. 내 말뜻이 무엇인지 너는 알고 있겠지? 내가 언젠가 죽을 때, 친구 한 명 없이 죽는다는 건 상상하기도 싫다."

태중이는 나를 보며 단호하게 말했다. 그 모습을 보며 나는 가슴이 먹먹해졌다.

네가 눈을 뜨는 순간, 너는 세상에서 죽는 것이며, 또한 다시 태어나는 것이다.

귓가를 맴도는 소름 끼치는 소리. 나는 이를 악물었다.

'빌어먹을.'

"어떻게 이런 말도 안 되는 일이 일어날 수 있는 거죠?"

설희가 물었다. 하지만 장천휘는 엉뚱한 대답을 했다.

"사매가 정신을 잃는 바람에 나까지 이성을 잃었던 모양이야. 앞으로는 조심할 테니 너무 걱정하지 마."

"어떻게 걱정을 안 할 수가 있나요. 이건……."

설희의 말을 장천휘가 끊었다.

"그만! 이건 사매만 알고 있는 게 좋겠어."

"그럴 수는 없어요. 이것만큼은……."

"부탁할게."

그는 약간 단호해졌다. 순간 설희의 입이 닫혀 버렸다. 그녀의 눈에 비친 그의 시선은 깊숙이 잠겨 있었다.

"저기, 끼어들어서 죄송하지만."

모용혜가 말했다.

"이번에도 알려줄 수 없는 건가요?"

이전의 기억으로 인해 약간 조심스럽게 묻는 모용혜였다. 설희는 장천휘를 쳐다보았고, 장천휘는 고개를 저었다.

"죄송합니다."

짧지만 자신의 의사를 똑똑히 밝힌 장천휘가 다시금 설희를 향했다. 그녀의 얼굴에는 아직 믿기지 않는다는 심정이 고스란히 남아 있었다. 장천휘가 고개를 저었다.

"정말이지, 사매는 날 놀라게 만드는 재주가 있다니까."

약간은 무거워진 공기를, 혹은 딱딱한 분위기를 전환시키려는 의도가 담긴 말이었다. 하지만 설희는 넘어오지 않았다.

"사형은 아무렇지도 않다는 건가요?"

예전 자신의 친우에게 들었던 말과 똑같은 말이었다. 장천휘의 눈동자에서 깊고 어두운 그림자가 슬쩍 나타났다. 길게 늘어지던 그림자가 모습을 감추자 이윽고 입을 열었다.

"조심만 하면 괜찮을 거야."

그래, 조심만 하면… 몇 번이고 중얼거리는 장천휘를 보며 설희는 아무 말도 할 수 없었다.

＊　　　＊　　　＊

작은 촛불에 의지한 채 둥근 탁자에 앉아 있는 일곱 명의 사람들. 그들의 표정은 석상마냥 굳어 있었다.

"이 일을 어찌하면 좋단 말인가?"

나지막한 한숨을 몰아쉰 중년인이 탄식하듯 말했다. 그는 바로 현 모용세가의 가주인 비호검(飛虎劍) 모용백이었다.

"이번만큼은 모용가주께서도 별 도리가 없는 듯싶소."

모용백은 목소리의 주인공을 쳐다보았다.

"허허, 이렇게 곤혹스러울 때가……."

평소 친분이 두터운 남궁현운마저 고개를 젓는 모습에 모용백의 눈이 스르르 감겼다. 그의 목소리에 섞인 안타까움과 후회는 때 이른 봄비마냥 대지에 녹아들지 못한 채 허공을 맴돌고 있었다.

"하후가주께서는 어찌하실 작정이시오?"

남궁현운의 질문에 하후장민의 눈빛이 살짝 흔들렸다. 약간 망설이는 듯한 모습을 보인 하후장민이 굳은 표정으로 고개를 끄덕였다.

약간의 침묵.

그들 사이에 무언가 스치는 소리가 났다. 그리고,

"이것 참 미안하게 됐소. 오늘은 내 운이 좋은 날인가 보오."

"험험."

"끄응."

약간의 민망한 표정. 그리고 기쁨을 감추지 못한 목소리. 남궁현운이 탁자 위에 손을 올렸다.

탁.

그리고는 탁자 위의 전표들을 쓸어 담았다.

"역시 남자는 한 방이란 말이오."

"……."

칠대세가의 가주들이 모여서 가장 먼저 한다는 짓이 노름이라니……. 자신의 예상을 조금 빗나간 그들을 보며 당주희가 한숨을 쉬며 말했다.

"회의는 언제 진행하실 생각이십니까?"

자신의 한 달 용돈이 눈앞에서 사라지는 모습을 지켜보던 모용백이 입맛을 다시며 탁자를 두 번 내려쳤다.

"자자, 그럼 지금부터 회의를 시작하겠습니다."

현 강호의 분위기는 심상치 않았다. 동시다발적으로 일어나는 일이 그 주된 이유였다.

무덤 속의 시체들이 사라지고 있다!

처음에는 그저 민심을 혼란시키기 위해 누군가 퍼뜨린 헛소문이라고 생각했다. 한데 그것은 사실이었다. 거짓을 밝히기 위해 파견된 조사대원들이 전해준 소식에 의하면, 광범위한 지역에서 무덤들이 파혜쳐지고 있다는 것이었다.

게다가 몇몇 소문은 더욱 심했다. 죽은 사람들이 일어나 움직이는 것을 목격한 사람이 있다는 것이었다. 민심은 극도로 날카로워졌다. 항상 그렇듯이 혼란은 불신을 만들어냈다.

사람들은 신의 노여움을 떠올렸고, 그것은 기정사실로 변화하고 있었다.

"지금 우리에게 절실한 건 정보입니다. 강호의 혼란을 조장하고 있는 적들에 대해 전혀 모르고 있다는 것이 가장 큰 문제란 말입니다!"

머리가 좋은 것과 노름은 큰 관계가 없다는 것을 증명이라도 하듯 수중의 돈을 몽땅 털린 제갈문이 자리를 박차며 외쳤다.

그의 말에 나머지 가주들과 당주회가 고개를 끄덕였다. 북천에서의 사건, 그리고 무덤이 파혜쳐지고 있는 기이한 사건. 분명 이것들은 쉽게 생각할 수 없는 문제임이 분명했다. 강호의 양지에 속하지 않는 어떤 무리들이 혼란을 일으키고 그 틈을 타 '어떤' 일을 벌이려 한다는 것은 누구나 예상할 수 있는 일이었다.

그때 문득 모용백이 말했다.

"내 이번에 북천의 일을 전해 듣다 믿기 어려운 이야기를 들었소만……."

좌중의 시선이 자신에게 집중되자 헛기침을 하고는 입을 열었다.

"다들 아시다시피 얼마 전 괴상한 무리들이 북천을 공격하였소. 한데 그들을 물리친 건 북천의 부인늘이 아닌 북천의 객이었다고 하오. 죽은 이가 일어나 심장을 파먹고, 괴상한 새들이 나타나 사람의 몸을 뚫어버린다는 좀 요상한 소문이긴 하지만, 어쨌건 풍뢰문의 문주라는 사람이 그것에 대해 잘 알고 있었다는 소리를 들었소. 하면……."

몇몇 사람들이 그의 말에 고개를 끄덕였다. 자신들도 알고 있는 사실이었다.

"그가 현 강호의 혼란을 일으키고 있는 장본인에 대해 알고 있을지도 모른다는 생각이 드는구려."

모용백의 시선이 천천히 당주희에게 옮겨갔다.

"얼핏 듣기로 당가의 소가주와도 친분이 있다는 소문이 돌던데……."

그 물음에 당주희가 선선히 고개를 끄덕였다.

"잘되었구려. 적에 대해 아무것도 모르는 상태에서 이렇게 무의미한 이야기를 나누는 것보단 당 소저께서 정보를 얻어 온 다음에 다시 논의를 하는 게 나을 듯싶소."

언뜻 보면 논리 정연한 모용백의 말이었다. 하지만.

"그럼 당 소저가 다녀오실 동안 우리는 못다 한 승부를 끝내는 게 어떻겠소?"

"그거 좋은 생각이시오!"

"동의하오!"

"간만에 가슴 깊은 곳, 마음까지 울리는 의견이시오!"

"……."

다시금 판을 펼치는 모용백.

…이 사람들이 지금!

"끄응."

못마땅한 표정으로 화원을 걷는 모용백을 보며 총관이 고개를 저었다. 저 양반 또 다 잃었구먼.

휙!

모용백의 고개가 번개처럼 돌아갔다.

"자네, 또 속으로 내 욕을 하지 않았는가?"

찔끔.

"그럴 리가요. 전 항상 가주님에 대한 존경과 아부를 원칙으로 살아가는 한 마리의 기생충 같은 부하입니다. 어찌 부당한 이유로 저를 핍박하려 하십니까?"

모용백이 고개를 끄덕이며 수염을 쓰다듬었다.

"역시 자네는 입에 발린 말을 하지 않아서 좋네."

순간, 총관의 얼굴이 하얘졌다.

'또, 또 무슨 짓을 하려고!'

"내 솔직히 말하겠네. 요새 우리 세가의 재정 상태가 좋지 않
다는 걸 자네가 가장 잘 알고 있을 걸세. 그래도 자네가 대(大)
모용세가의 총관 아닌가, 총관."

"……."

'이게 무슨, 개똥벌레가 개똥 위에서 비무하는 소리야!'

말을 잇지 못한 채 눈을 껌벅이는 총관을 보며 모용백이 한
차례 고개를 끄덕였다.

"해서 앞으로의 자네의 봉급을 삭감하겠네. 이럴 때일수록
허리띠를 단단히 죄고, 합심해서 이 난관을 헤쳐 나가야 하지
않겠는가."

"……."

'그게 노름하던 놈이 할 말이냐!'

"자네… 지금 내 앞에서 눈을 부라리는 건가?"

나지막하게 말하는 모용백의 몸에서 극강의 기세가 뿜어
져 나오기 시작했다.

"게다가… 내 옆에 나란히 서지 말라고 몇 번을 말했는데
또 이러는구먼……. 자네 내 앞에서 키 자랑하는 겐가? 아니

면 나에 대한 불만을 이런 식으로 불출하려는 겐가?"

"그, 그런 게……."

"하여간 키 큰 놈들은 다 죽어야 한다니까, 쓰읍."

모용백은 총관을 한 번 노려보고는 그를 지나쳐 걸어갔다. 혼잣말로 투덜거리는 그를 보던 총관이 화들짝 놀라 그에게 다가갔다.

"가, 가주님."

"내 딸은 키가 작아서 더 인기가 좋다던데, 난 왜 이 모양인 거야. 우매한 것들이 중후한 중년인의 매력을 몰라. 제기……."

"가, 가주님!!"

불러도 대답이 없는 모용백에게 총관이 약간 언성을 높였다. 그러자 모용백이 질 수 없다는 듯 말했다.

"무슨 일인가! 총관!"

"아까 하신 말씀이 무슨… 제 봉급을 삭감하신다는……."

모용백의 표정에 안타까움이 드러났다.

"미안하네. 이미 결재가 끝난 일을 더 이상 왈가왈부해 봐야 무슨 소용이 있겠는가? 후에 우리 세가가 더욱 번창하는 날 자네의 공을 잊지 않겠네."

촤악.

어디서 나타났는지 의문이 가는 부채를 펴고는 먼 산을 바라보며 부채질을 하는 모용백. 총관이 입이 쩌억 벌어졌다.

이거 언제 인간이 되나 몰라.

"그런데 괜찮을까?"

얼굴에 짜증이 무럭무럭 피어오르는 총관이 모용백의 말에 건성으로 답했다.

"뭐가?"

결국 모용백이 피식 웃었다. 총관의 어깨를 툭 치고는, 농담이었네라고 말했다.

"혜아 말이야, 듣기로 장천휘라는 날건달이랑 같이 다닌다는데 괜찮을까 싶어서 말이네."

"그게 무슨 걱정거리라고 그러는가. 혜아가 총명하다는 건 자네가 가장 잘 알고 있을 텐데, 혹시 내가 모르는 다른 문제라도 있는 건가?"

모용백이 고개를 끄덕였다. 사실 가주와 총관이라는 직책의 두 사람이지만, 원래는 막역한 친우이기도 했다.

"음? 그러고 보니 그렇게 되는군. 허허, 다른 사람이라면 몰라도 당가의 소가주라… 나도 웬만하면 혜아 쪽에 손을 들어주고 싶지만 그 소가주도 웬만하지 않으니 말이야."

당주희를 떠올리던 총관이 슬쩍 웃었다.

"어떤 놈일까?"

모용백이 길가의 풀을 툭 차면서 말했다. 딸자식 문제만큼은 장난스러울 수가 없는 게 아비의 심정이었다.

"한 번 보고 싶단 말이야. 얼마나 강하기에 그렇게까지 소문이 났는지 궁금하기도 하고. 혜아가 연락도 없이 그놈을 따라다니는 이유도 알고 싶고."

구름이 끼기 시작한 하늘을 바라보며 모용백이 표정을 찌푸렸다.

"게다가 평소처럼 아무리 웃으려 해도 이번 일만큼은 웃음이 잘 나오지 않네……. 대체 무슨 일이 벌어지고 있는 건지."

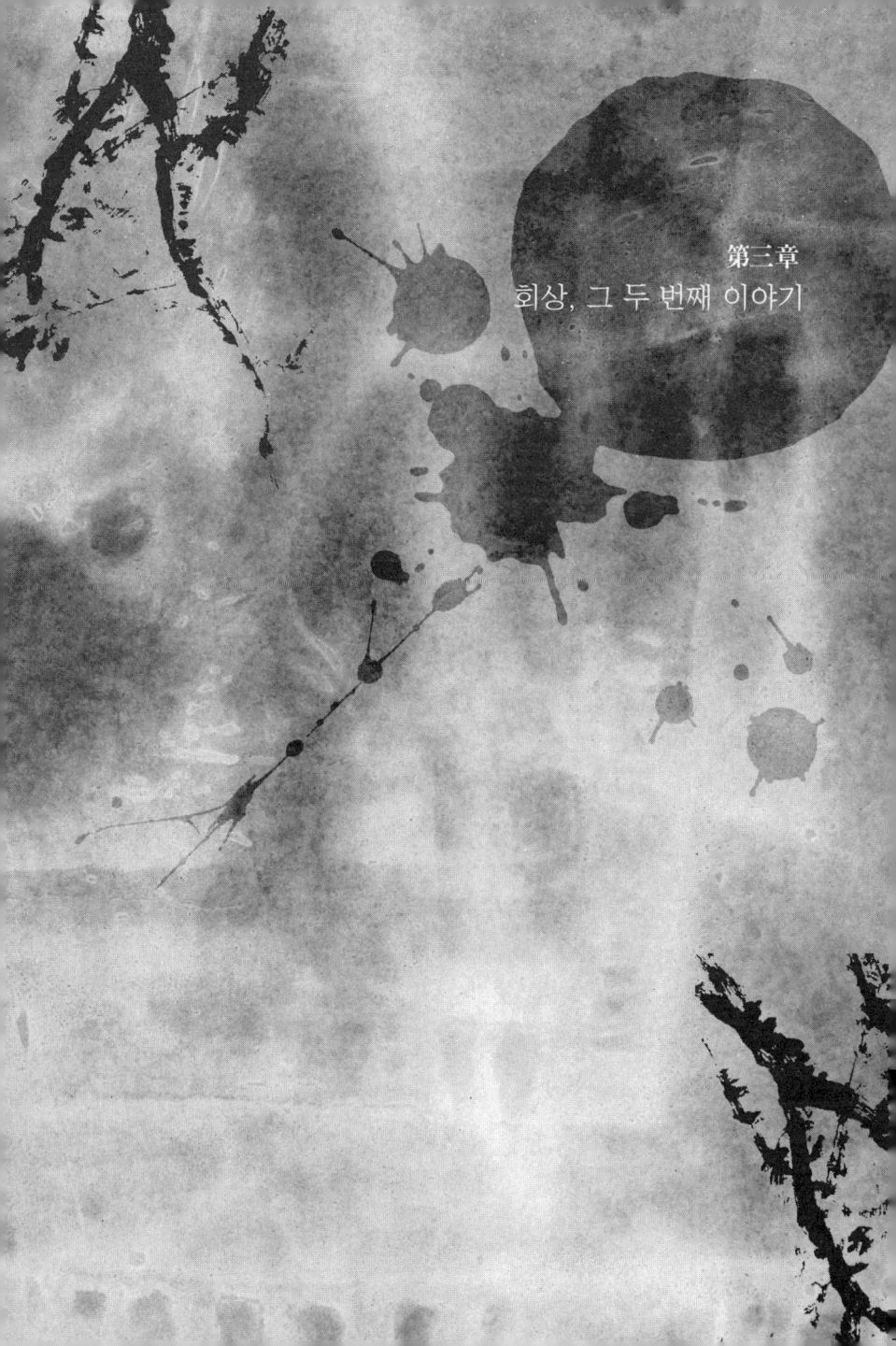

第三章
회상, 그 두 번째 이야기

악마

　내가 그 녀석과 만난 건 이 지옥 같은 곳에서 삼 년이라는 시간을 보낸 어느 날이었다. 하늘은 언제나처럼 먹물이라도 풀어놓은 듯 어둡고 침침했다. 나는 후두둑 떨어져 내린 이 어둠 속에서 몇 년이 지나도 변하지 않는 싸늘함을 느꼈다.

　그날, 심상치 않은 기운을 느낀 나는 몰려오는 잠을 누르며 얼핏 스산해 보이기까지 한 숲을 주시했다. 바람은 차가웠다. 나는 옷깃을 여미며 낮은 한숨을 토했다.

　'언제쯤 두 발 뻗고 편히 잘 수 있는 날이 올까?'

　잠시도 경각심을 늦추고 잠을 청할 수 없는 나날이었다. 언제, 그리고 어디서 습격해 올지 모르는 적들로 인해 나는 점점 힘겨워하고 있었다.

스ㅇㅇㅇㅇ.

숲은 무척이나 고요했다. 바람에 스치는 나뭇잎 소리와, 메아리 비슷한 울림. 그것들은 그간 나를 물고 늘어지던 잠을 단숨에 몰아냈다. 자정이 막 지난 시각, 적막감이 펼쳐진 숲을 보며 마른침을 삼켰다.

'망할⋯⋯.'

나는 숲에서 시선을 떼지 않았다. 보통 이곳의 밤은 절대 이렇게 조용할 수가 없다. 심장을 후비는 듯한 야수의 울부짖음 소리와 길을 잃은 채 방황하는 망혼(亡魂)들의 고통 소리. 그것들이 전혀 들리지 않았다. 관자놀이를 스쳐 지나간 땀방울이 턱을 지나가는 느낌에 소름이 돋았다.

천천히 오른손을 움직였다. 품 안에 숨겨진 암기까지의 거리가 비현실적으로 멀게만 느껴졌다. 이윽고 내 손이 암기의 서늘함을 느낄 수 있게 되었을 무렵, 등은 이미 땀으로 축축하게 젖어 있었다.

자꾸 입 안이 바짝바짝 말랐다. 나는 힘겹게 마른침을 삼키고 천천히 숫자를 셌다.

'하나, 둘⋯⋯.'

긴장에 휩싸인 내 몸은 금방이라도 떨려올 것만 같았다. 이후의 일을 짐작하고 있는 나로서는 잠시도 방심할 수가 없었다. 억눌린 숨을 내뱉고 이를 악물었다.

'셋!'

스앗! 핏!

나는 반보 뒤로 물러섬과 동시에 암기를 던졌다. 하나 암기
가 뚫고 지나간 숲에서 예상했던 소리는 들리지 않았다. 오직
나뭇잎 떨어지는 소리와 무언가 부러지는 소리만이 들렸을
뿐이었다. 나뭇가지였나?

하지만 나는 긴장을 늦출 수 없었다. 언제라도 출수할 수
있도록 준비된 오른손이 미세하게 떨렸다. 약간의 시간이 흘
렀다. 그 어떤 적들도 보이지 않았다. 이상한데? 나는 고개를
살짝 돌리며 시야를 넓게 보았다. 여전히 괴괴한 침묵이 펼쳐
진 숲이 보였다.

'그렇다는 건?'

나는 고개를 올려 하늘을 보았다. 잿빛 어스름이 깔린 하늘
에는 구름도 없었고 달도 없었다.

빠드득.

이를 악물고 신법을 전개했다.

'잊을 게 따로 있지!'

석 달에 한 번, 이 지옥 같은 곳에서 밖으로 통하는 유일한
문이 열리는 날이었다.

'문'에 도착하는 동안 나는 얼마나 많은 피를 묻힌 걸까?
내 몸에서 풍기는 피비린내를 애써 무시하고 시선을 들었다.
아까 전부터 들려오는 절규와 고함 소리에 귀가 멍멍해졌다.

'얼마나 살아남았을까?'

나는 천천히 장내를 훑어보았다. 이미 수많은 시체들이 널브러져 있었다. 대충 보아도 이번에 들어온 사람은 꽤 많았던 모양이다. 하지만 지금까지 살아남은 이는 단 한 명이라는 걸 알 수 있었다. 수많은 야수들에게 둘러싸인 채 힘겹게 손발을 휘두르고 있는 사내.

그리 가까운 거리가 아니었음에도 나는 그의 눈을 똑똑히 볼 수 있었다. 두려움과 공포에 물든 눈동자였다. 그것은 어디까지나 정상적인 반응이었다. 그 누구라 할지라도 이곳에 오는 순간 저런 감정을 갖게 되는 건 당연했다. 하지만 난 곧이어 믿지 못할 장면을 보고 말았다.

그의 입꼬리가 슬며시 올라갔다. 그 상황에서 그는 미소를 지은 것이다. 아무런 경고도 설명도 없이 낯선 곳으로 던져지고 자신을 잡아먹으려고 으르렁거리는 야수들 앞에서 그는 웃고 있는 것이다.

캬르릉!

바로 그때, 눈을 희번덕거리며 빈틈을 노리던 야수 한 마리가 그를 향해 날 듯이 달려들었다.

콰지지지직!

'저것이었군.'

나는 어째서 저 사내가 지금껏 홀로 살아남을 수 있었는지를 깨달았다. 그것은 바로 그의 발에서 뿜어져 나오는 뇌기 때문이었다. 하지만 내공이 부족했던지 멀리 튕겨 나간 야수가 슬그머니 일어나 다시금 그에게 다가갔다. 순간, 나머지 야수들의 눈이 빛났다. 먹이의 힘이 약해졌음을 본능적으로 깨달은 것이다. 나는 서둘러 그곳을 향해 달려들었다.

나는 그가 있는 곳으로 달려가며 손에 잡히는 암기를 서너 번 뿌려댔다. 이 야수들은 그나마 쉬운 적들이라 이렇게 단순한 위협만으로도 쫓아낼 수가 있었다.

"괜찮……."

스르르.

괜찮냐는 물음조차 대답하지 못한 채 쓰러지는 남자. 나는 고개를 저으며 그를 업었다. 기묘한 미소를 지닌 사내.

그것이 그 녀석과의 첫 만남이었다.

"이곳은 어디입니까?"

그가 일어나자마자 나에게 한 질문이었다. 나는 가볍게 고개를 저어주는 것으로 대답을 대신했다. 사실 나도 이곳에 대해 잘 모른다.

집을 나온 이후로 오직 '강함' 하나만을 목표로 삼아 세상을 돌아다녔다. 그러던 어느 날, 갑작스럽게 내리는 비를 피해 한 동굴 안에 들어갔다. 그리고 나는 그곳에서 기이한 꿈을 꾸게 되었다.

'힘을 얻고 싶은가?'

온 사방이 짙은 안개가 낀 것처럼 희미했다. 꿈을 꾸고 있다는 자각이 들었지만 여전히 어느 하나 정확하게 말할 수는 없었다. 분명한 건 누군가 내게 건넨 그 한마디만큼은 똑똑히 들었다는 것이었다.

'힘을 얻고 싶은가?'

그러나 내 대답이 없어서였을까? 다시 한 번 물었다. 나는 벼락에 맞은 것처럼 몸을 부르르 떨었다. 그제야 그 말이 어떤 의미인지 알아차렸던 것이다.

힘. 그 한마디에 내 모든 이성이 마비되는 듯한 느낌이었다.

'대답하라. 그대는 힘을 얻고 싶은가?'

나는 미친 듯이 고개를 끄덕였다.

내 꿈에 대한 기억은 거기까지였고 눈을 뜬 이후로 나는 이곳에 있었다. 그사이에는 아무것도 없었다. 나는 꿈을 꾸었고, 꿈에서 깨어나니 이곳이었던 것이다.

"당태중이라 합니다."

나는 그에게 말했다. 지금까지 내가 그 '문'에서 살려낸 사람은 총 열다섯 명이었다. 그중 아직까지 살아남은 사람은 단 한 명도 없었다. 지금 내 눈앞의 사내는 어떨까? 그 역시 얼마 못 가 죽게 될까? 아니면 나보다 오래 살아남을 수 있을까? 문득 그가 지었던 기묘한 미소가 떠올랐다.

그의 웃음에는 아무런 색이 없다. 기쁨도, 슬픔도… 그 어

느 것 하나 없었다. 단지 무언가를 감추기 위한 웃음 같다는
생각이 들었다.

"장천휘라고 합니다."

그는 천천히 내 눈을 바라보며 말했다.

한 달이라는 시간이 지나 제법 친해졌을 무렵, 나는 그에게
서로 말을 편하게 하는 것이 어떻겠냐고 물었다. 그 역시 매
일같이 마주하는 사이끼리 존대를 하는 것이 불편했던지 그
러자고 했다.

"차라리 검을 배워보는 게 어때?"

그가 수련하고 있는 모습을 조용히 지켜보다 물었다. 분명
그가 가진 권각술은 나이를 생각해 보면 뛰어난 것임은 분명
했다. 하지만 이곳에서 살아남기 위해서는 날카로운 병기를
가지고 있는 편이 좋다는 생각이 들어서였다.

"지금부터 검을 배우는 것보단 차라리 권각을 계속 수련하
는 게 낫지 않을까?"

"그럴 수도 있겠지. 그런데 말이야……."

나는 그에게 천천히 다가가 품 안의 책자를 건네주었다.

"나도 그렇게 생각해서 비도술 위주로 수련을 했었는데,
우연찮게 이걸 구하게 됐어. 그리고 그날 이후로 난 검술만
수련하고 있지."

이곳에 온 지 일 년 정도가 지났을 즈음, 나는 한 동굴을 발

견하게 되었다. 아무 생각 없이 들어간 그곳은 말 그대로 지옥이었다. 밖에서 만나던 야수들이나 망령들과는 차원이 다른 강함을 가지고 있던 그들에게 쫓기다, 기적적으로 손에 넣은 책이었다.

거기에는 책을 쓴 사람이나 무공의 이름은 나와 있지 않았다. 오직 네 개의 초식만이 수록되어 있을 뿐이었다.

참(斬).

미약한 내공으로도 큰 힘을 발휘할 수 있는 초식이다. 내공보단, 얼마나 효율적인 검로(劍路)로 검을 휘두를 수 있느냐가 중점이다. 하늘[天]과 땅[地]이 연결되는 보이지 않는 선(線)을 가늠하여 그 길을 따라 검을 움직여야 한다. 불필요한 움직임은 지워 버려라. 오직 일검으로 상대를 끝내겠다는 마음가짐으로 집중해서 펼쳐야만 한다.

…….

충(衝).

말 그대로 찌르기다. 하나 아무렇게나 찌른다고 해서 되는 것은 아니다. 같은 힘이 담긴 공격이라 할지라도 그 공격이 닿는 부분의 범위에 따라 그 위력은 천차만별이다. 예컨대 같은 내공과 같은 힘을 준다 하더라도 몽둥이로 찌르는 것과 검으로 찌르는 것이 같겠는가? 또한 같은 검이라 할지라도 내공의 운용에 따라 더욱 작은 점으로 상대를 겨눌 수가 있다.

……

이 초식에서 가장 중요한 것은 검에 불어넣는 내공이다. 가장 날카롭고 예리한 칼을 만든다. 그리하여 더욱 치명적인 찌르기로 상대에게 피할 수도 막을 수도 없는 공격을 하는 것이다.

폭(爆).

폭은 위에 설명한 충(衝)과 연결되는 초식이다. 만일 상대가 앞선 공격을 막았다면 찰나의 순간 그대의 내공을 검에 주입시켜라. 그리하여 점에 모인 내공을 폭발시키는 것이다. 이것은 한 번의 공격으로 끝나는 것이 아니다. 그대가 내공을 능숙하게 조절할 수 있는 경지에 도달한다면 그 점을 유지시킨 채, 몇 번이고 터뜨릴 수 있을 것이다.

멸(滅).

언제나 창조와 소멸이란 인간의 큰 과제 중의 하나이다. 이것은 오직 신(神)만이 가능한 일이지만 나는 약간의 편법으로 소멸을 흉내 내보려 했다. 그리하여 생각한 것이 불[火]이었다. 이것은 삼매진화(三昧眞火)와는 전혀 다르다는 것을 염두에 두어야 한다.

……

어느새 책자에 빠져든 그를 바라보며 나는 하늘을 올려다보았다. 흑색도 흰색도 아닌 잿빛 하늘. 보는 것만으로도 기분이 가라앉아 버리는 음습한 세상. 나는 이곳에서 살아남을 수 있을까?

이곳의 겨울은 유난히도 가혹하다.

눈이 많이 내리는 편은 아니었지만 그렇다고 전혀 내리지 않는 건 아니었다. 대부분 싸라기눈이 부스스 내리는 것이 보통이었고, 그런 눈은 잘 녹지 않았다.

마른 낙엽에서 나오는 소리와는 조금 다른, 서리와 함께 얼어붙은 눈이 사각사각거리며 밟히는 소리가 들렸다. 그렇잖아도 짧은 태양은 겨울이 오고 난 이후로는 구경할 시간도 없이 어둠 속으로 사라져 버렸고, 어떤 이유에서인지 약간 불그스름한 하늘에는 그 색을 짐작하기 힘든 구름이 층층이 쌓여 있었다.

"이건 꽤 멍청한 짓이라는 거 알지?"

입이 얼어버린 탓에 본의 아니게 약간은 어눌한 발음이 나왔다. 스스로가 말하고도 이상했던지 그는 어색한 웃음을 지었다.

"포기하고 싶으면 언제든지 말하라고."

나는 가볍게 대답하고 그를 바라보았다. 나 역시 매서운 바람을 맞은 탓에 석상처럼 굳어버린 입이 정상적으로 움직여

주지 않았다. 그리하여 내용은 그렇지 않았으나 꽤나 우스꽝스러운 대화가 되고 말았다.

"내가 왜 이따위 짓을 하고 있는 건지……."

스스로가 별 볼일 없는 대결을 하고 있다는 것을 알고 있는 듯한 말투로 그가 한숨을 몰아쉬었다.

"내 말이 그 말이야."

며칠 전부터 몰아치던 혹독한 날씨는 우리들의 행동을 굼 뜨게 만들었다. 제법 훈훈한 바람이 불어오는 동굴에 틀어박힌 채 밖으로 나갈 생각을 하지 않던 중, 왜 시작됐는지 기억도 나지 않는 어이없는 말싸움이 결국 자존심을 건 한판승부로 변해 버리고 말았던 것이다.

이게 내 손인가, 얼음덩어리인가를 고민하던 중에 그와 눈이 마주쳤다. 그리고 똑같은 모습의 초라한 몰골을 보는 순간우리는 동시에 웃음을 터뜨렸다. 하나 얼굴이 빳빳하게 얼어붙은 탓에 제대로 된 웃음이 나올 리가 없었다.

결국 찡그리는 것도, 그렇다고 웃는 것도 아닌 애매모호한 표정에서 바람 빠지는 소리가 툭 튀어나왔다.

"푸… 풉."

나는 그가 짓고 있는 표정과 똑같은 표정이 내 얼굴에 나타나 있을 것이라 예상했다. 하지만 도저히 웃음을 참을 수 없었다. 그 참을 수 없는 즐거움에 못 이겨 결국 우는 것 같은 표정으로 크게 웃어버리고 말았다.

누가 질세라 한참을 마주 보고 웃던 우리는 결국 바닥에 털썩 주저앉았다. 머리 위에 쌓인 눈을 툭하고 털어버린 그가 말했다.

"누가 이 모습을 지켜보고 있었다면… 자살할지도 모르겠는데."

나는 고개를 끄덕였다. 사내 둘이서 중요한 부분을 가리는 속옷만 입은 채, 눈발 날리는 산속에서 검을 들고 야수들을 찾다가 별안간 박장대소를 하는 모습이라니. 소름이 스르르 돋았다. 분명 추위 때문만은 아니었다.

"그런데 어디까지 온 걸까?"

실없이 피식 웃은 그가 나에게 물었다. 쓸데없는 경쟁심 때문에 아침부터 숲 속을 헤맸다. 웬일인지 오늘따라 보이지 않는 야수들로 인해 우리는 꼬박 하루 동안 아무것도 먹지 않고 이 짓을 했던 것이다.

"그것보다 왜 이렇게 조용한 거지? 날씨가 추워 겨울잠을 자러 간 것도 아닐 텐데……."

내 말에 천천히 고개를 끄덕이던 그가 하늘을 쳐다보았다. 그 모습에 나도 별생각없이 그의 시선을 따라 하늘을… 이런 빌어먹을! 내 머리는 대체 뭘로 이루어진 거야!

"오늘은 그날이잖아!"

벌떡 일어난 그가 소리를 치며 한쪽으로 달려갔다. 어, 어이 잠깐만… 나는 그를 제지하려던 오른손이 아무것도 없는 허공을 움켜쥐는 것을 멍하니 쳐다보았다. 이런… 바보 같은.

"야이! 멍청한 놈아!"

나는 그에게 힘껏 욕을 뱉으며 따라갔다. 최소한 자신이 지금 무슨 꼴을 하고 있는지 정도는 알아야 할 거 아냐!

서둘러 그를 뒤쫓아가자 아주 굉장한 진풍경이 벌어져 있었다. 주위에 널브러진 야수들의 사체들, 하나 사람의 시체는 하나도 보이지 않았다. 이번에 들어온 이는 한 명이었던 모양이지? 나는 속옷만 입은 채로 이리저리 뛰어다니며 검을 휘두르고 있는 그를 보고 머리를 감싸 안았다.

"아주 자~알하고 계시구~만."

나는 내가 지금 어찌해야 할까 잠시 고민을 했다. 이 꼴로 나가면 저 사람은 어떤 생각을 하고…….

'게다가 여자잖아!'

제길! 처음 무식하게 들어댄 탓에 일정 거리를 두고 물러섰지만 어느새 그를 둘러싸며 벌건 눈을 껌뻑이는 야수를 보며 나는 눈을 감고 크게 한숨을 쉬었다.

"이런 멍청한 자식아!"

나는 고래고래 소리를 지르며 그에게 달려갔다. 동굴에 옷을 두고 온 탓에 암기는 하나도 없었다. 두 마리의 야수를 베어버리고 그에게 다가가서 뒤통수를 갈겼다.

"……"

"……"

"……."

살아남은 몇몇 야수들이 슬그머니 도망치자 매서운 바람이 우리 주위를 몰아쳐 지나갔다. 나는 헛기침을 두 번 했다.

"당태중이라 합니다."

내 말에 그 여인은 아무런 대꾸도 없었다. 결국 견디다 못한 그가 말했다.

"장천휘라고 합니다."

이제야 자신이 어떤 모습을 하고 있는지 깨달은 모양이다. 고개를 돌리며 난처한 표정을 짓는 그가 어색하게 말했다. 하지만 여전히 그 여인은 아무런 말도 없이 우리를 빤히 쳐다보았다. 그 모습에 얼굴이 확 달아올랐다.

한참의 시간이 지나고 천천히 그 여인의 입이 열렸다.

"전… 이름이 없어요."

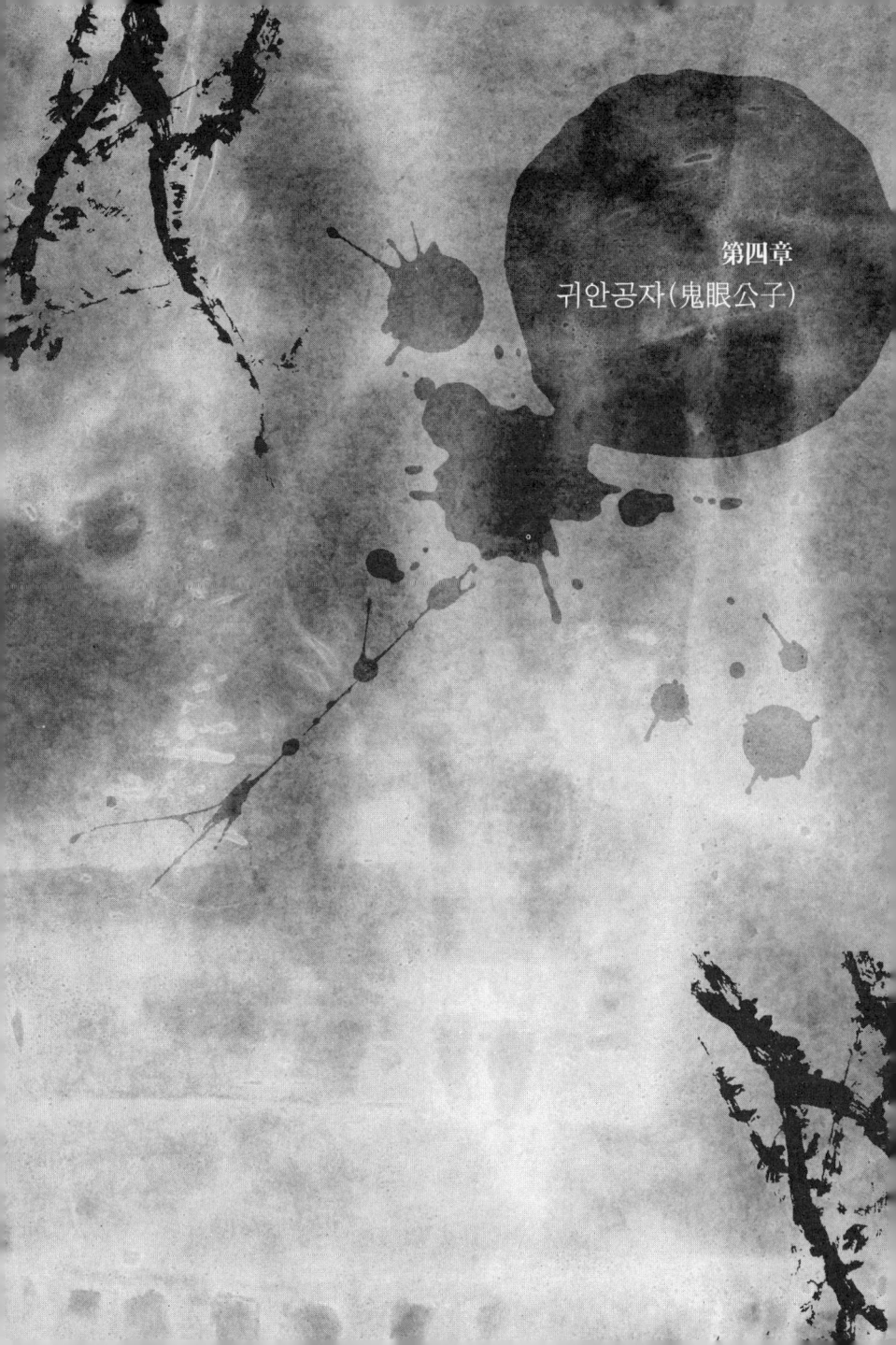

第四章
귀안공자(鬼眼公子)

악마

"나는 아무래도 가봐야 할 것 같네."

갑작스럽게 사철홍이 꺼낸 말이었지만 누구도 놀라지 않았다. 어느 정도는 예상한 일이었다. 불길한 기운이 감도는 강호의 분위기, 이런 상황에 계속해서 궁주의 자리를 비워둔다는 것은 마궁에서 소란이 일어날 수도 있는 일이니까.

"그럼 다음에 뵙도록 하지요, 형님."

채영후가 슬쩍 웃으며 말하자 사철홍이 고개를 끄덕였다. 떠날 사람은 떠나야 할 시기가 온 것이다. 심란한 마음을 억누르던 북궁연란도 입을 열었다.

"저 역시 먼저 가야 할 것 같아요. 빙옥검을 찾았으니 오랜만에 빙궁에 웃음이 찾아올 수 있겠네요."

고개를 푹 숙이며 말하는 북궁연란과 꼿꼿이 서 있는 사철홍. 제자 때문에라도 더 이상은 안 되겠다고 말하며 푸근하게 웃는 관사우. 떠날 사람은 떠났고, 남은 사람들의 시선은 장천휘에게 모였다.

"자… 그럼 이제."

자신을 바라보는 사람들을 한 번씩 바라본 장천휘가 쓴웃음을 짓고는 입을 열었다.

"저희도 슬슬 돌아갈까 합니다."

그 말에 갑자기 설희가 정색을 하며 되물었다.

"어디로요?"

장천휘의 말문이 막혔다. 아무렇지도 않게 돌아간다는 말을 했지만 정작 자신들이 돌아갈 곳은 없었다. 이미 다 부서진 잠룡객잔?

모든 이가 자신의 일을 마치고 돌아갈 곳이 있지만, 자신에게는 없는 것이다. 돌아갈 곳이…….

"그러게… 어디로 갈까?"

장천휘의 말에 설희가 한숨을 푸욱 내쉬었다.

"제가 했던 질문이잖아요. 그냥 어디 넓은 집이라도 하나 구하자고 예전에 말했을 때 들으셨어야죠. 왜 객잔을 운영한다고 우기셔서…….

예전 손후민에게 문주 직을 물려받고 강호에 나왔을 때가 기억났다. 문도들과의 오랜 말싸움 끝에 결국 객잔으로 결정하게 되었다. 나머지 사람들은 문주라는 이름으로 직권남용의 술수를 부렸다고 항의했지만 그 이상 어찌할 도리는 없었다.

장천휘가 피식 웃었다.

"자자, 실패는 병가상사라는 말도 있잖아. 그렇게 과거의 일을 들쑤시며 속 좁은 티를 내지 말고 좋은 집터나 구해보자고."

"제가 좋은 곳을 추천해 드릴까요?"

어니선가 들려온 침착한 목소리에 실희의 어깨가 처졌다.

"왜 정상적으로 나타나는 사람이 하나도 없을까요?"

설희가 건넨 말에 멋쩍은 표정을 지은 장천휘가 고개를 돌렸다.

"또 만나게 되는구나."

그 말에 당주희가 가볍게 미소 지었다.

"생각보다 많은 수의 사람들이 움직이고 있는 것 같아요. 한정된 지역이 아닌, 아주 넓은, 광범위하게 일어나는 불미스러운 일로 보아 쉽게 상대할 수 있는 적은 아니라고 생각해요."

거기까지 말한 당주희가 갑자기 말을 멈췄다. 투명하면서도 깊은 눈동자가 장천휘를 향했다.

"그러니 저에게도 기회를 주세요. 조금이라도 오라버니를 도와드리고 싶어요. 그들은 대체 누구인가요? 어떤 목적으로 무슨 일을 벌이려 하는 건가요?"

장천휘는 약한 한숨을 한 번 내쉬고는 눈을 감았다. 언제나 짓고 있던 미소는 없었다. 이윽고 천천히 눈을 뜬 그가 고개를 끄덕였다.

"그래… 너도 알고 있어야겠구나. 그는 바로… 태중이를 죽인 장본인이기도 하니까."

장천휘가 천천히 입을 열기 시작했다.

*　　*　　*

세상에는 믿기 힘든 일이 종종 일어나곤 한다. 다른 사람의 마음을 읽는다는 것, 그것은 분명 불가능한 일이다. 하지만 이 불가능한 일을 가능하게 만든 이가 강호에 있었다.

귀안공자(鬼眼公子)가 바로 그 주인공이었다. 그는 유복한 집안의 외동아들로 태어났음에도 불구하고 집안의 냉대를 받으며 자라게 된다.

벽안(碧眼)의 아이. 그 아이의 오른쪽 눈동자는 흑진주를 떠올릴 수 있을 만큼 맑고 아름다웠다. 하지만 왼쪽 눈동자는 그렇지가 못했다. 귀신처럼 푸른빛의 눈동자는 보는 것만으로도 사람의 간담을 서늘케 만들었다.

그 아이의 아버지는 어머니를 의심했고, 화목했던 집은 그가 태어나면서부터 보이지 않는 균열이 만들어지고 있었다.

그리고 그 아이가 열 살이 되었을 무렵, 이젠 그 누구도 그 아이에게 다가가려 하지 않았다.

귀신의 아이.

모두가, 심지어는 그의 부모조차 그렇게 불렀다. 그 아이의 눈동자와 마주치게 되면 그 누구라 할지라도 온몸에 소름이 돋는 듯한 기분이 들었다.

한 인간이 가지고 있는 깊은 원한, 혹은 원념들. 그 아이는 그것들을 상대의 눈동자를 보는 것만으로 알아낼 수 있는 능력을 가졌던 것이었다. 누구나 가지고 있는 저 마음 깊숙한 곳의 더러운 소망까지도…….

그 아이는 그렇게 나이를 먹었다. 하나 열 살 때의 체형과 모습은 스무 살이 되어서도 변하지 않았다. 그리고 오히려 그 아이의 능력은 점점 더 강력해져 갔다.

눈을 마주치지 않아도, 몸에 닿는 것만으로도 그 사람이 가진 생각을 읽어낼 수 있었으며, 극한의 감정, 한 인간이 가지고 있는 강한 감정은 멀리서도 느낄 수 있는 지경에까지 달한 것이다.

그리하여 그 아이는 보고 싶지 않아도, 느끼고 싶지 않아도 사람들의 숨겨진 감정을 알 수 있게 되었다. 누구나가 감추고 싶은 비밀, 누구에게도 말하고 싶지 않은 기억. 그 모든 것들이 그 아이의 머릿속으로 들어왔다.

그대로 있다가는 스스로가 미쳐 버릴 것만 같았다. 그래서 그 아이는 집을 나와 아무도 없는 한적한 숲 속에서 지내게 되었다. 하지만 그 아이의 운명은 그렇게 끝날 수 있을 만큼 호락호락하지가 않았다.

그 아이가 사람들을 피해 혼자 살아간 지 반년이 조금 안 되었을 무렵, 세상은 전쟁의 소용돌이 속으로 휘말리게 된다.

각 나라의 지배자들이 가지고 있는 헛된 물욕에 의해 희생을 요구당하고, 파괴를 강요당하는 일이 벌어진 것이다. 이 아이는 그 소문을 듣고 더 깊숙한 곳으로, 사람들의 손이 더 미치지 않는 곳으로 숨어들었다.

하지만 얼마 못 가 그 근처에서 기습을 준비하던 병사들에 의해 붙잡히게 되었다. 남녀노소 할 것 없이 전쟁의 틈바구니 속으로 내쳐지던 당시, 그 아이라고 해서 빠져나올 수 있는 도리가 있는 것은 아니었다.

인간의 내면에 자리한 가장 잔인한 욕구. 파괴, 정복, 살인, 배신, 그 모든 것들이 한곳에 모인 전쟁터로 이 아이는 무방비상태로 던져지게 되었다.

악몽, 또 악몽. 절대로 끝나지 않을 이 지독한 악몽 속에서 이 아이는 서서히 변화하기 시작했다. 흑진주처럼 아름다웠던 오른 눈동자는 어느새 피를 머금은 적색으로 바뀌어져 있었다.

십 년 동안의 길고 긴 전쟁이 끝나자 이 아이는 악마가 되어 있었다. 인간이 가진 가슴속 깊은 곳의 비밀에 대한 원초적인 두려움을 앞세워 수많은 살인을 저지른다. 아무도 그 악마를 막을 수 없었다. 그의 능력이 알려지자 그 누구도 잡을 엄두를 내지 않았다. 자신의 치부가 낱낱이 꺼내질 상황을 그 누가 반기겠는가?

그리하여 세상에서는 그를 일컬어 귀안공자라 부르며 피해 다녔고, 그렇게 몇 년의 시간이 지나자 그는 더 이상 세상에 나오지 않았다. 수많은 사람들은 안도의 한숨을 내쉬었고, 힌편으로는 숨기지 못한 불안감을 가졌다.

이 악마가 언제 또다시 세상에 나올지 모르기에 조마조마한 가슴을 누르며 살아갔다. 하지만 예상과는 다르게 오 년, 십 년, 그리고 이십 년이 지나도 이 악마가 세상에 나오지 않자 언제나 그렇듯 사람들은 이 악마의 존재를 머릿속에서 지워 버렸고 한낱 겁쟁이들이 만들어낸 조잡한 동화처럼 여기게 되었다.

"그건 백 년도 더 지난 이야기잖아요."

장천휘의 말을 듣던 설희가 이해하지 못하겠다는 표정을 지었다. 자신이 태어나기도 전에 강호에서 사그라진 소문이었다. 갑자기 이 이야기를 꺼낸 의도가 무엇일까? 일행들은 여전히 모르겠다는 심정으로 장천휘를 쳐다보았다.

"그는 아직 살아 있어."

자신의 볼을 쓰다듬으며 툭 내뱉는 말에 일행들의 입이 벌어졌다. 어찌 인간이 백 년이 넘는 시간 동안 살아 있을 수 있단 말인가. 그들의 놀람이야 어쨌든 장천휘는 여전히 자신의 말을 이어갔다.

"중천주 장후량을 죽인 범인들이 바로 그 귀안공자의 수하들이고, 지금 강호에서 벌어지고 있는 불미스러운 일 역시 그가 벌이고 있는 짓이야."

자신의 이마를 한 번 매만진 당주희가 물었다.

"어째서 그것을 알고 계신지에 대해서는 묻지 않겠어요. 다만 제가 묻고 싶은 건, 어째서 그 귀안공자는 백 년이 훨씬 지난 지금까지 살아 있을 수 있으며, 무엇 때문에 이렇게 오랜 시간이 지난 지금에서야 세상에 나오는 것이고, 무엇 때문에 혼란으로 몰고 가는 건가요?"

장천휘의 눈빛은 무언가를 회상하는 빛을 띠었다. 과거, 자신이 힘을 얻은 곳, 그곳에서 누군가가 남긴 책을 떠올리며 천천히 입을 열었다.

그는 스스로의 힘이 부족하다는 것을 깨달았다. 물론 그에게는 사람들 마음 깊은 곳에 숨어 있는 추악한 면을 끄집어내 옴짝달싹 못하게 만들 수 있는 힘이 있었다. 하지만 어느 날 그는 그 힘의 한계를 깨닫게 되었다.

세상을 조롱하고 비웃으며 살아가던 어느 날, 그는 무공을 익힌 사람과 대면하게 되었다. 그 무인은 이름조차 알려지지 않은 그저 그런 삼류 정도의 무공을 가진 사람이었다. 하지만 그날 그는 자칫하면 목숨을 잃을 뻔한 위기에 처했다.

자신이 아무리 그의 과거의 죄를 끄집어내고, 그의 치부를 들춰봐야 그가 휘두른 검이 자신의 목에 닿는 순간 전세는 순식간에 뒤집어지는 것이었다.

가까스로, 거의 기적적으로 그 무인의 손에 도망친 그는 다시 아무도 없는 산으로 도망가게 되었다. 그리고는 다짐했다. 그 누구도 업신여기지 못할 힘을 찾아내겠다고. 어느 누구에게도 없는 능력을 가지고 있던 그였기에 자신이 있었다.

이 세상 어딘가에는 인간의 손길이 닿지 않은 미지의 힘이 잠자고 있을 것이라 믿었다.

"그럼 백 년 동안 무공 수련을 했다는 건가요?"

설희가 어리벙벙한 표정으로 묻자 장천휘가 고개를 저었다.

"자신이 얻은 힘을 온전하게 자신의 것으로 만들려고 했던 게 아니었을까 생각을 하지만, 그것만큼은 나도 정확히는 모르겠어."

"정말이지… 믿지 못할 일들만 벌어지고 있는 것 같아서 혼란스러워요."

설희가 중얼거리는 것을 듣던 당주희가 물었다.

"그럼 그가 원하는 것이 무엇인지는 아시나요? 혼란을 틈타 그가 하려고 하는 것이 대체 무엇인가요?"

그녀의 말에 장천휘가 바로 대답했다.

"간단해. 그가 행하고자 하는 건 한 가지야. 그건 바로 파멸(破滅)이지."

"네?"

당주희가 잘못 들었나 싶어 다시 물었다.

"파멸. 말 그대로 이 세상을 송두리째 엎어버리는 거야. 흔히 마교라 불리는 사람들이 주장하는 정화(淨化)와는 달라. 그저 이 세상의 멸망만을 쫓고 있어, 그는."

장천휘가 표정을 찌푸렸다.

"힘들 거야. 그는 인간의 원초적인 두려움을 무기로 삼고 있어. 인간의 마음속 깊숙한 곳에 자리한 욕망과 본능을 끄집어내 흔들어 버리지. 자신만이 알고 있는 비밀조차 그에게는 비밀이 아니야. 그렇기에 그에게 대항한다는 건 어쩌면 자기 자신과 싸우는 것보다 힘들지 몰라."

갑자기 설희는 서늘한 바람이 자신을 스쳐 지나는 것을 느꼈다. 몸을 움츠린 그녀가 살짝 떨었다.

사람은 그 누구라도 절대 남에게 알려주고 싶지 않은 '것'들이 한두 개쯤은 분명히 있다. 사람을 조종하는 일에 있어서 그 사람의 비밀을 알고 있는 것이 얼마나 크게 작용하는가.

과연 그의 앞에서 당당하게 서 있을 수 있는 사람이 있을까?

"무서워요."

설희가 작게 말하자 나머지 사람들도 고개를 끄덕였다. 단순히 무공이 강한 적이라면, 혹은 심계가 뛰어난 적이라면 이렇게까지 두렵지는 않을 것이다. 하지만 상대는 무소불위(無所不爲)의 권력을 가졌다 해도 과언이 아니다. 과연 그와 마주친 사람 중에 그의 손을 벗어날 수 있는 사람이 있을까?

"저희 세가에는 들르지 않으실 생각이신가요?"

"아무래도 힘들겠군요."

모용혜의 물음에 쓰게 웃으며 대답한 장천휘가 고개를 돌렸다.

"아까 무어라 하셨지요?"

"월영검대(月影劍隊)의 부활에 대해 말씀드렸습니다."

채영후가 말했다. 이전의 그 괴인들과의 접전 때 생각했던 일이었지만 여러 가지 일이 겹친 탓에 이제야 말을 꺼낼 수 있었다.

"음… 그렇게 하도록 하십시오. 조금이라도 전력을 높일 수 있다면 좋겠지요."

고개를 끄덕이며 선선히 대답하는 장천휘의 모습에 채영후가 반색하며 기뻐했다.

'이제야 허울뿐인 대주가 아니구나.'

"사형."

"응?"

"이제 어디로 가실지 정한 모양이시네요."

설희가 모용혜를 슬쩍 바라보며 물었다. 모용세가에 들르지 못한다는 말을 듣고 갈 곳을 정했다는 뜻으로 받아들인 설희였다.

"일단은 호북으로 갈 생각이야."

"호북이요?"

장천휘가 고개를 끄덕였다. 이 년 전, 수많은 영혼들을 불사른 장소, 또한 그녀를 잃은 장소. 복잡한 상념이 그의 머리를 스쳤다.

"어찌하실 생각이십니까?"

모용혜와 하후태에게 물었다. 약간의 고민을 하던 모용혜는 얼마 동안은 함께 움직여야 될 것 같은데 괜찮은지를 물었고 장천휘는 대수롭지 않게 승낙했다.

"난 가봐야겠네. 원래는 좀 더 강호를 떠돌 생각이었지만 자네의 말을 듣고 보니 마음이 놓이질 않네. 아무래도 가봐야겠어."

하후태가 심각한 표정으로 자신의 도를 매만졌다.

"그렇게 하도록 하시지요. 그럼 서둘러 출발하도록 하겠습니다."

가볍게 인사를 나눈 일행이 말에 오르자 모용혜가 불쑥 물었다.

"그럼 차라리 배를 타고 산동(山東)을 통해 가는 것이 어떨까요? 그게 더 빠를 텐데요."

어린 나이임에도 불구하고 적지 않은 강호행을 했던 모용혜였다. 이곳에 왔던 방법으로 하북을 통해 가는 것보다 훨씬 빠른 방법이었다.

그녀의 말을 곰곰이 듣고 있던 장천휘가 장백과 양철음을 쳐다보았다.

"문주님이 정하시지요. 저희는 별상관없습니다."

장천휘가 고개를 끄덕였다.

"그럼 그렇게 하도록 하겠습니다. 길은 알고 계십니까, 모용 소저?"

"네, 몇 번 그렇게 이동했던 적이 있거든요."

모용혜는 그 말과 함께 말고삐를 돌렸다.

*   *   *

마을에 들어와 일행이 받은 첫인상은 무척이나 흉흉한 분위기였다. 마을 어귀에서 객잔이 있는 곳까지 오는 동안 단한 명의 아이들도 볼 수 없었다. 문이란 문은 모두 빗장이 걸려 있었고 간혹 지나가는 사람들의 표정은 모두가 어두웠다. 안 그래도 장천휘에게 들었던 이야기 때문에 기분이 썩 좋지 않았던지라 더욱 으스스하게 느껴졌다.

"무슨 일이 있는 건가?"

양철음이 기분 나쁘다는 표정으로 말했다. 오랫동안 기름 칠을 안 했던지 객잔의 문조차 요란한 소리를 내며 열렸다.

"여보시오, 손님 안 받소?"

그제야 주방 옆에 달린 문이 삐거덕거리며 열렸다. 텁수룩한 수염과 머리털이 몇 달이고 손질을 안 한 것마냥 삐죽삐죽 튀어나와 있는 사내였다.

"객잔 운영의 기본이 안 되어 있구먼."

장백이 투덜거리며 자리에 앉았다. 그 사내가 머리를 긁으며 다가왔다.

"웬일로 외지인이 여까지 오셨수. 그래, 무엇을 시키겠수?"

약간 사투리 섞인 말로 묻는 사내의 말에 일행이 차례로 음식을 주문했다. 듣는 둥 마는 둥 하던 사내가 몸을 돌려 주방으로 걸어가려고 하자 채영후가 그에게 물었다.

"무슨 일이 있소?"

그러자 사내는 생각하기도 싫다는 듯 표정을 찡그렸다.

"말도 마슈."

그 말만 하고는 주방으로 걸어가던 그가 문득 발길을 멈추고 몸을 돌렸다.

"혹, 하룻밤 묵어가려고 하우?"

장천휘가 고개를 끄덕이자 그가 말했다.

"그러면 절대로, 절대로 자시(子時) 이후로 밖에 나가지 마슈. 험한 꼴 당하고 싶지 않으면."

소름 끼친다는 표정으로 한차례 몸을 떤 그가 주방으로 걸어갔다.

"무슨 일일까요?"

마을 어귀에서부터 왠지 모르게 느낌이 좋지 않았던 모용혜가 나지막하게 물었다. 가슴속에서 올라오는 거부감이 무언가 심상치 않음을 말해주고 있었다.

"괴수라도 나타났나?"

자신이 말하고도 어이가 없었던지 양철음이 피식 웃었다.

"한 번 알아볼까?"

장천휘가 대수롭지 않게 말했지만 설희가 과장된 몸짓으로 거절했다.

"사형! 전 이 일에 관여되고 싶은 마음은 눈곱만큼도 없으니 저까지 낄 생각 마세요!"

"무슨 일인지나 알고 그러는 거야?"

"그러니까! 전 무슨 일인지 알고 싶은 생각이 전혀 없다니까요!"

장천휘가 슬쩍 웃으며 주위를 둘러보았다. 채영후가 어깨를 으쓱거리며 말했다.

"재미있을 것 같군요."

"늙으니 소일거리라도 찾아봐야지."

"나야 뭐, 귀찮은 일만 아니라면야……."

"전에는 안 그랬는데 요새 부쩍 호기심이라는 게 늘은 것 같군요."

채영후의 말에 이어 장백과 양철음, 모용혜가 말했다. 좌중의 분위기가 장천휘의 발언 쪽으로 쏠리자 궁지에 몰린 설희가 말했다.

"사형, 저 이상하게 아까부터 무섭단 말이에요. 그냥 오랜만에 다 같이 객잔에서 휴식이나 취해요. 잉잉."

설희가 코맹맹이 소리로 울자 장천휘가 손을 한 번 내저었다.

"어디서 파리가 들어왔나."

"사형! 진짜 이러기예요?"

설희가 버럭 대들자 한쪽 귀를 후벼 판 장천휘가 나머지 사람들에게 말했다.

"그럼 식사를 마치고 움직이도록 하지요."

"무서운 건 딱 질색인데……."

기어가는 목소리로 설희가 말했다. 빙긋 웃은 장천휘가 그녀의 등을 툭툭 쳤다.

"알았어. 그럼 사매는 '혼자' 객잔에 남아 있도록 해. 밖이 위험하다고는 하지만 설마 객잔까지 무슨 일이 생기겠어?"

묘한 말투. 설희가 눈을 한 번 흘기고는 탁자 위로 스르르 넘어졌다.

"하늘 아래 내 편은 한 명도 없는 거였어."

몇 번이고 똑같은 말을 중얼거리던 설희가 몸을 일으켰다.

"아니야. 그래도 하늘은 언제나 나의 편이었어."

약간은 넋이 나간 눈빛으로 허공에 대고 말한 그녀가 다시
금 쓰러졌다.

"그렇지 않아. 그 누구도 나의 편을 들어주지 않잖아."

벌떡 일어나는 설희.

"하늘은 언제나 나의 편이라니까!"

"……."

"……."

"……."

"……."

스승과 제자는 닮는 건가? 속으로 생각한 장천휘가 몸을
흠칫 떨었다. 제발… 그건 아니기를…….

"하늘은 언제나 나의 편."

"그만!"

장천휘가 버럭 외쳤다.

"그럼 안 가는 거예요?"

설희가 방긋 웃었다.

"그건 아니지."

"……."

스르르.

"하늘은 언제나 나의 편, 신에게 그대를 빼앗긴……."

"뭐라는 거야!"

"저기, 사매?"

"말 걸지 말아요. 만약 조금이라도 제 곁에서 떨어지면 그
땐, 사형 살고 나 죽는 거예요."

"……."

결국 장천휘가 고개를 저었다. 이런 식의 협박은 다소 신선
한 맛이 있었다.

"그런데 사실일까요?"

옆으로 다가온 모용혜가 물었다. 식사를 마친 일행은 객잔
주인에게 자세한 설명을 요구했다. 그는 또 애먼 사람이 죽겠
다는 식의 표정으로 입을 열었다.

석 달 전의 일이었다. 푸줏간을 하던 양씨의 아버지가 죽었
다. 양씨는 아버지의 묏자리를 구하기 위해 양지바른 곳을 찾
아 헤매던 중 근처의 무덤들이 파헤쳐져 있는 것을 발견했다.
그 길로 산에서 내려와 촌장과 관아에 이 이야기를 전했다.

관아에서는 별 대수롭지 않은 애송이 도굴꾼이 한 짓이라
판명하고 아무런 조치 없이 이 사태를 넘겼다. 하지만 그 후
로 계속해서 전해지는 소식에 의하면 뒷산의 거의 모든 무덤

들이 파헤쳐졌다는 것이었다.

마을 사람들은 자신들의 조상들이 욕보였다며 크게 한탄
했다. 하지만 진짜 문제는 그 후에 일어났다. 옆집 김가네 아
들이 큰돈을 벌어 귀향했다는 소식에 급격한 복통을 호소하
고 배를 움켜쥐고 거나하게 술을 마신 이씨가 집으로 돌아오
며 믿지 못할 광경을 목격했다.

오 일 전 돌아가신 아버님이 버젓이 일어나 길 한가운데서
덩실덩실 춤을 추고 있는 게 아닌가! 이씨는 손으로 눈을 비
벼도 보았고, 손바닥으로 자신의 뺨을 몇 차례 후려갈겨도 보
았지만 분명한 현실이리는 것을 깨달았다.

그는 그대로 길바닥에서 기절했고 다음날 아침 그를 발견
한 마을 사람이 놀란 마음으로 그를 의방에 데려갔다. 이씨는
자신이 목격한 장면을 사람들에게 이야기했다.

하지만 그 누구도 믿지 않았다. 시체가 일어나 춤을 추고
있었다고? 사람들은 그가 술에 취해 헛것을 보았다며 핀잔을
주었다.

그러나 그것은 사실이었다. 그날 밤, 그리고 그 다음날 밤.
그 후로 매일 밤마다 죽은 이들이 마을 한가운데서 춤을 추고
있었던 것이다.

민심은 극도의 혼란에 빠졌다. 관아에서도 나섰지만 별 도
리가 없었다. 병사들마저 제정신을 차리지 못하고 있는 마당
에 무슨 일을 할 수 있을까?

더 곤란한 건, 이런 일이 있고 몇몇 사람들은 짐을 챙겨 다른 마을로 달아나려고 했다. 하지만 그렇게 이 마을을 떠난 사람은 그날 밤 마을 한가운데서 찾을 수 있었다.

결국 도망갈 수도 없다는 사실을 깨달은 마을 사람들은 공포에 질려 밖에 나오지도 못하고 있는 것이다.

"왜 하필 춤을 추는 것일까요?"

모용혜는 웃지도, 그렇다고 울지도 못할 이야기에 불신 가득한 목소리로 말했다.

"글쎄요, 가보면 알겠지요."

장천휘가 말했다.

객잔 주인이 말한 곳에 도착하자 정말로 그가 말한 상황이 펼쳐져 있었다. 수십의 시체들이 마을 한복판에서 덩실거리며 춤을 추고 있는 것이었다.

채영후의 입이 쩌억 벌어졌다.

"이게 무슨 말도 안 되는 일이랍니까?"

장백과 양철음도 기가 막히다는 표정을 짓고 있었다. 장천휘의 눈이 살짝 빛났다.

'저건?'

"춤을 추고 있는 게 아니네요."

장천휘의 뒤에 바짝 붙어서 움직이던 설희가 궁금했던지 고개를 살짝 내밀고 바라보다가 말했다. 그녀의 말은 사실이었다.

물론 얼핏 봐서 그것들이 춤을 추고 있다고 생각할 수도 있겠지만, 자세히 살펴보면 그들은 무언가에 팔꿈치 쪽이 묶인 채 흐느적거리고 있는 것이었다.

"무섭다면서 볼 건 다 보고 있네."

장천휘가 고개를 돌려 말하자 세차게 그의 등을 꼬집은 설희가 다시 그의 뒤에 숨었다.

"아이, 무서워요."

"……."

"……."

"무엇을 하고 있는 걸까요?"

모용혜가 몸을 슬쩍 떨고는 물었다. 장천휘라면 알고 있을 것 같았다. 그의 표정이 약간 어두워졌다.

"저건 연습을 하고 있는 겁니다."

"연습이요?"

또다시 등에 숨어 있던 설희가 살짝 튀어나오며 물었다. 어디서 구해왔는지 검은색 모포를 머리부터 발끝까지 뒤집어쓰고 있었다.

장천휘가 고개를 끄덕였다.

"죽은 자들을 일으키고, 그들을 조종하는 자, 반드시 그를 찾아야만 합니다. 모두 주위를 잘 살피십시오."

장천휘의 말에 일행들이 두리번거렸다. 그때 누군가의 목소리가 들려왔다.

"어디서 오신 분들이십니까?"

어둠 속에서 누군가가 불쑥 튀어나오며 말했다.

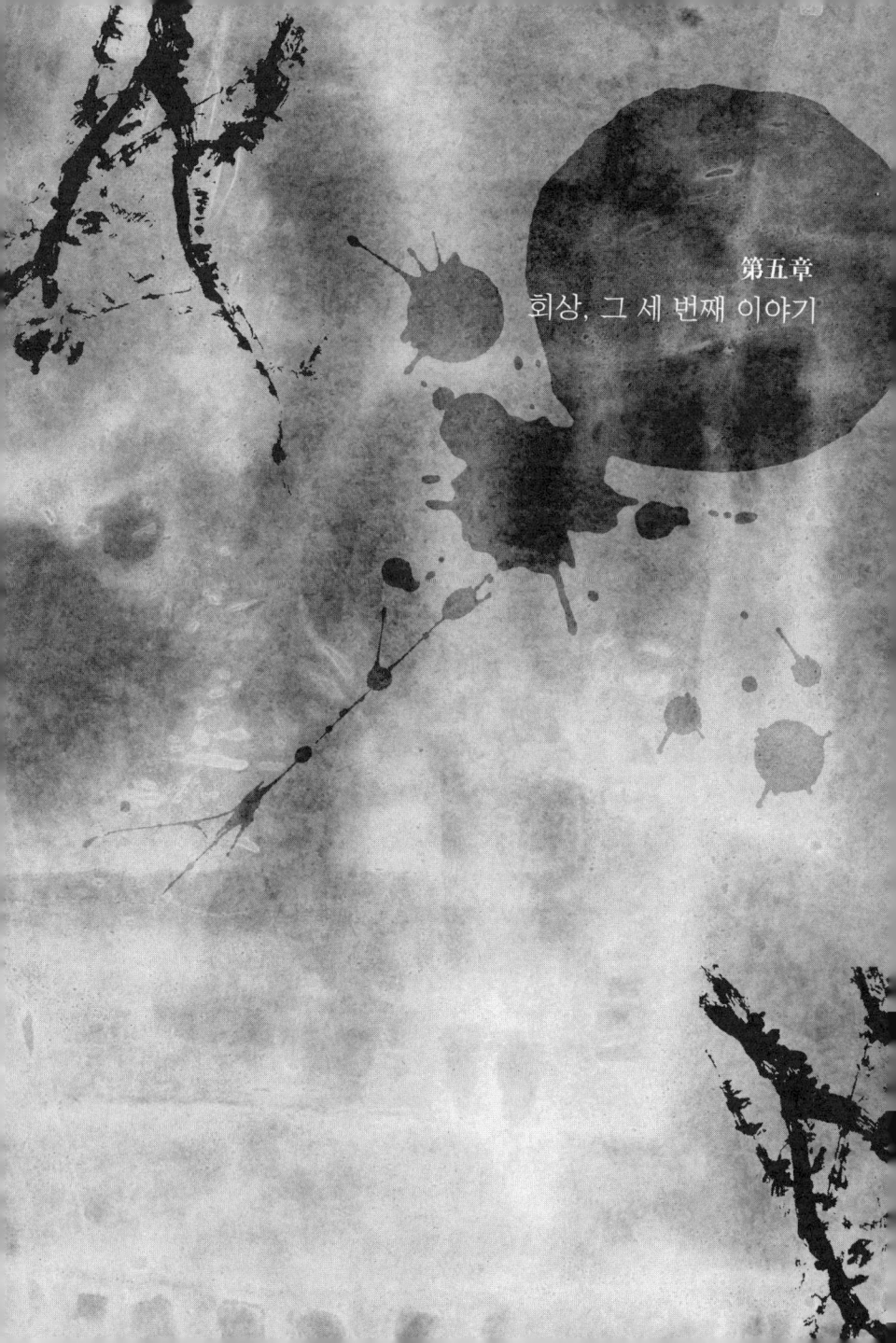

第五章
회상, 그 세 번째 이야기

악마

"이렇게 해서… 이렇게 하는 건가요?"

"……."

"……."

순간, 나와 천휘는 할 말을 잃었다. 이건, 뭐…….

"아닌가요?"

"아, 아니, 맞습니다. 제대로 잘하셨습니다."

나는 손을 휘저으며 얼버무렸다. 옆에 서 있던 천휘가 바닥의 돌을 툭 차면서 중얼거리는 게 들렸다.

"내 주위에는 왜 이렇게 천재가 많은 거야."

그 소리에 나는 머리를 긁적였다.

두 번 다시 생각하기도 싫은 모습으로 그녀를 구출한 지 두 달여가 지났다. 무공에 대해 문외한이었던 그녀는 무공을 배우고 싶다 말했고, 나와 천휘는 번갈아가며 그녀의 무공 지도를 해주고 있었다.

한데 그녀의 자질은 놀라웠다. 물론 그녀가 악착같은 자세로 무공을 배우고 있다는 점을 감안하더라도, 그 습득 속도가 장난이 아니었다.

잠조차 제대로 자지 않고 무공을 배우려는 의지에 혀를 내두를 지경이었다. 예전처럼 매일같이 몰려드는 적들을 혼자 상대하는 것이 아니라 천휘와 함께 하기에 전보다 여유가 생긴 건 사실이었다. 하지만 쉴 시간은 예전보다 부족했다.

"제가 너무 귀찮게 해드리고 있군요."

그녀가 작게 말했다. 내가 아니라는 말을 하기도 전에 고개를 푹 숙인 그녀가 다시 말했다.

"역시 전 그날 죽었어야……."

천휘가 뛰쳐나오며 세차게 고개를 저었다. 저런 마음씨 착한 놈 같으니라고. 나는 속으로 슬쩍 웃었다.

"아닙니다. 그런 생각은 마시고 방금 전 그 동작에서……."

친절하게 그녀의 무공을 손봐주는 천휘의 모습을 보며 바닥에 등을 대고 누웠다. 저 녀석이 온 이후로 이상하리만큼 내 모습이 변하고 있다는 생각이 들었다. 이렇게 유쾌한 적은 거의 없었는데, 어느샌가 농담을 가볍게 던질 수 있는 사람으로 변해 있었다.

"……!"

나는 벌떡 일어나며 검을 뽑았다. 천휘도 어느새 검을 뽑아 나에게 천천히 다가왔다.

"몸이 짜릿짜릿한 게… 오늘은 두 발 뻗고 편히 쉴 수 있겠는데?"

천휘가 말했다.

끼아아아아아아아.

"이런 빌어먹을 정도로 싱그러운 소리가 있나."

내가 그 녀석의 밀에 화답하듯 밀했다.

"조심해!"

까아앙!

어느새 내 뒤로 다가오던 망혼(亡魂)을 베어버린 천휘가 외쳤다. 이런, 큰일 날 뻔했군. 나는 살짝 손을 들어줌으로 고마움을 표했다.

반투명한 몸으로 허공을 떠다니며 우리 주위를 맴돌고 있는 것들. 나는 처음 저것들을 보고 기겁을 했었다. 태어나 단한 번도 귀신의 존재를 믿지 않았던 나였기에 그 충격은 더욱 컸다.

"끝도 없이 몰려오는군."

나는 아무리 베도 그 수가 줄지 않는 망혼들을 보며 눈살을 찌푸렸다.

귀화(鬼火)를 연상케 하는 푸른빛의 눈동자가 섬뜩하게 반짝거린다. 너희들도 언젠가는 인간이었겠지? 지금처럼 온전한 육신조차 없이 길을 잃고 떠도는 영혼이 아니었겠지?

내 두 발이 바닥을 차고 탄력있게 뛰어올랐다. 무엇을 원하는 것이냐? 무엇이 너희들로 하여금 이렇게까지 살아 있는 자들에 대해 맹렬한 증오심을 느끼게 만들었던 것이냐!

돌아가거라. 너희들의 먼 기억 속으로. 한때나마 인간이었던 기억을 떠올려 너희들이 돌아가야 할 곳으로 돌아가거라!

아득히 저 먼 곳,
세상의 끝일지라도
범의 울음소리가 닿으리!

'표후천애(彪吼天涯)!'

우르르릉!

발이 바닥에서 일 장 정도 위로 떠오른 순간 웅크렸던 몸을 단숨에 확 폈다. 그리고 내 품의 비도를 사방에 뿌렸다. 오행(五行)의 하나, 금(金)의 기운이 담긴 공격이었다. 은백색의 검기를 감싼 비도들이 눈부신 속도로 적들을 향해 날아갔다.

파바바박!

발아래를 내려다보자 몇몇 망혼들이 나를 기다리고 있었다. 나는 곧바로 상체를 뒤로 젖히고 내공을 모아 허공을 격했다. 빙글 공중에서 몸을 한 바퀴 돌리자 머리가 바닥을 향하는 자세로 바뀌었다. 나는 그대로 내 몸과 검을 곤(│) 자로 만들었다.

집중해라. 좀 더 작은 점으로, 그 무엇도 뚫을 수 있을 송곳을 만들어라!

'충(衝)!'

나는 검끝에서 눈을 떼지 않은 채 바닥을 향해 쇄도했다. 지릿, 팔목이 시큰거렸다.

'윽!'

하지만 나는 그 통증을 무시하고 몸을 바로 세웠다. 어느새 다가온 천휘가 말했다.

"오늘은 유난히도 거센 것 같은데?"

숨소리가 약간 거칠어졌다. 나는 작게 고개를 끄덕이며 주위를 살폈다.

끼리릭, 끼이익

그때, 갑자기 소름 끼치는 소리가 들려왔다. 지금껏 우리들의 귀를 어지럽히던 망혼들의 울부짖음 소리가 뚝 그쳤다. 무슨 일이지?

슬금슬금 망혼들이 뒤로 물러서기 시작했다. 아무리 죽여도 겁을 먹지 않던 것들이 무언가가 두려운 듯 피하고 있는 것이었다.

끼익, 끼긱.

"음……!"

천휘가 낮은 신음 소리를 내뱉었다.

뻐끔하게 뚫린 두 눈. 기괴한 움직임. 분명 사람의 형체가 분명하지만 결코 사람으로 보이지 않는 자. 그의 목에서 일어나는 아무 의미도 없는 반복적인 움직임. 공기 속에서 탁한 냄새가 확 풍겨져 나왔다.

"꺄앗!"

갑자기 우리들 사이에서 몸을 사리던 그녀가 털썩 주저앉으며 귀를 틀어막았다. 무슨 일이지? 귀를 막고는 오들오들 떨고 있는 그녀의 뒤에 있던 천휘를 바라보았다. 녀석의 신형 역시 미세하게 떨리고 있었다. 나는 의문을 가진 채 다시금 앞을 바라보았다.

'아……?'

귀에서 윙윙거리는 소리가 들린다. 나는 화들짝 놀라 왼손을 들어 귀에 가져댔다. 무언가, 끈적끈적하고 불쾌한 느낌. 손을 내려 바라보자 붉은 피가 묻어 있었다.

쿵쾅쿵쾅.

갑자기 미칠 듯이 뛰는 심장 소리가 들리는 것 같았다. 내 몸의 모든 피가 머리로 쏠리는 기분이었다.

내 앞에서 무표정하게 나를 지켜보던 괴인이 혀를 날름거리며 입술을 핥았다. 갑자기 누군가 뒤에서 내 어깨를 강하게 붙잡았다. 뒤를 돌아보니 천휘가 나를 향해 무어라 입을 중얼거리고 있었다. 하지만 전혀 들리지가 않았다. 녀석의 얼굴에서 나는 긴장감과 초조함을 발견했다.

'뭐라고?'

내가 하는 말조차 들리지 않았다. 내가 제대로 말을 했는지조차 확인할 수 없었다. 천휘의 얼굴이 확 일그러졌다. 갑자기 내 뒷덜미를 힘껏 잡더니 뒤로 잡아 던져 버렸다.

나는 엉겁결에 일어난 일이라 제대로 반항조차 못한 채 뒤로 내던져졌다. 천휘가 그녀에게 뭐라고 말을 하는 것이 보였다. 약간 망설이던 그녀가 고개를 끄덕였다.

'나를 빼고 무슨 소리를 하는 거야?'

그런 생각을 하고 있을 때, 나에게 달려온 그녀가 내 손을 붙잡은 채 나를 잡아끌었다. 무슨 짓을 하고 있는 거야? 내가 그런 표정을 지어 보이자 그녀가 입을 크게 벌리며 천천히 말했다.

"도 망 가 야 돼 요."

나는 인상을 확 썼다. 차라리 같이 죽으면 죽었지 어째서 천휘만 두고 도망가자는 말을 하는 건가. 나는 화난 표정으로 그녀의 손을 뿌리쳤다.

'어?'

이상하다. 원래 그녀가 이렇게 힘이 셌던가? 분명 힘껏 그녀를 뿌리쳤지만 내 손은 여전히 그녀에게 잡혀 있었다. 고개를 돌리자 저쪽에서 천휘가 날 바라보고 있었다.

싱긋. 녀석이 나를 보고 웃었다.

'빌어먹을 놈아. 넌 지금 이 상황에서도 웃음이 나오……?'

천천히 바닥이 기울어진다. 몸에 힘이 없다. 어째서? 어째서…….

똑. 똑. 똑.

작은 물방울 떨어지는 소리가 들렸다. 퀴퀴한 냄새와 함께 바람이 부는 소리가 메아리처럼 들려왔다.

'응?'

나는 자리에서 벌떡 일어났다. 고개를 돌려 주변을 살펴보았다. 사방은 칠흑같이 어두웠고 눅눅한 습기가 느껴졌다. 동굴인가?

"일어났구나."

멀지 않은 곳에 앉아 있던 천휘가 나를 향해 걸어왔다. 이젠 괜찮아? 녀석이 자신의 귀를 툭툭 치면서 물었다. 아?

"어, 괜찮은 거 같네."

나는 엉겁결에 대답했다. 천휘가 슬쩍 웃었다. 이에 나도 슬쩍 웃으며 주먹을 날렸다.

퍽!

"아아, 아프잖아."

뺨을 손바닥으로 살살 문지르며 장난스럽게 말하는 모습에 내가 소리를 질렀다.

"임마! 어쩌겠다고 그렇게 무모한 짓을 한 거냐!"

그것은 약간의 자책감이었고 미안함이었다. 도움을 줘도 부족했을 텐데 먼저 기절하다니. 그래도 다행이라는 생각이 들었다.

"뭐, 이젠 괜찮잖아. 모두 다 무사하니 말이야."

천휘가 손가락으로 한쪽을 가리켰다. 머리를 무릎에 파묻은 채 자고 있는 듯한 그녀가 보였다. 어떻게 된 기지? 나는 다시 천휘에게 고개를 돌렸다.

"어떻게 된 거야?"

나는 옆을 가리키며 앉으라는 손짓을 하며 물었다. 삼 년이 넘는 시간 동안에 단 한 번도 마주친 기억이 없는 상대였다. 끼익거리는 소리가 환청처럼 내 귀를 어지럽혔다.

"사실대로 말하면 실망할지도 모르는데."

천휘가 뒷머리를 긁적이며 말했다.

"도저히 상대가 안 되겠다 싶어서 슬슬 도망가면서 싸웠는데 이상하게 적극적으로 공격을 안 하더라고. 거의 반 시진가량을 그렇게 눈치를 보면서 뒤로 물러서다가 이 동굴을 발견하게 됐어."

천휘의 말에 나는 고개를 돌려 다시 한 번 주위를 살폈다.

어디선가 본 적이 있는 거 같은데…….

"네가 기절한 상태였으니까 어쩔 수 없다고 생각하고는 동굴로 들어갔어. 아무래도 막는 입장에서는 한 방향으로 된 곳이 좋으니까."

나는 고개를 끄덕이며 그의 말을 들었다.

"그런데 황당한 일이 벌어진 거야. 그… 남자? 하여튼 그 괴상한 사람은 이 동굴로 들어오기를 꺼려하는 것 같더라. 아니, 두려워하고 있었다고 해야 하나?"

천휘가 고개를 기울이며 마땅한 표현을 찾지 못하고 있을 때 저쪽에서 작은 목소리가 들렸다.

"어떤 '결계' 가 쳐져 있는 것 같았어요."

나와 천휘의 고개가 동시에 움직였다. 잠을 자고 있는 게 아니었나? 여전히 무릎을 손으로 감싼 채 웅크리고 있는 그녀는 고개를 들고 우리를 바라보고 있었다.

"이 동굴 주위를 빙빙 돌면서 들어올 곳을 찾는 것처럼 보였어요. 제 눈에는."

천휘가 끄덕였다.

"맞아. 그런 것 같았어. 한참을 그렇게 동굴 주위를 돌더니 가버리더라고."

다시 생각해 봐도 허무했던지 어깨를 으쓱한 천휘가 말했다.

"그나저나 좀 괜찮아? 아직 움직이기 힘들면 나 혼자 나가서 먹을 것 좀 구해올게. 배고파서 쓰러지시겠어."

"아니야. 그냥 같이 나가지 뭐."

나는 그렇게 말하고 몸을 일으켰다. 천천히 걸어가며 주위를 살폈다. 분명, 어디선가 본 기억이 있는데……

"맞다!"

갑작스럽게 소리를 지른 탓에 천휘가 의아한 표정으로 날 바라보았다.

"그 책!"

"어? 갑자기 무슨 소리야?"

"이 동굴이었어. 여기서 그 책을 가져온 거라고!"

네 개의 초식이 담긴 무공서. 바로 이 동굴이었다. 처음에는 긴가민가했는데 동굴 밖에 나와보니 확신할 수 있었다.

"아아, 그게 여기였던 거야?"

나는 '맞아'라고 말했다. 그런데 이상하다. 왜 그는 이곳에 들어올 수 없었던 거지? 분명 이 안쪽에도 야수들과 망혼들이 존재하는데? 같은 편이 아닌 건가? 그가 나타났을 때 망혼들이 슬슬 도망가던 기억이 났다.

"근데 네 말로는 밖과는 차원이 다른 무시무시한 괴물들이 있었다며?"

"좀 더 안쪽으로 들어가면 있어."

나는 천휘의 말에 대답하고 동굴을 바라보았다. 몇 년이 지나도 이곳에 대해서 전혀 모르겠다. 어떻게 이런 곳이 존재할 수 있는지, 그리고 그 야수들과 망혼들. 있을 수 없는 것들이 멀쩡히 돌아다니는 세상. 나는 어떻게 이곳에 들어왔으며, 어떻게 해야 나갈 수 있는 걸까? 어쩌면 이 동굴 안에 그 비밀이 조금은 숨겨져 있지 않을까 하는 생각이 들었다.

"그런데 말입니다."
동굴에서 나온 후에 대충 배를 채우고 쉬고 있을 때 천휘가 그녀에게 말했다.
"이름이 없으시니 조금 불편한 감이 없지 않군요."
그녀는 천휘를 빤히 쳐다보았다. 녀석은 조금 민망했던지 헛기침을 두 번 했다. 조금 이해가 가는 모습이었다. 이상하게 그녀가 쳐다보면 수많은 사람들 앞에서 발가벗겨진 기분이 든다. 내 속을 훤히 들여다보고 있다는 기분이라고 해야 하나?
"어째서 그게 불편하지요?"
"그거야 '야' 라고 부를 수도 없고, '이보게' 라고 부를 수도 없으며, '인마' 라고 부를 수도 없으니까 말입니다."
나는 천휘의 말에 피식 웃었다. 하지만 그녀의 얼굴에는 아무런 변화도 없었다. 처음 그녀를 만났을 때부터 지금까지 단한 번의 감정도 나타나지 않는 얼굴이었다.
"편하신 걸로 부르세요. 전 그런 것 따위는 상관없으니까요."

그녀의 목소리는 차갑다거나 매섭다는 느낌은 아니었다. 하지만 이상하게 상대의 말문이 막히게 만든다. 나는 가만히 앉아서 둘을 지켜보았다.

"제 말은 그러니까, 아무래도 이름이 있는 게 편하지 않을까 하는 겁니다."

"제 이름을 지어주고 싶으신 건가요?"

천휘가 자신의 관자놀이를 매만졌다.

"비슷합니다."

"어째서죠?"

"네?"

"어째서 당신이 제 이름을 지어주고 싶어하는 거죠?"

"그게 편하니까요."

또 저 실없는 총각은 환하게 웃는다. 저건 거의 병이라고 부를 수 있는 수준이 아닌가? 그녀는 미동조차 하지 않고 천휘를 바라보고 있었다.

"그럼 그렇게 하세요. 신세를 지고 있는 처지에 이것저것 가릴 형편인가요, 제가."

무언가 망설이는 듯한 모습의 천휘가 천천히 입을 열었다.

"당신은 너무……."

약간의 뜸을 들인 후에 다시금 말했다.

"염세적이라고 생각하지 않습니까?"

차분한 목소리로 말하는 천휘를 보며 그녀의 눈빛에 알 수 없다는 감정이 비춰졌다. 내가 보기에도 그녀는 삶에 대한 집착이 거의 없는 것 같다. 그녀는 이곳에서 살아남기 위해 무공을 배우는 것이 아닌 것 같았다. 그저 우리의 짐이 되지 않으려 하는 것이 아닌가 하는 짐작만 들 뿐이다.

"그렇다고 낙관적으로 살 수 있을 만큼 이 세상이 즐거운 건 아니니까요."

다시금 원래의 눈빛으로 돌아온 그녀가 말했다.

"당신은 살아가는 것이 즐겁나요?"

"글쎄요. 즐겁지도, 그렇다고 슬프지도 않습니다."

"그런가요?"

"네. 전 살아가야만 하니까요."

"무슨 뜻인가요?"

"말 그대로입니다. 전 살아야만 합니다. 그 누구보다도 오래 살아야만 합니다."

"어째서죠?"

"저는 태어남과 동시에 한 사람의 삶과 교환을 했습니다."

"교환이요?"

그녀가 이해하지 못하겠다는 투로 묻자 장천휘가 고개를 끄덕였다.

"어머니를 죽이고 태어났다는 말입니다."

나는 눈을 크게 뜨고 그를 쳐다보았다. 그녀가 고개를 젓는 것이 보였다.

"그건 분명 당신 잘못이 아닐 텐데요? 어째서 당신이 죽였다는 식으로 말을 하는 건가요? 당신이야말로 스스로를 자학하며 살아가는 게 아닌가요?"

천휘가 어깨를 으쓱했다.

"그런 것이야 어찌 됐든 전 살아가야만 합니다. 이왕 살아갈 거 속 편하게 사는 것이 좋지 않습니까? 즐겁게 말이죠."

그녀의 손이 천천히 올라갔다. 가느다란 손가락이 천휘를 가리켰다.

"당신, 말과 행동이 다르다는 생각을 하지 않나요?"

정곡을 찔렀군. 나는 속으로 웃었다.

한참을 가만히 있던 천휘가 손바닥으로 바닥을 몇 번 내려쳤다.

"자자, 그러니까 오늘의 주제는 당신의 이름을 짓는 것입니다. 자꾸만 이야기를 다른 곳으로 몰아가지 마십시오."

"그쪽이야말로 말 돌리지 말아요."

"……."

나는 아까 나무에서 따온 과일을 한 입 베어 물었다. 싱그러운 향이 입 안에 확 퍼졌다.

'무지하게 떫군.'

"그럼 제가 생각했던 이름을 말씀드릴 테니 마음에 드는 것으로 고르십시오."

"그런 것까지 준비해 둔 건가요?"

"물론입니다. 전 평생을 치밀한 계획과 왕성한 활동으로 살아가는 남자니까요."

"말씀해 보세요."

그녀가 천휘의 황당한 말에 아무런 반응도 없이 나오자 녀석은 머쓱한 표정을 지었다.

"초선은 어떻습니까?"

"미인계로 야수들을 꼬시라고요?"

"서시는 어떻습니까?"

"절 제물로 바치려고요?"

"그럼 왕소군은?"

"뇌물의 중요성을 일깨워 주시는 건가요?"

"항아?"

"불사약을 구해 드릴까요?"

"양귀비는?"

"…그만 하시죠."

"잠시만요. 기껏 당신을 위해 준비했는데 이렇게 무성의하게 나오시면 이쪽이 너무 기분 좋아지지 않습니까."

결국 그녀가 황당하다는 표정을 지어 보였다. 자네, 너무 대단한 능력을 가진 것 같아. 나는 감탄했다.

"정말 제 이름이 없다는 것이 불편하셔서 이러시는 건가요? 아니면 당신과 놀아줄 사람이 없어서 이러시는 건가요?"

그녀의 말에 천휘가 웃으며 대답했다.

"배가 고파서 이러는 겁니다."

"……."

그녀가 눈을 가늘게 뜨며 중얼거렸다.

"휴우… 화연이에요. 양화연."

계속되는 천휘의 공세에 못 이겨 결국 그녀가 두 손을 들었다. 나는 손에 들린 과일을 한쪽으로 던져 버리고 뒤로 누웠다. 둘을 바라보고 있으니 자꾸만 나를 오라버니라 부르며 따라다니던 그녀가 떠올랐다.

지금 그녀는 무얼 하고 있을까? 잠시라도 날 생각하고 있을까? 제법 나이가 찼을 테니 그사이 혼인이라도 했을지 모른다.

몸서리쳐지는 잿빛 하늘에는 노을이 드리우고 있었다. 나는 천천히 머리 위로 손을 들고 주먹을 쥐었다.

나는 그동안 얼마만큼 강해졌을까? 그녀가 아무 걱정 없이, 그 무엇도 두려워하지 않고 살아갈 수 있도록 지켜줄 수 있을까?

아직 멀었겠지. 이런 식이라면 집을 나온 의미가 없다. 나는 그저 보통의 사람보다 조금 더 빠르게 무공을 익혀가는 수준에 불과하다. 그 어떤 적이라도 막아낼 수 있는 그런 힘은 아직 꿈조차 꾸지 못하고 있다.

그래도 약해질 수는 없다. 당태중, 너는 강해져야 한다. 그 누구보다. 그 무엇보다…….

"집에 두고 온 마누라 생각이라도 하는 거야?"

어느새 다가와 내 옆에 나란히 누운 천휘가 물었다. 나는
고개를 돌리지 않은 상태에서 대답했다.

"여동생 생각을 하고 있었어."

"여동생?"

나는 고개를 끄덕이고 몸을 일으켰다.

"천휘야."

"응?"

기지개를 한 번 켠 천휘가 나를 바라보고 있었다. 어쩌면
나는 이곳에서 살아 돌아가지 못할 수도 있다. 그러면 누가
그녀를 지켜주지? 나는 천휘를 빤히 쳐다보았다.

"왜 그래?"

그가 몸을 일으키며 말했다.

"만약에 말이다. 만약에…….."

나는 크게 심호흡을 한 번 했다.

"내가 죽으면 말이야. 그리고 네가 살아서 이곳을 빠져나
갈 수 있으면 나 대신에 단 한 번만이라도 그녀를 지켜줄 수
있겠니?"

천휘가 나를 이상한 눈으로 쳐다보았다. 아, 나도 모르게
그녀라는 말을 써버렸다.

"그게… 친동생은 아니고 사촌인데, 음, 그리고 나는 양아

들이고……."

약간은 당황한 탓에 횡설수설한 꼴이 되었다. 잠자코 듣고
있던 천휘가 또다시 웃었다. 그만 웃어, 그러다 정들겠다.

"걱정 마. 넌 살아서 이곳을 나갈 수 있을 테니까. 그래도
혹시 모르니 네 말처럼 된다면 꼭 그렇게 해줄게. '그녀'를
지켜주겠다는 뜻이야."

그녀라는 단어를 유난히도 강조했기에 약간 민망해졌다.

"하지만 평생은 힘들어."

천휘가 내 등을 툭 치면서 말했다.

"이참에 나도 한 가지 부탁하자. 혹시라도 네가 아까 말한
상황과 반대되는 상황이 펼쳐지면 내 여동생 좀 지켜줄래?"

조금은 놀리는 게 아닌가 하는 생각이 들었다.

"나 역시 친동생은 아니야. 하지만 어렸을 때부터 친오누
이처럼 자라왔어. 정확하게 말하자면 내 사매야."

사실인 모양이다. 나는 고개를 끄덕였다. 그 후로 한참 동
안의 침묵이 이어졌고 어디선가 가느다란 목소리가 들렸다.

"묻고 싶은 게 있어요."

옷에 묻은 풀잎을 가볍게 털어낸 그녀가 말했다.

"그전에 말입니다. 불편하지 않으십니까?"

갑자기 천휘가 그녀의 말을 끊었다.

"또 뭐가 말인가요……?"

"앞으로 우리는 원하든, 원치 않든 동거동락을 할 사이인

데 이런 말투가 불편하지 않느냐는 말입니다."

"동고동락이겠죠."

"……."

일부러 그랬던 거였을까? 나는 저 유쾌한 청년을 보며 미
소를 감추지 않았다.

"뭐가 어찌 됐든 말입니다."

"게다가 전 별로 즐겁지도 않은걸요."

"그러니까……."

"알았어요."

또다시 천휘의 입에서 말도 안 되는 소리가 나올 것이라 짐
작한 그녀가 대충 끄덕였다.

"괜찮나요?"

그녀가 나를 보며 물었다. 나는 고개를 끄덕였다.

"내가 궁금한 건, 왜 너희들은 무공을 익히고 있는 거지?
이곳에서 살아남아야 한다는 이유 외에 또 다른 무엇이 있는
거야?"

나와 천휘가 동시에 고개를 돌려 마주 보았다.

"이렇게 단숨에 말을 놓을 줄은 몰랐는데……."

"의외로 화끈한 성격이었던 걸까?"

그리고는 실없이 웃었다. 대답이야 뭐…….

"지켜야 할 사람이 있으니까."

"힘이 없으면 아무것도 지킬 수가 없으니까."

천휘와 내가 비슷한 대답을 했다. 그녀의 눈에서 알 수 없다는 빛이 떠올랐다.

                    *   *   *

"너희들……."

나는 머리를 손으로 감쌌다. 이게 대체…

"내가 뭐 못해준 거라도 있니? 아니면 내가 무슨 실수라도 했던 거야?"

내 말에 고개를 젓는 두 명. 나는 소리를 버럭 질렀다.

"그런데 왜! 분명 요리는 내가 하겠다고 했잖아!"

"왜 그래? 우리는 네가 좀 피곤해 보이기에 도와주려고 그런 거지. 너무 익힌 건가?"

천진난만한 표정으로 화연에게 묻는 천휘.

"조금 탄 거 같긴 해."

화연이 말했다.

"조금이라니, 조금이라니, 조금이라니! 이게 어딜 봐서 '조금'이라고 말할 수준이야!"

고기를 구운 건지, 숯을 구운 건지 구분이 안 가는 모습이었다. 나는 하소연하는 심정으로 말했다.

"얘들아, 요리는 내가 할게. 아무리 피곤해도, 아무리 힘들어도 몸을 움직일 수 있는 상황이라면 무조건 내가 할게. 그러니까 너희들은 사냥만 해주면 안 되겠니?"

"미안해서 그랬지."

천휘가 딴청을 피우며 말했다. 나는 한숨을 쉬었다. 예전에 천휘가 해준 요리를 맛보고 난 이후로는 항상 내가 음식을 만들었다. 그리고 화연이가 왔을 때, 이제야 번갈아가며 만들 수 있겠구나 했지만, 내 예상은 보기 좋게 빗나갔다.

오십보백보(五十步百步)도 아닌 오십보육십보(五十步六十步) 수준이었다.

"그래, 고맙긴 한데. 이제부터는 이런 수고 안 해줘도 돼. 무조건! 내가 만들 테니."

그래도 녀석들의 성의를 생각해서 자리에 앉았다. 눈앞의 고기를 두고 잠시의 고민을 했지만 결국 입으로 가져갔다.

우둑.

모래가 씹혔지만 나는 웃으며 먹었다. 그래도 녀석들이 나를 위해 만들어준 거니까. 그렇게 생각하며 모래를 씹어 먹었다.

우두둑.

몇 개의 모래가 내 입에서 조화를 이루는 소리가 들렸다. 그래도 웃으며 씹어 먹었다. 그 모습에 녀석들도 웃으며 같이 먹었다.

우두두두둑.

이러다가… 이가 다 부러질 지경이다.

우두두두두두두둑!

결국 못 참고 자리에서 벌떡 일어났다.

"야! 너희들은 고기를 물로 씻은 거냐! 모래로 씻은 거냐!"

멍한 표정으로 나를 쳐다보는 두 명.

"맛은 괜찮은데!"

"응. 나름 먹을 만하네."

"......"

호화로운 식사를 마치자 내 이는 참혹한 통증을 호소했다.

"턱이 다 얼얼하네."

간단히 세수를 마치고 왔더니 둘은 이미 무공 수련에 몰두해 있었다. 그 모습을 지켜보고 있자니 왠지 모르게 제법 어울린다는 생각이 들었다. 얼음덩어리와 푼수라......

나는 둘이 있는 곳과 약간 떨어진 위치에서 검을 뽑아 마보 자세를 취했다. 예전, 아버지께 무공을 배우던 시절부터 항상 빼먹지 않고 하는 수련이었다. 제아무리 고수라 할지라도 외공을 등한시했다가는 큰 발전을 기대하지 못한다는 아버지의 말씀 때문이었다.

무인에게 있어 그 무엇보다 중요한 것은 강인한 하체라고 하셨다. 몸의 중심을 잡아주는 기본적인 수련. 튼튼한 뿌리 없이 몸만 불리는 나무는 곧 쓰러지기 마련이다.

나는 마보 자세를 취한 상태에서 검을 머리 위로 올렸다.

그리고는 천천히 내려 베었다. 빠른 동작으로 하는 것보다 느린 동작이 오히려 더 어렵다. 일 푼의 불필요한 동작마저도 없어야 하는 초식이기에 그런 것이었다.

참(斬). 가장 효율적인 검로를 따라 움직여야 한다. 나는 언제부터인가 이렇게 천천히 검을 휘두르는 수련이 꽤 효과가 좋다는 것을 깨달았고, 이후부터 이런 수련 방법을 쓰고 있었다. 몇십 번을 그렇게 반복 동작을 했을 뿐이지만 이마에 땀이 송골송골 맺히기 시작했다.

그 어떤 수련보다 집중을 요하는 일이었다. 내가 그렇게 수련에 빠져 있을 때, 문득 나를 부르는 소리를 들었다.

"태중아."

"어?"

나는 마보 자세를 풀며 호흡을 가다듬었다. 내게 다가온 천휘를 바라보자 그 녀석도 이미 꽤 많은 땀을 흘리고 있었다.

"대련이나 한 판 할까?"

"음… 나쁘지 않지."

넓은 공터로 이동한 우리는 주위의 공간을 어느 정도 확보하고 마주 보는 상태로 있었다. 심호흡을 한 번 했다. 저쪽에서는 화연이가 여전한 그 무감정한 눈빛으로 우리들을 지켜보고 있었다.

"준비됐어?"

검을 어깨 위로 떡하니 올리고는 목을 좌우로 꺾는 천휘의 모습에 나는 실소했다.

"꼭 날건달 같아."

"칭찬은 감사히 받고… 간다!"

파바박!

말이 끝나는 것과 동시에 보법을 전개하는 천휘. 원래 권각을 수련했었던 그였기에 그 속도가 나와는 비교가 되지 않을 정도로 빨랐다. 이전에도 몇 번 손을 나눴던 적이 있지만 쉽게 상대할 수 없었다.

휙, 하고 바람을 가르는 소리가 들렸다. 내 좌측으로 다가온 천휘가 어느새 내지른 일권. 나는 허리를 뒤로 살짝 굽히는 것으로 그의 공격을 피했다. 내 눈앞을 살짝 스쳐 간 주먹에서 바람이 몰아쳤다.

'볼 때마다 늘 신기하단 말이야.'

나는 허리가 뒤로 굽혀진 상태에서 몸을 오른쪽으로 돌렸다. 순간적으로 너무 빠르게 회전했던 탓에 약간 어지러웠다. 하지만 나는 개의치 않고 그대로 천휘의 허리를 노리며 검을 횡으로 베었다.

하지만 천휘는 그 자리에 없었다. 어느새 일 장 밖으로 물러난 그가 다시 나에게 달려들었다.

공격을 하고 물러나는 동작이 물샐틈없이 치밀하고 날렵하다. 나는 간간이 허초를 섞어가며 천휘의 공격을 막았다. 그렇게 한참을 겨루다 녀석이 바닥에서 몸을 살짝 띄웠다. 그대로 오른 다리를 하늘을 향해 치켜세웠다가 내리찍는다. 발에서 뿜어지는 뇌전(雷電)이 사뭇 대단했다.

나는 이대로는 안 되겠다 싶어 그의 공격을 막아낸 후에 몇 번이고 허초를 뿌렸다. 예상대로 뒤로 물러나는 천휘의 모습을 보고 나도 순간적으로 보법을 펼쳐 뒤로 빠졌다. 오른손에는 검을 쥐고 있었기에 자유로운 손은 왼손뿐이었다.

하지만 나는 아버지께 무공을 배울 때 언제나 양손을 전부 수련했기에 불편함을 느끼지는 못했다. 품 안에서 세 개의 비도를 꺼내 검지와 중지, 중지와 약지, 그리고 약지와 새끼손가락 사이에 각각 끼웠다.

"이번에도 안 뽑는지 보겠어!"

나는 여태껏 허리춤에 달린 검을 뽑지 않고 있는 천휘에게 외치며 비도를 뿌렸다. 녀석의 좌측과 우측, 그리고 머리 위를 향해 날렸다. 움직일 수 있는 공간은 뒤쪽이나 앞쪽밖에 없었다.

하지만 나는 그가 앞으로 나올 것이라 의심치 않았다. 검에 내공을 주입시켰다. 부르르, 떨리는 검이 곤두서는 듯한 느낌이 들었다.

부우우웅!

나는 그대로 충(衝)을 전개하며 달려들었다. 역시나 그 녀석은 뒤로 물러서지 않는다.

좌아악!

아슬아슬하게 내 검이 천휘의 어깨 위를 스쳤다. 또한 녀석의 검 역시 내 허리에서 한 치 정도 벗어났다. 나는 살짝 뒤로 빠지는 것과 동시에 검을 사선으로 베었다.

쩌엉!

순간적으로 검이 부딪치는 반동을 이용해 손목을 움직였다. 부드럽게 원형을 그리며 움직이던 검이 다시금 천휘의 허리를 노렸다. 검으로 막기에는 조금 시간이 부족하다는 것을 깨달은 천휘가 왼 주먹에 내공을 주입했다.

파박, 짧게 끊어 친 주먹이 내 검을 밀쳐 냈다. 나는 당황하지 않고 그대로 몸을 비틀어 어깨로 천휘의 가슴을 밀쳤다.

하지만 오히려 천휘는 내 힘을 이용해 뒤로 두 발짝 물러섰다. 나는 틈을 주지 않고 녀석에게 따라붙으며 검을 뿌렸다.

"살살 하자고."

녀석이 무섭다는 표정으로 말했다. 나는 그저 웃으며 비무를 계속했다.

지난 삼 년간 단 한 번도 웃어본 적 없이 지내왔던 시간. 내 몸에 배어버린 피비린내에 언제나 초조감과 긴장감을 억누르며 살아온 이곳.

내 앞에서 검을 휘두르던 천휘가 웃었다. 저 녀석… 내가 얼마나 고마워하는지 알고 있을까? 어떤 상황에서도 웃으려 노력하는 그 모습을 얼마나 부러워하는지…….

단단한 벽을 등지고 잠을 청해도, 수없이 깨어나며 몸서리를 치던 나날들. 단 하루도, 단 한시도 편히 쉴 수 없었던 지난 시간 동안, 나는 너를 기다렸었나 보다.

내 등을 맡길 수 있는 사람. 목숨이 오가는 상황에서도 웃으며 검을 휘두를 수 있게 만든 사람. 처음으로 내가 깊은 잠에 빠져들 수 있게 믿음을 주었던 사람.

나의 친우여, 그리고 나의 전우여.

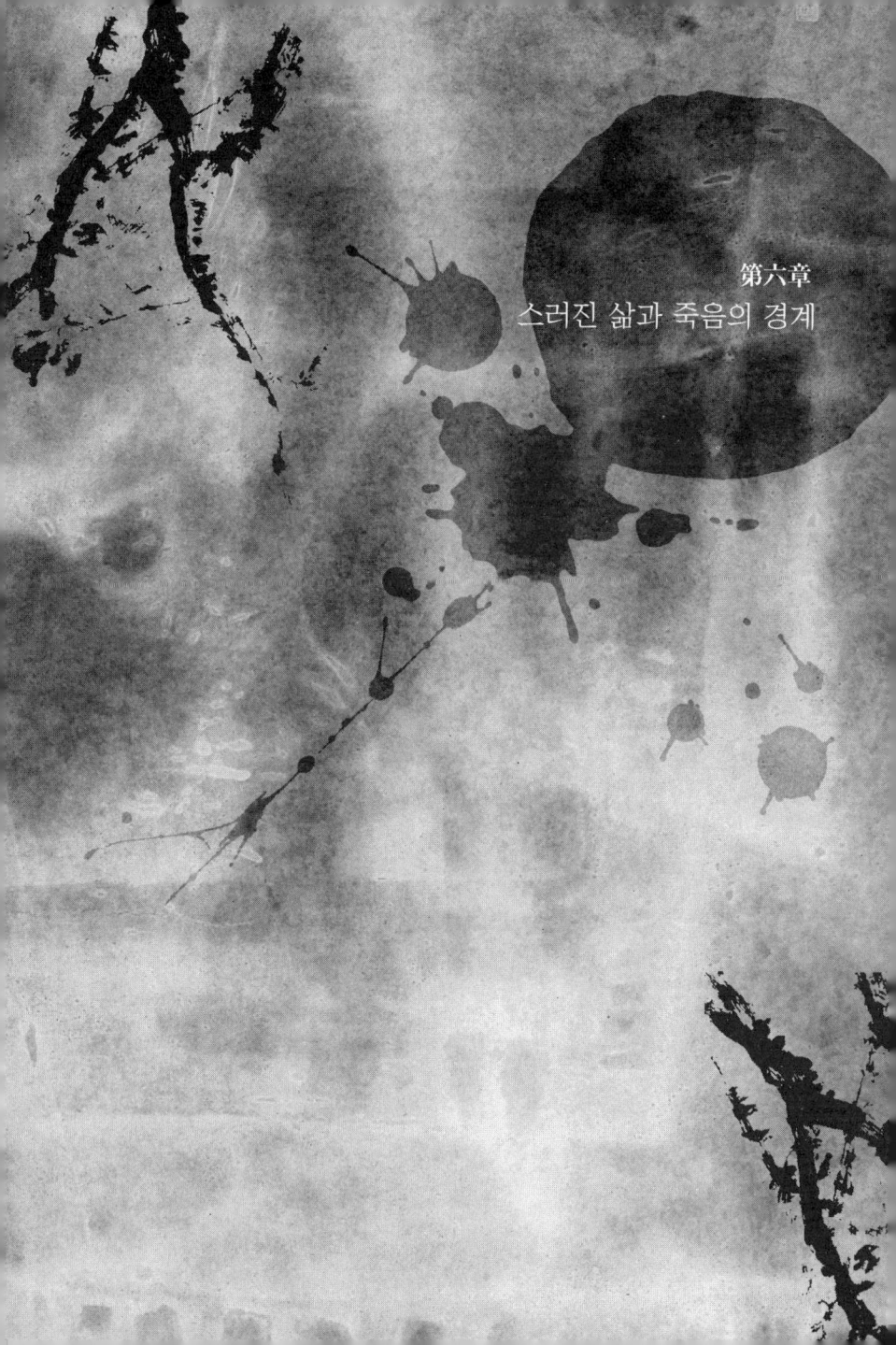

第六章
스러진 삶과 죽음의 경계

악마

"어디서 오신 분들이십니까?"

어둠 속에서 불쑥 누군가가 튀어나오며 말했다.

"......?"

색이 바랠 정도로 낡아 구멍이 숭숭 뚫려 있는 승복에 주름 가득한 얼굴의 승려였다. 하지만 두 눈은 유난히도 맑았다. 어린아이처럼 때 묻지 않은 눈은 예순에 가까워 보이는 나이를 무색하게 만들었다.

"적이십니까? 아군이십니까?"

승려로 보이는 노인이 어둠 속에서 천천히 걸어오며 물었다.

"저기, 혹시……."

잠시 그를 살피던 모용혜가 어디선가 본 듯한 모습이라는 것을 깨닫고 잠시 생각하는 표정을 지었다.

"혜원 대사님이 아니신가요?"

그녀의 물음에 가만히 듣고 있던 승려가 고개를 저었다.

"저를 부끄럽게 만들지는 마십시오. 저 같은 부족한 사람이 대사(大士)라면 부처님도 웃으실 겁니다."

거북하다는 듯 말하는 모습에 장천휘가 말했다.

"한데 스님……."

혜원이 손을 휘저었다.

"인사는 나중에 하시고 좀 도와주십시오."

그렇게 말한 혜원이 성큼성큼 걸어나갔다. 일행들은 어리 둥절한 표정으로 서로를 마주 보았다. 장천휘가 어깨를 으쓱 하고 혜원에게 다가가려고 하자 누군가가 붙잡았다.

"문주님, 저놈들의 약점은 무엇입니까?"

입을 연 것은 채영후였다. 낯선 적들을 상대할 때의 낭패감 을 이전에 깨달은 그였다. 어떤 대답을 해야 할지 잠시 고민 하던 장천휘가 나지막하게 말했다.

"그냥 죽어라 패면 됩니다. 또는 움직이지 못할 때까지 베 어버리면 됩니다."

장난스럽게 꺼낸 말 같았지만 표정은 씁쓸한 빛을 띠고 있 었다. 그에게 있어 눈앞의 것들은 아픈 추억을 꺼내게 되는 계기가 될 뿐이었다.

솔직하게 말하자면 지금 자신은 조금의 농담도 하고 싶지
않았다. 하지만 일종의 버릇처럼 못박혀 버린 탓에 고치기도
쉽지가 않다.

"모른다고 하시면 되지, 그런 말은 누가 못해요!"

그의 눈에 설희의 예쁜 눈썹이 살짝 찡그려지는 것이 보였
다. 하지만 사실이야, 그가 속으로 중얼거렸다.

아무리 베어도 움직이지 못할 지경에 달하지 않으면 끊임
없이 공격을 하는 무리들이다. 머리가 날아가도, 혹은 한쪽
팔이 잘려지더라도 그들은 멈추지 않는다. 오직 살아 있는 자
들에 대한 명백한 증오심으로 똘똘 뭉친 것들이니까.

장천휘는 그래도 혹시 모를 위험에 대비해 다시 한 번 말했
다.

"저들에게는 약점이라는 것이 없습니다. 다리가 없으면 두
팔로 기어다니며 공격을 할 것이고, 머리가 없으면 주변에 다
가오는 모든 것들을 공격할 것입니다. 잊지 마십시오. 저들은
이미 죽은 자들입니다. 우리들처럼 가슴에 심장이 달린 것도
아니며, 머리로 생각을 해서 움직이는 것도 아닙니다. 오직
누군가의 조종을 받아 지독한 증오심과 파괴만을 간직한 채
움직이는 것이란 말입니다."

그의 나지막하면서도 싸늘한 말에 일행들의 안색이 조금
창백해졌다. 죽음 후에 안식을 찾아야 함이 마땅한 사람들이

건만 어찌하여 악랄한 자들에 의해 모욕을 당해야만 하는 것인가?

"시주."

처음 채영후가 저들의 약점에 대해 물었을 때부터 발걸음을 멈췄던 혜원이 장천휘를 쳐다보고 있었다.

"잠시 후 소승에게 그 이야기를 좀 해주실 수 있으시겠습니까?"

그리곤 그는 대답을 기다리지 않고 몸을 돌려 '죽지 못한 자' 들을 향해 걸어갔다.

"하압!"

예순에 가까워 보이는 나이와는 달리 우렁찬 기합이 터져 나왔다. 결코 멋을 부리지 않음과 큰 변화가 없어 보이는 동작.

혜원이 오른손을 앞으로 내세우고 달려나갔다. 약간 구부린 손가락에서 패기와 용맹이 꿈틀거리고 있었다.

콰아앙!

'죽지 못한 자' 들 중의 하나가 그의 공격에 적중했다. 뼈가 부스러지는 소리와 함께 가슴이 함몰된 채 멀리 튕겨져 나갔고, 그와 동시에 근처의 모든 '죽지 못한 자' 들이 혜원을 향해 몸을 돌렸다.

싸한 공기에서 시체 특유의 부패한 냄새가 풍겼다. 몸의 군데군데가 썩어 문드러진 시체며, 이미 앙상한 뼈만 남은 해골들, 죽은 지 얼마 되지 않았는지 얼굴 생김새가 뚜렷해 보이는 것들. 그 모든 것들이 강렬한 증오심을 터뜨리며 혜원을 향했다.

끼긱.

게다가 처음 혜원의 공격을 받고 날아간 해골이 움직이는 것이 보였다. 몇 개의 늑골이 부러졌을 뿐 척추는 멀쩡했던 탓에 몸을 일으킨 해골이 뻐끔한 눈으로 혜원을 향했다.

식은땀이 관자놀이를 지나 턱을 타고 천천히 흘렀다. 혜원의 눈에 짙은 낭패감이 떠오를 즈음, 덜거덕거리는 소리와 함께 서서히 해골들은 그를 중심으로 둘러싸고 있었다. 그때 장천휘가 말했다.

"더 늦기 전에 도와드려야겠군요."

여기까지 전해지는 역한 냄새에 코를 막고 있던 설희가 기겁을 했다.

"저, 저기… 당연히 도와드려야 하지만요……. 전 도저히 못하겠어요."

장천휘가 설희를 바라보았다.

"나도 사매가 나서는 것을 원치 않아. 그리고 썩 볼만한 상황은 아닐 테니 눈을 감고 있던가 멀리 가 있도록 해."

장천휘가 모용혜에게 눈짓을 하자 작게 끄덕인 그녀가 설희와 함께 한쪽으로 물러섰다.

"다시 말하지만 가능하면 보지 않는 게 좋을 거야."

장천휘가 고개를 돌렸다. 장백과 양철음, 그리고 채영후가 자신을 바라보고 있었다.

"방심하지 하십시오. 그리고 작은 상처라도 입지 않도록 조심하시는 것도 잊지 마시고."

파바밧!

거의 동시에 네 명의 신형이 움직였다. 유일하게 검을 들고 있던 채영후가 가장 선두에 있었고, 그 뒤에는 장천휘, 그리고 양옆에는 장백과 양철음이 위치한 형태였다.

그것은 장천휘가 원해서 그랬던 것은 아니었다.

비록 자신보다 강한 문주였지만 어쨌건 자신들이 모시고 있는 사람이었다. 때문에 장천휘를 보호하며 움직이는 것은 당연한 것이었다.

"직선으로 뚫고 들어가는 겁니다. 저 혜원이라는 분이 있는 곳까지 뒤도 돌아보지 마시고 돌진하십시오."

세 명에게 동시에 전음을 보냈다. 맨 앞에서 고개를 끄덕인 채영후가 바닥을 힘껏 박차며 속도를 올렸다. 나머지 사람들도 그에 맞춰 내공을 끌어올리며 더욱 빠르게 보법을 펼쳤다.

'얼마 후면 매일같이 이렇게 되겠구나.'

월영검대의 부활을 장천휘에게 허락받았던 채영후가 생각했다.

풍뢰문(風雷門)의 돌격대인 월영검대. 문(門)의 중대한 위험이 닥치지 않는 이상 꺼내지 않는 패였다. 모든 전투에서 선봉을 맡으며, 그 어떤 것이라도 뚫을 수 있다고 자부하는 채영후였다.

월영(月影). 즉 달의 그림자다. 언뜻 생각하면 어울리지 않는 이름이었지만 채영후 스스로는 그 이름이 마음에 들었다.

어느새 '죽지 못한 자' 들과의 거리가 이 장여 남짓이 되었다. 채영후가 검에 내공을 주입했다. 창백한 검기가 어둠을 몰아내며 빛을 발하고 있었다.

'이대로 뚫어버리는 것이다!'

사라져라, 구름이여!
달의 노여움을 원했더냐!

"노월소운(怒月掃雲)!"
콰아아아아아앙!

채영후가 오직 정면만을 바라보며 검기를 뿌렸다. 방어는 도외시한 채 무서운 속도로 파고들었다.

갑작스레 시작한 공격에 약간 주춤거렸던 적들이었지만, 이내 매혹적인 먹잇감이 왔다는 것을 알고 그쪽으로 달려들었다.

콰쾅! 콰직!

장천휘에게 혜원이 있는 곳까지 돌진하라는 명을 받았던 지라 채영후와 두 호법들의 손속은 지나칠 정도로 매서웠다.

게다가 소름이 끼칠 정도로 기괴한 적들이었기에 약간의 불안감, 혹은 긴장감이 내공의 조절을 조금 방해한 것도 사실이었다.

꽝, 꽈앙!

혜원 역시 필사의 힘을 다해 장법을 펼치고 있었지만 쉽지는 않았다. 점점 초조해지는 가슴을 누르며 탄식했다.

'어느 누가 인간의 존엄성을 이토록 잔인하게 짓밟아 버리는 것인가?'

앞뒤 가리지 않고 그들을 공격했던 것은 이곳에 온 순간부터 느껴지던 음산한 기운 탓이었다. 몇십 년간의 수행이 흔들릴 정도의 패악함에 자신의 평정심이 조금 흔들렸던 것이었다. 인간임을 거부하고, 차마 인간으로서 행할 수 없는 악업을 쌓고 있는 자들.

흔들리던 평정심은 잔잔했던 물속에 돌을 던진 것과 같은 파동을 일으켰다. 평소 악인을 만나더라도 우선은 훈계부터 시작하던 그였지만 이번 일은 그 정도가 지나쳤다.

'아직 말법시(末法時)가 올 시기는 아니지 않는가?'

말법시란 정법시와 상법시가 끝난 후, 부처의 교법이 무너지고 세상이 혼란스러워지는 시기를 뜻한다.

콰앙! 꽈아아앙!

그런 생각을 하고 있을 때 패도적인 공격으로 주변을 초토화시키며 달려오는 네 명의 사람들이 보였다.

처음, 극도로 혼란스러운 세상을 조금이나마 진정시키기 위해 세상에 나왔지만 눈앞의 적들에 대해 알고 있는 것은 거의 전무하다시피 했다.

한데 뜻하지 않게 만난 저 일행들 중의 한 젊은 청년이 이들에 대해 잘 알고 있다는 것을 깨달았다. 그것도 꽤나 소상하게 말이다. 게다가…….

'도대체 어디서 저런 고수들이 튀어나왔단 말인가. 이상한 기분이 드는구나. 이 혼란으로 뒤덮인 세상이 쉽게 진정될 것 같지 않아.'

"괜찮으십니까?"

굉장한 속도로 달려온 그들은 순간적으로 혜원의 바로 앞에서 멈춰 섰다. 결코 쉽지 않은 일이었지만 네 명 전부 어렵지 않게 한 것이다.

"아미타불. 대단한 무공을 지니고 계셨군요. 그것도 네 분 모두가…….

장천휘의 시선이 빠르게 주변을 훑어보았다.

"즐거운 이야기를 나누기에는 장소와 때가 좋지 않군요. 아무래도 스님은 불가에 몸을 담고 계신 분이시니 중앙에서의 지원을 부탁드리겠습니다."

그 말과 동시에 장천휘와 채영후, 장백과 양철음은 각각 눈짓을 주고받으며 동서남북의 네 방위, 사방(四方)을 점했다.

"자리를 지키며 싸우십시오. 비록 개개인의 힘이 떨어져 보이는 그들이지만 절대 방심해서는 안 됩니다."

장천휘의 말에 혜원이 작게 끄덕였다. 그들이 오기 전까지 수십 번의 장법으로 공격했지만, 완전히 쓰러뜨린 적은 단 하나에 불과했다.

결국, 그가 했던 말은 사실이었다. 다리가 떨어져 나가도, 팔이 잘려도 그들의 공격 의지는 줄어들지 않았다. 오히려 더욱 악착같이 달려드는 모습에 간담이 서늘해질 정도였다.

장천휘가 고개를 끄덕였다. 그러자 그들이 동시에 내공을 끌어 모았다.

우우우우우우웅!

혜원은 순간 자신의 다리가 한차례 부르르 떨리는 것을 느꼈다. 자신의 눈에 들어온 그들 네 명의 등은 마치 거대한 벽처럼 느껴졌다. 어깨 너머로 주위를 살펴보니 그 놀람은 더욱 심해졌다.

자신을 중심으로 원형을 이루며 다가오던 '죽지 못한 자'들이, 네 명의 가공할 내공에 조금씩 뒤로 밀려나고 있는 것이었다. 두려움을 느껴서 그러는 것이 아니었다. 보이지 않는 막대한 내공이 그들의 육체가 다가올 수 없도록 강한 풍압을 만들어냈던 것이다.

'이건 마치 자연, 그 자체가 만들어낸 힘처럼 느껴지지 않는가.'

혜원이 그런 생각을 하고 있을 때, 장천휘가 못을 박듯이 말했다.

"지금까지 하셨던 것처럼 인간을 상대하는 듯한 공격은 안 됩니다. 적당한 공격이나 위협 따위가 통하는 적들이 아닙니다. 오직 상대에게 치명적인 공격을 가하겠다는 생각으로, 인정을 버리시고 주저없이 공격을 하십시오!"

단호한 음성이었다.

'풍뢰진을 쓸 수는 없다. 자칫하면 모두가 죽을 수 있으니까.'

장천휘는 안간힘을 쓰면서 자신들에게 다가오려고 하는 그들의 모습을 지켜보았다. 이대로는 접근조차 힘들 테니 곧 누군가가 손을 쓸 것이라 생각한 장천휘가 주변을 살폈다.

'분명 이들을 조종하고 있는 자는 근처에 있을 것이다. 하지만 스스로 나오지 않는 이상, 찾아내기는 힘들겠구나.'

자신들이 있는 곳은 마을의 대로변이었다. 그리 멀지 않은 곳에 위치한 수십 채의 집들을 바라보며 그가 인상을 썼다.

'결국 모두를 쓰러뜨려야 하는 건가?'

장천휘가 이를 악물었다. 그 순간 '죽지 못한 자' 들이 동시에 움직임을 탁 멈췄다. 그들의 고개는 힘없이 축 처졌고, 몇몇은 바닥에 쓰러지기까지 했다.

"조심하십시오!"

갑작스럽게 외친 장천휘가 내공을 끌어올렸다.

부아앙!

한순간에 내지른 일권에 강력한 권풍이 만들어졌다. 그 모습을 지켜보던 나머지 사람들도 엉겁결에 공격을 시작했다.

방금 전 장천휘가 했던 말을 되새기고 있었던지라 단순한 위협이 아닌 정말로 살 떨리게 매서운 공격이었다. 각자의 위치에서 가장 가까이에 있던 하나의 적, 오직 그것을 향해!

콰가가강! 퍼어엉!

권풍과 뇌기가 그리고 검기가 한순간에 폭발하듯 뿜어졌다.

한데 워낙에 좁은 공간이었고, 스스로의 자리를 벗어나지 않은 채 시도했던 공격이었기에 곧바로 그들의 주변은 사방으로 튀어 오르는 흙과 자욱한 먼지에 의해 뿌옇게 흐려졌다. 아무것도 보이지 않게 된 것이다.

하지만 그것은 어디까지나 '죽지 못한 자' 들이 있는 곳이 그러했던 것이다. 장천휘 일행의 주위로는 강한 풍압에 의해 작은 먼지조차 침범하지 못했다.

그렇지만 오히려 그것으로 인해 밀려 나간 먼지들은 더욱 자욱하게 '죽지 못한 자' 들을 보이지 않게 만들었다.

덜거덕. 덜거덕.

그 순간 들려온 소리는 마치 나무 상자 안에 돌멩이 같은 것을 넣고 흔들어대는 것 같았다. 게다가 멈추지 않고 계속 들려왔다. 더욱 크게, 그리고 여기저기에서.

덜거덕. 덜거덕.

그리고 그 걷히지 않을 것 같던 먼지의 장벽은 금세 그 형체를 잃어가고 있었다. 아마도 깊은 밤이었기에 더 빠르게 진행되는 듯싶었다.

그렇게 서서히 먼지들이 가라앉자 조금씩 장내의 상황이 보여지고 있었다. 왜 그들은 갑자기 움직임을 멈췄던 것이며, 갑자기 공격을 시도한 장천휘는 무슨 까닭이었을까?

그 의문은 곧 사라지게 되었다.

"아미타불."

혜원의 목소리에는 놀람이 가득했다. 뻐끔하게 뚫린 해골의 눈도, 반쯤 썩어가기 시작해 문드러진 시체의 눈노, 오직 흰자위만 남긴 채 썩어가던 거무죽죽한 시체의 눈도…….

"이것 참. 이 나이, 이때까지 나름대로 정상적으로 별 탈 없이 살아왔건만, 말년에 왜 이렇게 해괴한 것들을 보게 되는 건지. 나 원 참."

그 모든 것들이 피를 머금은 듯 붉게 타오르고 있었다. 푸르스름한 달빛을 받아 괴기스럽게 빛나는 눈동자. 온몸의 털이 곤두설 정도로 오싹했다.

퍼억!

모두가 눈앞의 상황을 기막히다는 표정으로 바라보고 있을 때 장천휘의 다리에서 번쩍거리는 뇌기가 뿜어졌다. 그것은 한 치의 오차도 없이 붉은 눈동자가 섬뜩한 '죽지 못한 자'의 얼굴에 적중했다.

아까 전까지만 해도 이 정도의 공격이면 어디 한곳이 부러지거나 잘려 나가기에 충분한 일격이었다. 하지만 이제는 그렇지가 못했다.

"……!"

단지 고개가 뒤로 살짝 꺾이는 것으로 끝나 버린 것이다. 게다가 그리 큰 타격을 입지 않았다는 것을 증명이라도 하듯 곧바로 고개를 내렸다. 그 붉디붉은 눈동자가 일행을 향해 꽂히듯 날아들었다.

'거의 마무리 단계였다는 것인가?'

장천휘에게 있어 그것은 단순한 확인에 불과한 것이었다. 하지만 나머지 사람들에게 방금 전의 상황은 등골이 서늘해지기에 충분한 일이었다.

그리고 천천히 '죽지 못한 자' 들이 그들에게 다가오기 시작했다.

덜거덕. 덜거덕. 스윽스윽.

뼈들이 서로 부딪치며 나는 소리. 장력에 혹은 권풍에 한쪽 다리가 으스러진 시체가 나머지 다리를 바닥에 질질 끌며 다가오는 소리. 양쪽 팔이 없는 탓에 휘청거리는 몸으로 걸어오는 것까지, 그 모든 것들이 피를 머금은 붉은 눈동자에 잠식당한 것처럼 고요하게 느껴졌다.

"꺅!"

저쪽 멀찍한 곳에서 슬며시 실눈을 떠버린 설희의 입에서 짧은 비명이 터졌다. 하지만 이내 자신의 실수를 깨달았는지 두 손으로 자신의 입을 힘껏 틀어막았다.

"으으……."

두려움이 가득 담긴 큰 눈동자는 몇 번을 깜박이더니 곧이어 질끈 감겨 버렸다.

또한 평소에 스스로가 담력이 약하지 않다고 생각했던 모용혜마저 입술을 질끈 깨물고는 고개를 돌려버렸다.

시체들이 걸어다니는 것만으로도 상상 이상으로 끔찍한데, 거기다 피처럼 붉은 눈동자가 희번덕거리는 모습이라니. 차마 그것들을 맨정신으로 계속 볼 용기가 없었다.

그것은 지독한 전율을 불러일으켰다. 장천휘를 제외하고 그 누구라도 예외일 수는 없었다. 혜원은 몇 번이고 불호를 중얼거렸으며, 장백과 양철음은 괜스레 자신들의 몸에 힘이 들어가는 것을 느꼈다.

눈앞에서 벌어지는 비현실적인 모습에 한차례 몸을 흠칫 떤 채영후가 고개를 돌려 장천휘를 바라보았다. 그리고 다시 한 번 놀랐다.

"문주님은 이 모습이 아무렇지도 않으신 겁니까?"

인간은 그 누구를 막론하고 자신의 상식에서 벗어나는 일에 두려움을 가진다. 혹은 경외심을 가지기도 한다. 하지만 지금은 분명 전자에 해당하는 일이었다.

장천휘의 고개가 천천히 채영후를 향해 돌아갔다. 아무렇지도 않냐고? 아무렇지도? 그는 지금 이 상황에서 웃고 싶었다.

과거, 장천휘에게 있어 그보다 더한 악몽이 있을까. 그리고 그 악몽을 불러일으키는 자들 앞에서 정말 아무렇지도 않을 것이라 생각하는 건가.

자신을 사랑한 여인을 죽음으로 몰아넣은 자들이었다. 물론 그 장본인은 그때 쓰러졌었지만, 결국은 똑같은 것들이었다.

그는 단 하나도 빠짐없이 자신의 영혼에 각인시켜 놓았다. 자신의 생명을 버려서라도 이 세상에서 지워 버리고 말 것이라고. 용서도, 타협도, 그 어떤 것도 없다. 나와 그들은 결코 공존할 수 없는 것이다!

"후우······."

조금씩 자신이 흥분하고 있다는 것을 깨달은 장천휘가 크게 심호흡을 했다. 얼마 전 스스로가 강제적으로 봉인을 풀었던 탓에 약간의 자극만으로도 깨어 나올 것 같은 '그것', 간신히 그날 가둬둘 수는 있었지만 매우 불안정한 상태임은 확실했다.

머지않았다.

설희가 알아차린 그 저주가 완전하게 실현되거나, 혹은 자신이 '그것'에 잠식되어 버리거나······.

이제 정말 얼마 남지 않은 것이다. 그 두 가지 중의 하나를 선택해야만 하는 시기가 점점 다가오고 있었다.

분명 이성적으로 생각한다면 그는 고민할 필요도 없을 것이다. 하지만 그에게는 결코 쉽지 않은 일이었다.

'나는 어떻게 해야 하는 걸까?'

어찌 되었든 그 시기를 조금이라도 늦추기 위해서 자신은 그 힘을 쓰면 안 된다. 격한 감정을 품는 것조차 위험하다. 아주 잠깐의 방심이라도 '그것'은 놓치지 않고 장천휘를 잡아먹어 버릴 것이다.

그 사실에 장천휘는 웃고, 아니, 울고 싶은 심정이었다.

"문주님?"

채영후는 여전히 장천휘를 쳐다보고 있었다. 그의 차분한 눈빛과 담담한 표정에 채영후가 고개를 저었다.

'대체 이런 상황을 몇 번이나 마주치셨던 겁니까?'

그 생각은 비단 채영후 혼자만의 것이 아니었다. 장백과 양철음은 아무 말도 없었지만 자신들의 가슴을 헤집고 들어오는 무언가를 느꼈다.

'이런 비윤리적인… 이따위 말도 안 되는 비현실적인 세상에서 살다 오셨으면서도, 어찌하여 그렇게 항상 웃을 수 있는 것이오, 문주?'

'매일같이 이런 것들과 싸우며 지내셨던 것이오? 그럼에도 여태껏 이성을 유지시킬 수 있었단 말이오? 정말이지……'

단 한 번 마주한 것만으로 미쳐 버릴 것 같았다. 이런 놈들

앞에서 어찌 제정신을 유지한 채 살아갈 수 있었을까?

한 생명이 태어나고 죽는 것은 세상의 이치며, 하늘의 이치이다. 하지만 그것이 무너져 버리면 인간은 무엇에 의지해야 할까? 옳고 그름을 어찌 판단할 것이며, 무엇을 믿고 살아가야 하는 것일까? 삶과 죽음의 경계마저 무너진 이 세상에서…….

"모두들 정신 차리십시오!"

그때 들려온 장천휘의 벼락같은 외침이 사람들의 정신을 일깨웠다.

"이것들을 상대할 땐 정신을 바짝 차리지 않으면 안 됩니다. 잠시라도! 단 일순간도 긴장을 놓지 마십시오!"

눈을 부릅뜬 장천휘가 앞을 내다보았다. 천천히, 하지만 일정한 속도로 다가오고 있는 자들.

"으극. 거어. 커, 컥… 카아아아아아!"

억눌린 소리를 토하던 시체가 별안간 괴성을 질렀다. 그러자 그것이 마치 신호라도 되는 듯 모두가 동시에 달려들기 시작했다.

아까 전까지만 하더라도 접근조차 못했던 그들이었지만 이제는 거침없이 달려오고 있었다.

아무런 체계도, 순서도 없는 마구잡이 식의 공격이었다. 앞서 가던 시체가 넘어지면 뒤에서 오는 것들이 사정없이 짓밟고 지나간다. 하지만 이내 아무렇지도 않다는 듯 일어나서 달려온다.

퍽! 콰가강! 푸푹!

권과 각, 검과 장. 요란한 굉음이 장내를 뒤엎어 버리기라도 할 것처럼 울려 퍼지고 있었다. 하지만 그것에 비해 흘러내리는 피는 거의 없었다. 그렇다는 건 적어도 장천휘 일행 중의 그 누구도 다치지 않았다는 것을 의미했다.

'구역질이 나는군.'

채영후는 갖은 인상을 쓰며 검을 휘둘렀다. 뼈만 남아 앙상해진 해골들을 상대하는 건 그나마 참을 만했다. 등골이 서늘해지는 것은 사실이었으나 견디기 힘들 정도는 아니었다.

하지만 죽은 지 얼마 지나지 않은 시체들은 그 냄새며 모습이 역겨울 정도였다. 몇 번이고 올라오려는 신물을 악을 쓰며 억눌렀다.

슈욱!

지금 자신이 상대하고 있는 게 바로 그런 놈이었다. 썩어 문드러진 살과 군데군데 빠져 버린 머리카락. 툭 튀어나온 광대뼈 위에는 한쪽 눈알만이 시뻘겋게 불타오르고 있었고, 다른 한쪽은 움푹 패어 귀기가 감도는 붉은 빛이 무저갱에서 흘러나오듯 빛을 내고 있었다.

따앙!

목을 노리고 휘두른 검이었지만 상대는 고개를 돌려서 그

검을 입으로 물어버렸다. 입가에 길쭉한 검상이 생겼지만 전혀 아무렇지도 않다는 듯, 두 손을 번쩍 들고 채영후를 향해 휘둘렀다.

검에 묻어 나오는 진물에 눈을 감아버리고 싶었다. 하지만 이를 악문 채영후는 몸을 숙이는 것으로 공격을 피해냈다. 그리고는 신경질적으로 검에 내공을 주입하고는 횡으로 그어버렸다.

퍽!

반쯤 굳어버린 핏덩이와 희멀건 뇌수가 채영후의 얼굴로 튀었다. 반사적으로 몸을 돌려 피하긴 했지만 자신의 자리에서 이탈하면 안 된다는 사실 때문에 그 움직임이 완벽하지 못했던 것이 문제였다.

결국 전부를 피해낼 수 없었던 탓에 뺨에 묻은 이물질을 소매로 닦으며 욕을 내뱉었다.

이들을 이렇게 만든 자, 이들을 조종하는 자. 하등의 과오도 없는 이들을 이렇게 추악한 모습으로 세상에 던져 놓고 지독한 수모를 겪게 만들어 버린 자!

채영후의 가슴에서 터지듯 분노가 치솟았다.

"죽여… 버린다!!"

그의 전신에서 내력이 폭발하듯 터졌다.

다리를 부러뜨려도, 양어깨가 뽑히더라도 붉게 타오르는

눈빛은 좀처럼 사그라지지 않았다. 살아 있는 자들에 대한 지독한 증오심으로 끈질기고 집요하게 공격을 계속하는 것이다.

팔과 다리가 없으면 악착같이 굴러서 이로 물어뜯으려 한다. 아무리 공격하고 또 공격해도 고통을 느끼지 못하는 자들은 무식하게 두 팔을 휘저으며 여전히 달려들고 있었다.

"으으으……."

사람은 스스로가 주체하지 못하는 쪽으로 감정이 흔들리기 시작하면, 무공이 높든 그렇지 않든 모두가 똑같아진다.

징백과 앙철음이 아무리 지고한 수준에 달한 무인이라 할지라도 그들 역시 결코 넘어설 수 없는 한계가 있었다. 그것은 바로 어디까지나 인간이라는 점이었다. 보통의 사람들에 비해 평정심이 깨지기는 좀체 쉽지 않다지만, 지금 그것은 시간의 문제일 뿐이었다.

벌써 한 시진이 지나가고 있었다. 하지만 아직 '죽지 못한자' 들은 절반가량이나 남아 있었다. 강철보다 단단한 몸, 혹은 뼈는 어지간한 공격으로는 흠집조차 나지 않았다.

점점 가슴이 답답해져 오고 있었다.

'어찌 인간이 이렇게까지 천인공노할 짓을 할 수 있단 말인가!'

죽음으로서 영원의 안식을 얻었던 사람들이 누군가의 사악한 술법에 휘말려 무덤에서 일어났다. 이제는 뼈만 남아

앙상한 육신이지만 그것조차 온전히 지키질 못하고, 노예처럼 이리저리 휘둘리며 이 세상에 미련을 쌓아가고 있는 것이다.

'이렇게 안타까운……'

혜원은 거의 눈을 감은 채 공격을 하고 있었다. 아미타불. 그의 입에서 나는 소리는 유난히도 힘이 없었다.

누가, 그 누가 이들에게 이런 짓을 할 수 있게 힘을 내려주었단 말인가!

"죽여… 버린다!!!"

콰아아아아아아앙!

채영후의 분노로 가득한 목소리가 대지를 울렸다. 지나칠 정도로 내공을 몰아넣은 검에서 쏟아진 광채. 비록 한순간이었지만 온 사방이 눈부실 정도로 환해졌다.

그리고 그것은 도화선에 불을 붙인 꼴이 되었다. 차례로 양철음과 장백마저도 폭발하고야 말았다.

초절정무인 세 명이 극도의 분노에 휩싸였다. 주변의 집들이 위태롭게 흔들거리기 시작했고, 견고해 보였던 담벼락이 일순에 와르르 무너져 내렸다.

'좋지 않다.'

차분하게 적들을 상대하던 장천휘가 속으로 중얼거렸다.

두 눈이 시뻘겋게 핏발이 선 채영후는 자신의 자리를 이탈하고는 무차별적으로 검기를 뿌리고 있었다. 게다가 장백과 양철음 역시 목과 얼굴에 굵은 힘줄이 솟은 상태에서 여기저기를 뛰어다니며 노도처럼 상대를 밀어버리고 있었다.

장천휘는 곤란함을 느꼈다. 저렇게 이성을 잃은 상태에서 처리할 수 있는 상대가 아니었다. 조절이 되지 않는 공격은 무의미했다.

하지만 그들의 심정 또한 자신이 가장 잘 알고 있었기에 뾰족한 해결책이 떠오르지 않았다.

장천휘, 그가 이 세상에서 떠나보내야 했던 사람들. 아버지, 어머니 그리고 절친했던 사람들. 그들 또한 눈앞의 이들처럼 변했을지 모른다는 생각에 자신 역시 이들을 처음 맞닥뜨렸을 때 지독한 분노를 표출했었다.

그것은 그 누구를 막론하고도 참을 수 없는 감정을 불러일으킨다. 채영후와 장백, 그리고 양철음. 그들에게도 역시 그런 사람들이 있을 것이다. 사랑했던 가족이나 친구들이…….

그들이 스스로의 의지와는 무관하게 무덤에서 강제로 꺼내진다. 그리고는 지금 눈앞에 보이는 것과 똑같은 상황에 처해 있다. 그런 생각이 드는 순간 가슴이 콱 막힐 정도의 절망감이 그들을 휘어잡아 버릴 것이다.

하지만… 현재 눈앞에 보이는 자들은 자신들의 적이다. 반드시 물리쳐야만 하는 상대인 것이다. 냉정하게… 가슴을 차갑게 식힌 상태에서 싸워야만 한다. 절대 움직일 수 없도록 손발을 자르고, 가슴을 부수고, 머리를 날려 버려야 한다.

"……."

'빌어먹을.'

그걸 어떻게 멀쩡한 정신으로 계속할 수가 있단 말인가! 장천휘 자신이야 분노가 극을 넘어 지독한 허무감만을 안겨주는 상태였기에 어찌 가능했을지 몰라도.

"하아……."

결국 장천휘는 어쩔 수 없음을 깨달았다. 이대로는 모두가 지쳐 쓰러질 때까지 저 '죽지 못한 자'들을 전부 물리칠 수 없을 것이다.

그가 입술을 질끈 깨물었다. 그 힘을… 그 힘을 다시금 끄집어내야 하는 것이다.

이젠 마지막이란 생각이 그의 머리를 스쳐 지나갔다. 생각보다 그 선택의 시간이 빨리 찾아왔다. 이미 마음속으로 결정을 내려 버린 것이다.

이것으로 나는 세상에서 사라지게 되는 것이다. 그리고 원하지 않은 삶을 다시 얻게 되겠지.

그의 입이 천천히 열리기 시작했다.

"죽음[死]을 죽음[死]으로 받아들이지 못하는 방황하는 망혼(亡魂)들아."

갑작스럽게 싸한 공기가 장내를 휩쓸었다. 그리고 찾아온
커다란 침묵.

"네 존재 의미에 있어 가장 귀한 것들을 맞이할 준비를 해
라."

우웅. 우웅.

그의 부름을 받은 것들이 서서히 모여들고 있었다. 또한 장
천휘의 가슴속에서 웅크린 무언가가 벌써부터 발작하듯 튀어
오르려 하고 있었다.

"무, 문주님?!"

여전히 붉게 충혈된 눈의 채영후였지만 장천휘의 모습을
보는 순간 자신의 머리가 얼음처럼 차가워짐을 느꼈다.

"천휘야?"

너무나 당황한 나머지 장백의 입에서 예전의 버릇이 튀어
나와 버렸다.

"세상[世]으로부터 격리된 지독한 원념(怨念)들과……."

고오오오오오오!

"무, 문주!"

양철음이 기겁을 하며 그를 불렀다. 하지만 그는 자신이 하
는 일을 멈추지 않았다. 사실은 이제… 더 이상 멈출 수 있는
방법이 없는 것이다.

"세상[世]으로부터 낙오된 늦어버린 한탄(恨嘆)들을!"

스아아아아아.

그 누구도 저항할 수 없는 지독한 공포가 장내를 순식간에 뒤덮어 버렸다. 빛도, 그림자도… 모든 것들이 힘을 잃고 맥없이 잡아먹혀 버렸다.

그리고 장천휘가 환하게 웃었다.

"많이 힘드셨지요? 알고 있었습니다. 저 때문에 너무 괴로운 일을 하시게 되었군요. 죄송합니다. 이젠 제가 이 모든 것들을 끝내 버리겠습니……."

"안 돼요!!!"

눈을 감은 채 몸을 떨고 있던 설희가 갑자기 저 멀리 느껴지는 친숙하고도 공포스러운 기운에 소리를 지르며 달려왔다.

"오라버니, 이러시면 안 돼요! 절대……!"

"이젠 어쩔 수가 없어."

설희가 세차게 고개를 저었다.

"오라버니, 제가 잘못했어요. 저도 도와드릴 테니 그러지 마세요, 제발."

설희는 자신의 눈에 맺힌 눈물을 손등으로 훔치고는 '죽지 못한 자'들에게로 몸을 돌렸다.

"자, 장난이었어요. 보세요. 저 아무렇지도 않다고요. 전혀 무섭지 않아요. 저도 도울게요. 그러니, 그러니……."

설희의 옆에 다가온 모용혜도 거들었다.

"저 역시 미약한 힘이나마……."

아직까지 장천휘의 저주에 대해 정확하게 알고 있는 사람은 설희 혼자였다. 하지만 그녀의 행동으로 미루어보아 결코 심상치 않다는 것 정도는 알아챌 수가 있었다.

"죄송합니다, 문주님. 제가 잠시 흥분을 해서 추한 꼴을 보여 드렸습니다. 벌은 반드시 받도록 하겠습니다. 그러니 이것들은 저희들에게 맡기십시오."

채영후가 고개를 푹 숙이고 말하자 장백과 양철음도 잇따라 말했다.

"허! 호법이라는 놈이 이게 무슨 짓인고……."

"문주는 쉬고 있으시오. 나머지는 우리가 해결할 테니."

장천휘는 그런 그들의 모습을 잠자코 지켜보고만 있었다.

"그것 보세요. 사형은 혼자가 아니라니까요. 예전처럼……."

장천휘가 과거의 일에 무척 힘들어한다는 것을 누구보다 잘 알고 있던 설희가 끝말을 흐렸다. 하지만 이내 고개를 들고 당당하게 말했다.

"모든 걸 혼자 해결할 생각은 버리세요. 저쪽 구석에서 스님과 함께 쉬고 있으세요. 나머지는 저희들에게 맡기시고요. 자! 어서요!"

엉겁결에 장천휘와 한 묶음이 되어 구석으로 밀려난 혜원이 무슨 말도 하기 전에 설희가 한쪽 눈을 찡긋하고는 가버렸다.

"……."

기분이 이상했다. 혼자가 아니라는 그 한마디에 눈물이 나올 것만 같다. 그런 사소한 말에 왜 자신이 이러는 건지 모르겠다. 그동안 억눌렀던 감정이 불현듯 무언가를 깨닫고 일어나고 있었다.

또한 방금 전까지 꿈틀거리던 가슴속의 '그것'은 한순간에 잠잠해져 버렸다. 내가 불렀던 망혼들도 어느샌가 사라져 있었다.

'이제 사형은 혼자가 아니라니까요. 예전처럼 모든 걸 혼자 해결할 생각은 버리세요.'

그 한마디에 이상하리만큼 가슴이 따뜻해진다. 왜 이러는 거지? 내 친우를 떠나보내고, 나를 사랑했던 사람마저 다른 세상으로 떠난 이후로 잊었다 생각했던 편안함이었다.

나는 그대로 눈을 감았다. 그러자 활짝 웃고 있는 태중이가 나를 반겼다.

"천휘야. 넌 왜 항상 모든 것들을 혼자서 해결하려고 하는 거냐? 네 눈에 나는 보이지 않는 거냐? 난 꽤 오래전부터 내 등을 맡길 수 있는 사람은 너 하나뿐이라고 생각하며 살았는데, 넌 그렇지 않은 모양이지? 이 지지리 궁상아."

"……."

'나 이렇게 살아도 되는 거니?'

'나 대신에 기꺼이 죽음으로 뛰어든 너를 아직 기억하고 있는데……. 이런 감정을 느끼고, 정말 이렇게 살아도 되는 거야?'

태중이가 나를 보며 인상을 썼다. 내 머릿속의 추억이 아닌, 꿈결처럼, 환상처럼 그렇게…….

"나아진 게 전혀 없구나, 넌. 벌써 내 말을 잊은 거냐?"

'잊지 않았어.'

"잊었어. 넌 잊어버린 기야. 넌 분명히 이렇게 말했다."

주변이 흐릿해진다. 점점 과거로 빠져든다. 하지만 나는 그것을 거부하지 않았다. 이것은 친구가 나를 위해 안내해 주는 세계였다. 나는 기꺼이 그 초대에 응했다.

"살아남아라. 반드시 살아남아야 한다."

"태중아."

"내가 너를 향해 바치는 이 목숨이 아깝지 않도록. 내가 살아서 얻었을지 모르는 모든 것들을, 너는 반드시 손에 넣어야만 한다."

"하지만……."

"살아남아라. 반드시 살아남아라. 그 무엇보다 치열하게. 그리고 그 누구보다도 행복하게. 내 몫까지."

눈을 뜬 장천휘에게 설희를 비롯한 다섯 명의 사람이 눈에 들어왔다.

"전 별로 무섭지 않으니까! 후방을 지원해 드릴게요!"

풋!

갑작스럽게 장천휘의 입에서 웃음이 새어 나왔다. 아직도 긴장하고 있던 혜원이 이상한 눈으로 그를 쳐다보았다.

"난 불세출의 무공을 가지고 있으니 뒤쪽을 맡도록 하지! 다들 마음 놓고 싸우라고, 든든하게 받쳐 줄 테니!"

장백의 말에 양철음이 지지 않겠다는 듯 외쳤다.

"난 원래 태어날 때부터 호법 체질이라서 누구를 보호하는 것만큼은 천하제일이라고! 물론, 뒤에서 말이지."

자꾸만 막으려 해도 계속해서 웃음이 나온다.

"전 방금 전까지 혼자서, 그것도 맨손으로 저들을 막았더니 모든 내공이 고갈되었습니다. 그러니 뒤쪽에서 딱 한 시진만 쉬었다가 나서도록 하지요!"

결국 얼떨결에 최전방에 서게 된 모용혜가 난처한 표정을 지었다.

"에, 저기 그러니까……."

평소의 그녀답지 않게 당황으로 가득한 얼굴.

"힘내시오!"

"힘내시오!"

"힘내시오!"

"힘내세요~"

그렇게 후방을 지원하기로 약속한 네 명이 그녀의 뒤에서 주먹을 불끈 쥐며 힘찬 응원을 보냈다.

정말 힘내야겠다.

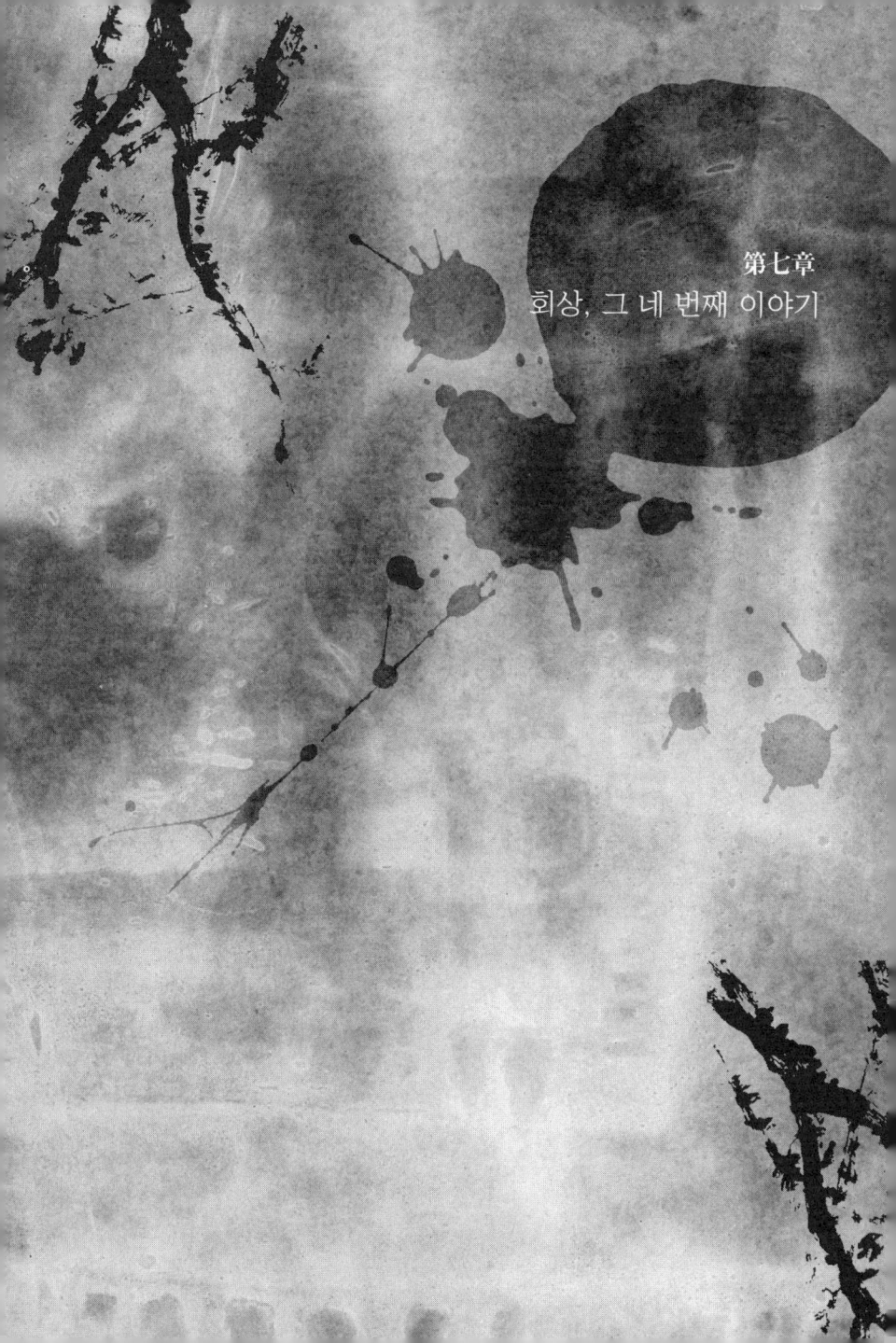

第七章
회상, 그 네 번째 이야기

악마

"또 나타났군."

나와 천휘는 징그럽다는 표정을 지으며 뒤로 물러섰다. 화연에게 눈짓을 보내자 고개를 끄덕이고는 우리들의 뒤쪽으로 몸을 피했다. 천휘와 나는 그녀의 모습을 지켜보다 시선을 들고 우리를 향해 걸어오는 괴인을 바라보았다.

한 달 하고도 보름 전에 처음 보게 된 괴인과 비슷했다. 내가 기절했었을 때 말이다. 하지만 그때의 그 괴인은 아니었다.

그날 이후로 우리는 시도 때도 없이 저런 괴인들과 마주쳤다. 그들은 어느새 이곳을 점령하듯 장악해 버렸다. 사납게

으르렁거리던 야수들도 꼬리를 내리고 도망쳤으며, 망혼들도 마찬가지였다.

얼마 전에 천휘와 함께 그 괴인을 공격했던 적이 딱 한 번 있었다. 내공이 실린 검으로 몇 차례 베는 것까지는 성공했지만, 괴인의 몸에는 작은 상처조차 생기지 않았다. 오히려 장난처럼 휘두른 손짓에 맞고 삼 일 동안이나 끙끙 앓아야만 했었다.

"점점 많아지는 거 같지 않아?"

천휘의 말에 고개를 끄덕였다. 시간이 지날수록 점점 그들과 마주치는 빈도가 잦아지고 있었다. 그것은 그들의 수가 점점 늘어나고 있다는 것을 의미했다. 어떤 날은 일곱 번씩이나 마주쳤던 적도 있었으니.

그래서 우리는 어쩔 수 없이 그동안 생활했던 움막을—겨우 비를 피할 수 있을 정도로 조잡했지만—버리고 이곳으로 옮겨 왔다. 괴인들이 들어올 수 없었던 이 동굴로.

천천히 괴인의 움직임을 살피며 뒷걸음질치던 우리는 이윽고 동굴에 도착할 수 있었다. 아까 먼저 출발했었던 화연이가 우리를 보며 다가왔다.

"무슨 일이 벌어지고 있는 건 확실한데, 도무지 알 수가 없으니 답답한 노릇이네."

투박한 솜씨로 깎인 의자에 털썩 앉은 천휘가 말했다. 처음 내가 만든 저 의자를 보고 한껏 웃어젖히던 천휘였다. 그래서

욱하는 마음에 네가 한 번 해보라고 했더니 의기양양한 표정으로 나무를 베고는 무언가를 만들기 시작했다.

그렇게 한참의 시간이 지나고 천휘는 자신이 만든 작품 앞에서 꽤 오랫동안 고민하는 표정을 지었다.

"분명 의자를 만들었는데, 어째서 탁자가 만들어진 거지?"

그렇게 만들어진 탁자와—천휘의 말에 의하면 의자의 영혼을 가졌지만 환생하여 탁자가 되었다고 한다—내가 만들었던 세 개의 의자는 우리들이 가장 아끼고 있는 것들 중에 하나였다.

"이러다가는 밖에 나가지도 못하는 상황이 일어날 것 같아."

천휘가 인상을 쓰며 말했다. 나는 고개를 끄덕이며 그 말에 동의했다.

아까 전의 그 괴인은 아직 돌아가지 않았다. 동굴의 입구 부분에서 일정한 거리를 둔 채 서성거리고 있었다. 마땅히 할 일도 없었던지라 그 괴인을 유심히 관찰했다.

외관상으로는 멀쩡한 사람이었다. 만약 저 괴인이 가만히 있다면 누구라도 이상한 점을 찾아낼 수 없을 것이다.

끼릭. 끼기긱.

주먹을 불끈 쥐며 힘찬 응원을 보냈다.

정말 힘내야겠다.

하지만 저 소리, 그리고 움직임. 마치 몇십 년 동안을 움직이지 않았던 것처럼 나무처럼 빳빳한 목은 움직일 때마다 괴상한 소리가 나왔다. 게다가 저 딱딱 끊어지는 움직임은 무엇이란 말인가.

"어렸을 때 아버지가 만들어주신 목각인형이 생각나."

오른쪽 팔꿈치를 탁자 위에 올리고 그 손으로 턱을 괴고 있던 천휘가 멍한 표정으로 말했다. 나는 잠시 그 녀석을 바라보다가 다시금 고개를 돌렸다.

괴인은 여전히 동굴 주위를 기웃거리고 있었다. 한참을 그러다 손을 앞으로 쭉 내민다. 그리고는 화들짝 놀란 사람처럼 뒤로 휙 빼버린다. 진짜 무슨 장벽이라도 쳐져 있는 건가?

그러다 어느 순간 그 괴인과 눈이 마주쳤다. 나는 순간적으로 소름이 돋았다. 그 괴인의 눈 깊숙한 곳에 무언가가 숨겨져 있는 것 같았다. 딱 꼬집어 무엇이라고 말할 수는 없었으나, 왠지 모르게 그런 기분이 들었던 것이다.

게다가 더욱 기분 나쁜 점은 그 괴인의 눈이 향한 곳은 나였으나, 그가 바라보고 있는 것은 '내'가 아니었다. 내 뒤에 있는 무언가를, 혹은 내 앞에 있는 무언가를 보고 있다는 확신이 들었다.

마치 그의 눈에 비친 세상에는 나라는 사람이 존재하지 않는 것 같았다. 서로를 마주 보고 있었지만 전혀 다른 공간에서 살고 있는 게 아닌가 하는 의문마저 들었다.

갑자기 머리에서 싸한 느낌이 돌며 차가워졌다. 찬물이라도 확 끼얹은 것처럼 가슴까지 싸늘히 식어가는 느낌이었다.

나는 갑작스럽게 어지러움을 호소하는 머리를 부여잡았다.

"무슨 일이야? 괜찮아?"

내 어깨에 손을 얹은 천휘가 걱정스러운 목소리로 물었다. 나는 괜찮다는 손짓을 했다. 고개를 들고 다시 앞을 바라보자 그 괴인은 어느새 사라져 있었다.

며칠 전부터 자욱하게 깔렸던 안개는 완전히 걷힌 뒤였다. 새벽의 차가운 숨결이 내 뺨을 스쳐 지나가니 약간은 허름했던 정신이 단숨에 깨어났다.

"이이, 일찍 일어났네?"

한쪽에서 숫돌로 검을 손질하던 천휘가 나를 보며 손을 흔들었다. 나는 실없이 한 번 웃어주고는 옆에 앉아서 말했다.

"그건 내가 할 말이잖아. 언제 일어난 거야?"

"방금 전에. 늙으면 아침잠이 없어진다는 말이 있잖아."

"젊은 혈기에 밤을 샌 건 아니고?"

그 말을 끝으로 우리는 한참 동안 아무 말도 하지 않았다. 고즈넉한 새벽바람이 불었다. 아침이 다가오고 있었지만 서쪽 하늘의 가장자리, 그 바로 위 언저리에 걸린 보름달은 아직까지도 짙푸른 달빛을 쏟아내고 있었다.

"우리는 계속 견뎌낼 수 있을까?"

그 목소리는 마치 달빛에 녹아든 것처럼 희미했다. 평소의 활기찬 목소리가 아니었던 탓에 나는 천휘가 했던 말이 맞나 잠시 고민했다.

"이제야 슬슬 겁이 나는 거야?"

천휘는 고개를 흔들었다.

"눈을 한번 감았다 뜬 것 같은데 이 년이 지났어. 내가 이 곳에 온 지."

"벌써 그렇게 됐나?"

천휘가 예의 그 미소를 지었다.

"그리고 넌 오 년이나 있었고."

"……."

"태중아, 우리는 그동안 항상 함께였었지?"

나는 결국 피식 웃어버리고 말았다. 평소답지 않게 왜 갑자기 분위기를 잡고 그래. 그렇게 말을 하려고 했지만 의외로 천휘의 얼굴은 놀랍도록 진지했다. 나는 헛기침을 한 번 했다. 아주 가끔이었지만 천휘는 이런 모습을 보일 때가 있었다.

착 가라앉은 목소리와 미소를 지워 버린 표정. 그런 천휘를 바라보고 있을 때면 나는 낯설음을 느끼곤 한다. 나는 녀석의 어깨에 손을 올렸다.

"늘 함께였었지. 물론 지금도 마찬가지야."

아마도, 천휘가 조금만 더 늦게 왔었더라면 나는 망가져 버렸을지도 모른다. 어제 이야기를 나누던 사람들이 다음날 내 앞에서 죽어가는 모습을 바라보는 기분. 그것도 수도 없이…….

나 혼자서의 힘으로는 단 한 명도 지킬 수가 없었다. 늘 처절한 사투를 벌이고 나면 살아남은 건 나 하나뿐이었다. 그리고 그 후의 석 달 동안은 정신을 차릴 여유도 없이 혼자서 적들과 싸우며 지냈다. 천휘가 오기 전까지만 해도 단순한 그것의 반복이었다.

등 뒤를 누군가에게 맡긴다는 건 상상조차 하기 힘든 일이었다. 하지만 어느새 당연한 일이 되어버린 셈이다. 천휘와 함께 있었기에 화연이도 지킬 수가 있었다. 물론 쉽지는 않았지만 혼자서 하는 것보다 몇 배는 쉬운 일이었다.

"언젠가는 나갈 수 있다는 근거도 없는 희망으로, 나는 혼자가 아니라는 생각이 빚어내는 용기로, 그 누구라도 지킬 수 있는 힘을 얻을 것이라는 목표만으로……."

잠시 말을 멈춘 천휘였지만 곧 말을 이었다.

"우리는 살아왔어, 그렇지?"

나는 고개를 끄덕였다. 천휘가 가볍게 한숨을 내쉬는 것이 보였다.

"무슨 말이 하고 싶은 거야?"

천휘의 어깨가 힘없이 떨어졌다. 늘 힘차고, 생명력 넘치던 녀석이 오늘따라 왜 이러는 거지?

"어이, 이봐. 왜 그러는 거야?"

살짝 고개를 흔들던 천휘가 또다시 한숨을 토했다. 나까지 기운이 없어질 지경이다.

"넌 정말 힘들지 않은 거냐? 나보다도 훨씬 오래 있었으면서?"

낮게 깔린 목소리는 축 처져 있었다. 힘없이 꺼낸 말이었지만 그것은 순간 강하게 내 가슴을 뒤흔들었다. 갑작스러웠다. 그래, 분명 갑작스러웠다.

하지만 울컥, 하고 무언가가 치밀어 올랐다. 기다렸다는 듯이, 가슴 한구석에서 단단하게 응어리져 있던 덩어리와 같은 것이 내 목을 타고 올라오고 있었다. 목이 타는 듯이 뜨거워지고 있었다. 나는 주먹을 쥐고 그것을 억눌렀다.

죽이고, 또 죽이고. 몸에 묻은 피를 씻고, 또 씻고.

갑자기 온몸에 기력이란 기력은 모조리 빠져나간 기분이 들었다.

"우리는 정말 이곳에서 나갈 수 있을까?"

천휘의 말은 스스로에게 하는 질문 같았다. 그 자신에게 묻고 있는 것 같았다. 아직 가슴속에 남아 있는 희망에게, 혹은 용기에게 묻고 있는 것이다.

나는 정말 이곳에서 나갈 수 있는 거냐고.

"천휘야."

나는 억지로 웃음을 지어 보였다.

"우리 이곳에서 나가게 되면 둘이 같이 강호를 돌아다니자."

지금의 분위기를 바꾸기 위해, 점점 빛을 잃어가는 녀석의 희망에 힘을 불어넣어 주기 위해. 나는 힘차게 말했다. 이런 우울한 모습은 너에게 어울리지 않아. 넌 항상 웃는 놈이잖아. 항상, 아무리 힘들어도, 다리가 후들거릴 정도로 무서워도, 넌 항상 웃어왔잖아.

"……."

천휘는 아무 말도 없이 나를 지켜보았다. 기운 내라고, 우리는 함께잖아. 이런 내 말을 들었을까? 녀석의 눈이 천천히 원래의 모습으로 돌아오고 있었다.

"그래, 나간다면 꼭 그렇게 하자."

서로가 알고 있었다. 어쩌면 평생 동안 이곳에서 벗어나지 못할 수 있다는 것을. 그리고 그 가능성은 아주 높다는 것을.

"약속한 거다?"

하지만 우리는 그것을 결코 입 밖으로 꺼내지 않은 채 지냈다. 만약 그걸 말하게 된다면 정말로 그렇게 될지도 모른다는 불안감 때문이었다.

"알았어."

본래의 모습으로 돌아온 천휘가 장난스럽게 대답했다. 나는 과장된 몸짓으로 두 팔을 벌렸다.

"좋았어! 천하의 미녀들아! 우리를 기다려라!"

나는 내가 무슨 말을 하고 있는지조차 모르고 그냥 되는대로 지껄였다. 천휘가 팔짱을 끼고는 역시, 하는 표정으로 나를 흘겨보았다.

"결국 목적은 여자였군."

나는 말문이 막혔다. 하지만 그동안 천휘를 보면서 배운 게 있었던 걸까? 히죽 웃으며 맞받아쳤다.

"…부수적인 수입이 없다면 누가 본업에 충실하겠냐?"

천휘는 여전히 팔짱을 낀 상태였다. 아, 그러십니까? 하는 표정을 지으며 건성으로 고개를 끄덕였다.

"그럼 본업은 뭔데?"

그 말에 나는 기다렸다는 듯 대답했다. 이미 예상한 질문이 었다.

"그거야 당연히 세계 정복!"

"제발!"

천휘가 두 손을 휘휘 내저으며 내가 졌다는 식으로 말했다. 나는 그런 모습을 웃으며 지켜보았다.

'네 말처럼 분명 근거도 없는 희망이지만, 함께라는 생각이 만들어낸 용기로 한 번 헤쳐 나가보자고. 이토록 빌어먹을 세상이 이기나, 아니면 우리들이 이기나. 어차피 둘 중 하나일 테니, 반반의 가능성이면 꽤 높은 편이라고.'

사나운 북풍이었다. 시커먼 먹구름은 굉음을 토하며 지상에 비를 뿌려대고 있었다. 우리는 눅눅한 기운이 감도는 동굴 안에 모여 가만히 앉아 있었다.

"이거 기분이 말랑말랑하니 무지하게 심심한데?"

"…이봐. 그런 소리를 그렇게 진지한 표정으로 하면 어쩌겠다는 거야?"

나는 어이없다는 감정을 숨기지 않은 말투로 말했다. 이에 천휘는 어깨를 으쓱하며 말했다. 냅둬, 그냥 이렇게 살다 죽게.

"화연아."

"어?"

다른 곳을 바라보고 있던 화연이가 천휘의 부름에 고개를 돌렸다.

"재미있는 얘기나 좀 해줘."

"그냥, 나가 죽어."

"……."

덕분에 나는 재미있었다.

"…물론 그런 식의 이야기를 싫어하지는 않지만, 지금은 좀 더 길고 즐거운 이야기가 듣고 싶어."

"그러니까, 나가 죽으라고."

좀 더 길긴 했다.

"에휴. 감성이 메말라 버린 사람 같으니라고."

혀를 차며 자리에서 일어난 천휘가 근처에 있던 나뭇가지 하나를 들고 왔다. 그리고는 탁자 한가운데에 떡하니 올려놓았다.

"자!"

"……?"

설마 잠을 자라는 건 아니겠지? 나는 능청스럽게 웃고 있는 천휘를 의문 가득한 눈빛으로 바라보았다.

"여기 뾰족한 부분 보이지?"

천휘가 손가락으로 나뭇가지의 한쪽 끝을 가리켰다. 반대쪽은 조금 뭉툭했고 천휘가 가리킨 곳은 뾰족했다.

"이제 이 나뭇가지를 돌릴 거야. 그리고 이 나뭇가지가 멈췄을 때, 이 뾰족한 부분이 향하는 사람에게 나머지 두 명이 궁금한 것을 질문하고, 걸린 사람은 절대 거짓으로 꾸미지 않고 진실만을 말하는 거지. 어때? 아주 기상천외한 놀이 아냐?"

"참… 기상천외하긴 하네."

궁금한 게 있으면 그냥 물어보면 되지, 누가 저런 방법을 떠올릴까. 정말 한쪽 방향에 있어서는 독보적인 능력을 가졌다는 생각이 들었다.

"난 별로 하고 싶지 않아."

나는 그냥 그러려니 하고 앉아 있었지만 화연이는 내키지 않는 모양이었다. 자리에서 일어나 걸어가려는 화연이를 천휘가 붙잡았다.

"알았어, 알았어. 안 할 테니까 앉아 있으라고."

화연이는 고개를 가로저었다.

"아니야, 좀 쉬고 싶어서 그래."

그렇게 말하고는 항상 머무르는 곳에 가서 몸을 웅크리고 두 무릎을 감싸 안았다. 결국 고개를 돌린 천휘가 이마를 찌푸렸다. 난 어깨를 으쓱했다.

"달거리를 하는 건가?"

퍽!

기습적으로 날아온 돌멩이에 뒤통수를 정확히 가격당한 천휘였다.

"아아……."

낮은 신음 소리를 내던 천휘기 휙, 소리가 날 정노로 고개를 돌렸다.

"뭐야. 아니면 아닌 거지, 왜 폭력을 휘두르고 난리야."

불평하듯 말하는 천휘를 보는 화연이의 눈빛은 서늘했다.

"이래도 신경질, 저래도 신경질. 대체 우리들보고 어떻게 하라고!"

아니, 이봐. 왜 나까지 걸고 넘어져. 하지만 나는 왠지 끼어들 수 없는 상황임을 깨닫고 가만히 있었다.

"그냥 가만히 두면 되잖아. 누가 널더러 이것저것 참견해 달라고 했어?"

나지막하지만 특유의 서늘한 말투. 분명 평소와 똑같은 어조로 말하는 화연이였지만 뭔가 다르다는 느낌을 받았다. 천휘의 말이 사실이었나?

"이곳에 있는 사람이 수십 명이라도 된다고 생각하는 거야? 고작 세 명밖에 없는 곳에서 한 명이 그렇게 얼굴에 칼을 붙이고, 목소리에는 얼음 조각을 붙이면 다른 사람의 마음이 편할 거라고 생각한 거냐고!"

천휘는 조금 화가 난 것처럼 말하고 있었지만 그 독특한 단어 선택은 여전했다. 얼굴에 칼을 붙이고, 목소리에는 얼음 조각을 붙였다라니.

"그럼 날더러 어쩌라고? 그냥 죽어버렸으면 좋겠다고 말하는 거야? 알았어. 그게 소원이라면 그렇게 해줄게."

화연은 그렇게 말을 하고는 정말로 허리춤에 걸린 검을 순식간에 뽑아 들었다. 어어, 이거 분위기가 이상해지는데……

탁!

번개같이 움직인 천휘가 어느새 그녀의 손에 든 검을 거칠게 뺏어버렸다.

"툭하면 죽는다, 죽어버리겠다. 그따위 소리 말고는 할 말이 없는 거야? 네가 이 자리에서 죽어버리면 우리들이 참으로 통쾌하구나 하며 좋아할 거라고 생각하는 거야?"

화연이가 아랫입술을 깨물며 자리에서 일어났다.

"그래서? 내게 어떻게 해줬으면 좋겠는데? 시시덕거리며 너희들 앞에서 계속 웃어줄까? 아니면 옷이라도 벗고 춤이라도 춰줄까? 말해봐, 말해보라고!"

나는 눈을 크게 뜨고 둘을 지켜보았다. 점점 화연이의 목소리가 격앙되고 있었다.

"뭐? 너 지금 그걸 말이라고 하는 거야?"

천휘가 기가 차다는 듯 말하자 화연이의 입에서 픽 하고 비웃는 소리가 새어 나왔다.

"겸양 떠는 척하며 사양하지 말고 말해봐. 몇 년 동안 못했더니 여자의 몸이 그리운 거야? 달아오를 대로 달아오른 몸을 주체하지 못하는 거야? 내가 해줄까? 어렵지 않아. 항상 해왔는데 너희들이라고 못해줄 건 없지."

그리고는 화연이가 자신의 옷을 거침없이 벗기 시작했다.

"어? 어억!"

나는 화들짝 놀라 화연이에게 뛰어갔다. 이거 지금 어떻게 돌아가고 있는 거야. 나는 단숨에 달려가서 화연이를 말리려 했다. 하지만 천휘가 고개를 저으며 나를 말렸다.

"왜 그래? 지금 무슨 생각을 하고 있는 거야? 너 정말로……"

내가 놀라서 천휘를 쳐다보자 녀석의 눈은 깊숙하게 잠겨 있었다. 방금 전까지 천휘가 화연에게 했던 행동은 정말 화가 나서 그러는 게 아니라는 것쯤은 이미 알고 있었다. 하지만 지금의 천휘는 아까와는 전혀 달랐다.

'이 녀석 지금 정말로 화가 났잖아.'

스슥, 스스슥.

나는 결국 천휘 때문에 말리지도 못하고 그렇다고 쳐다볼 수도 없는 상황에 눈을 질끈 감아버렸다. 옷깃이 살과 스치는 소리가 생생하게 들렸던 탓에 머리가 텅 비어버리는 느낌이었다.

'이게 무슨 꼴이야.'

나는 내가 지금 하고 있는 행동이 꽤 꼴사납다는 것을 알고는 있었지만 다른 도리가 없었다. 그렇게 한참이 지났지만 둘 사이에서는 아무런 대화도 없었다. 나는 꽤나 궁금했지만 눈을 뜰 수가 없었다.

"……."

"……."

결국 침묵에 견디다 못해 실눈을 떴다. 겉옷을 모두 벗어버린 화연이었지만 아직 얇은 옷은 걸치고 있는 상태였다. 그녀는 표독스러운 눈빛으로 천휘를 노려보고 있었다.

"왜 그래? 아까는 그렇게 자신만만했으면서."

천휘는 빈정거리는 말투로 말했다. 화연이는 다시 아랫입술을 깨물었다. 그리고는 몇 번이나 옷을 벗으려고 했지만 그럴 때마다 부르르 떨리는 손이 여기까지 보였다.

"어째서… 어째서……."

화연이는 스스로가 믿지 못하겠다는 표정으로 중얼거렸다. 한참을 그러더니 턱을 들고 천휘를 노려보았다.

"비웃지 마."

"웃음을 참지 못하겠는데?"

하지만 천휘는 웃고 있지 않았다. 나는 머리를 긁적이며 둘을 번갈아 보았다.

"너희들같이 더러운 족속의 남자들 따위……."

얼마나 힘을 주었는지 턱이 바르르 떨렸다. 화연은 끝내 자조와 경멸이 섞인 웃음을 터뜨리고야 말았다. 동굴이 울릴 정도의 화연의 웃음은 시간이 지날수록 점점 약해져 갔다. 그리고 종내는 울음인지 웃음인지조차 분간할 수 없는 소리가 새어 나왔다.

"나쁜… 이 나쁜……."

화연은 '나쁜'이라는 표현보다 더 심한 말을 떠올리지 못했던 것인지 연신 그 말만을 중얼거렸다. 그리고는 다리에 힘이 풀린 듯 털썩하고 주저앉아 버렸다.

"으……."

억눌린 음성이 새어 나왔다. 그러더니 결국 두 손으로 얼굴을 가린 채 울어버리고 말았다.

"으흑, 흑."

도대체 뭐가 어떻게 돌아가는 건지 전혀 모르겠다. 나는 천휘에게 어떻게 좀 해보라는 눈짓을 보냈다.

"으아아아앙!"

결국 화연은 대성통곡을 하고 있었다. 어? 하늘이라도 무너진 거야? 무슨 일이야? 처음에 얼굴을 가리던 두 손은 어디로 갔는지 신경조차 쓰지 않고 화연은 큰 소리로 울고 있었다.

"아, 저기, 화연아?"

나는 난감한 표정으로 달래려 했지만 전혀 먹히지가 않았다. 아버지, 이런 일의 대처 방법은 어째서 알려주시지 않은 겁니까?

"죽어! 나가 죽으란 말이야!"

뭐어? 나는 깜짝 놀라 뒤로 물러섰다. 화연은 퉁퉁 부은 눈에 얇은 옷을 걸치고 있다는 것 따위는 잊어버린 듯했다. 그리고… 콧물이 조금 나오는 것도…….

우당탕! 쾅! 휘익! 퍽!

손에 잡히는 것이라면 그 무엇도 상관치 않고 던져 대기 시작했다. 게다가 내공이 실려 있어? 나는 기겁을 하며 그것들을 피하려 했다.

'어?'

하지만 전혀 그럴 필요가 없었다. 마구잡이로 던지는 것처럼 보였지만 그것들의 목표는 천휘 하나였다. 제정신이 아닌 듯 보이는 화연이었지만 그 공격은 놀랍도록 정확했다.

'화연이도 어느새 이렇게 무공이 높아졌구나.'

퍽! 퍽! 땅!

그렇게 화연이가 사정을 봐주지 않고 던지는 물체들을 천휘는 전혀 피하지 않고 있었다. 서 있던 그 자리에서 전혀 미동조차 하지 않고 몸으로 받아내고 있는 것이었다.

'아, 안 아파?'

나는 그게 더 놀라웠다. 천휘의 표정은 여전히 굳어 있었다. 그 서늘한 시선은 계속해서 화연에게 꽂혀 있었다.

"흑흑, 훌쩍."

그렇게 한참을 울면서 던져 대던 화연은 아무리 찾아도 이젠 자신의 손에 잡히는 것이 없자 고개를 푹 숙이고는 흐느끼고 있었다.

"이제 끝난 건가?"

천휘가 묻자 고개를 번쩍 든 화연이 바닥에 놓인 검집을 사정없이 넌져 버렸다.

퍼억!

이건 좀 심한 거 같은데. 나는 기겁을 하며 천휘의 머리를 살폈다. 그러자 괜찮다는 손짓을 보낸 천휘가 화연이에게 천천히 다가갔다. 그리고는 몸을 낮추고 화연의 머리를 쓰다듬었다.

"알았어. 내가 잘못했으니까, 이젠 그만 쉬도록 해."

천휘는 다정하게 말했다. 이봐, 갑자기 그렇게 나온다고 화연이가 화를 풀 리 없잖아.

스르륵.

"……."

나는 할 말을 잃고 그대로 있었다. 무엇 때문에 정신을 잃었는지는 몰라도 화연의 몸이 천천히 무너졌다. 화연의 머리를 손으로 받친 천휘가 조심스럽게 눕혀주었다. 그리고는 근처에 놓인 옷가지들로 덮어주고 자리에서 일어났다.

"저기……."

조금이라도 설명을 해줬으면 좋겠다는 심정으로 천휘를 불렀다. 그러자 그 녀석은 비척거리는 걸음걸이로 다가오더니 의자에 풀썩 주저앉았다.

"나… 죽을 것 같아. 질문은 나중에 받으면 안 될까?"

아까는 몰랐는데 다시 한 번 바라보니 천휘의 머리에서 붉은 피가 한줄기 떨어져 내리고 있었다.

"그래도 조금은 설명을 해줬으면 좋겠는데? 나는 지금 이 상황이 전혀 이해가 가지 않아."

천휘가 힘없이 웃었다. 그래도 많이 아픈 모양이었다.

"전에 말했던 여동생 있지? 그 애한테 해주던 것처럼 한 것뿐이야. 너도 여동생이 있어 이해할 거라 생각했는데."

그 사매라는 사람을 말하는 건가? 하지만 나는 더욱 놀라는 꼴이 되었다. 천휘에게 다시 물었다.

"네 여동생한테 했던 것처럼 한 거였다고?"

"응, 왠지 비슷해 보였거든. 그 애는 저렇게 차갑게 굴려고 노력하거나 그러지는 않지만 어딘가 닮은……."

나는 고개를 가로저었다. 내가 천휘의 말에서 놀랐던 건 그게 아니었다.

"너 그럼 여동생한테도 벗으라고 했어?"

천휘의 표정이 험악하게 일그러졌다.

'그건 아닌가?'

"와서 좀 먹어."

"……."

천휘는 나와 같이 식사를 하던 도중에 갑자기 웅얼거리는 목소리로 말했다.

"어제 저녁부터 아무것도 안 먹었잖아."

"……."

누구한테 하는 소리지? 나는 의아한 표정으로 고개를 들고 천휘의 오른쪽 어깨너머 뒤쪽을 살펴보았다.

거기에는 언제 일어났는지 부스스한 머리카락을 손으로 매만지던 화연이가 반쯤 일어나 있었다. 아직 상황 파악이 안 됐는지 약간은 멍한 눈빛으로 이쪽을 응시했다.

"허, 넌 뒤통수에도 눈이 달린 거냐?"

내가 기막히다는 심정으로 말하자 천휘가 대꾸했다.

"그냥 일어나는 소리가 들렸을 뿐이야."

나는 그게 더 이상하잖아, 라고 말을 하려다 관뒀다. 화연이는 성격 탓인지 항상 조용했다. 어디를 함께 가고 있을 때면 아주 조심스럽게 걷는 바람에 한 번씩 쳐다보지 않으면 혼자 걷고 있는 기분이 들 정도였다. 말도 거의 없었고, 아주 가끔씩 꺼내는 말은 귀를 기울이지 않으면 놓치기 십상이었다.

어쩌면 그것은 화연이가 살아오면서 당연한 듯 몸에 배어 버린 버릇 같은 게 아닐까 생각했다. 가끔은 누군가를 피해 도망 다니는 생활을 했었냐고 묻고 싶었지만, 끝내 그러지는 않았다. 물론 묻는다고 해서 대답해 주지도 않았을 테지만.

어쨌든 항상 그런 식이었다. 요 근래에는 화연이의 무공이 제법 높아진 까닭에 잠시 긴장을 늦추면 기척도 없이 어디선가 툭하고 튀어나와 깜짝깜짝 놀랄 때도 종종 있었다. 그런 화연이인데…….

"흐음."

내가 의심의 눈초리를 보내자 천휘는 짐짓 모르는 체하며 고기를 먹었다. 나와 천휘의 내공은 거의 엇비슷한 수준이었다. 어느 한쪽이 낫다고 말할 수 없을 정도로. 그런데 난 아무 기척도 못 느꼈는데 그 작은 소리를 들었다고?

나는 몸을 앞으로 살짝 빼서 캐묻는 투로 말했다.

"천휘야, 너 솔직히 말해봐. 어제 일이 미안해서 계속 화연이한테 신경을 쏟고 있었던 거지?"

어느새 내 목소리는 능글맞게 변해 있었다.

"전혀, 아니거든?"

천휘는 정색을 하고 말했다. 하지만 나는 의심 섞인 눈초리를 거두지 않았다. 눈치가 별로 없는 나도 알아챌 만큼 저 녀석의 거짓말은 너무 티가 난다. 하지만 천휘 스스로는 자신의 거짓말이 완벽하다고 생각하는 것 같았다. 그 모습이 꽤나 유쾌하기에 나는 항상 모르는 체한다.

"안 먹을 거야?"

대답이 없는 화연이 때문이었는지, 내가 빤히 쳐다보고 있어서였는지 천휘는 뒤를 돌아보며 다시 물었다.

"생각없어."

역시 기대를 저버리지 않는 화연의 대답이었다.

'또 한바탕하겠군.'

그런 생각으로 천휘를 바라보았다. 하지만 녀석은 화를 내지도, 그렇다고 웃지도 않았다. 그저 조용히 무언가를 생각하는 표정을 짓더니 까슬하게 수염이 난 턱을 매만졌다.

"알았으니까 와서 잠깐 앉아봐. 할 얘기가 있어."

화연의 쌀쌀맞은 태도는 아무렇지도 않다는 모습이었다. 한참 동안 천휘를 바라보던 화연이는 미간을 살짝 찌푸리고는 그대로 일어나 이쪽으로 다가왔다. 의자에 앉는 모습까지 지켜보던 천휘는 그제야 입을 열었다.

"우리 이 동굴 안쪽으로 한 번 가보자."

"뭐?"

예상하지 못했던 말이라 나도 모르게 그렇게 되묻고 말았다.

"자세히 설명해 줘. 저 안에 어떤 것들이 살고 있으며 얼마나 강한지."

천휘는 나를 보며 말했다.

"이런 식으로 있다가는 영영 이곳에서 벗어나지 못해. 너도 알고 있잖아."

천휘는 이제 그 사실을 인정하기로 한 모양이었다. 언젠가는 나갈 수 있을 것이라는 생각으로 그저 하루하루를 살아가는 것이 아닌, 좀 더 능동적으로 행동하려는 것 같았다.

하지만 그렇게 위험을 무릅쓰고 동굴에 들어갔는데 아무것도 없으면? 고생고생해서 얻는 거라곤 실망 가득한 허무함뿐이라면?

나는 그런 불안감이 들었지만 입 밖으로 꺼내지는 않았다. 천휘라고 그것을 생각하지 못했을까. 그런 것들을 감수하더라도 눈앞에 보이는 가느다란 실을 잡아야 하는 심정을. 끊어질 거란 예상 아닌 확신이 들더라도 놓으면 안 되겠지. 작은 희망이라도, 금세 바스라질 것 같은 지푸라기라도, 다 썩어몇 개의 올도 남지 않은 동아줄이라도 우리들은 단단히 붙잡아야겠지.

"좋아. 네 생각이 그렇다면 나는 따르겠어."

나의 대답 후 천휘와 내 시선은 한곳으로 쏠렸다.

"너도 갈 거지?"

"……?"

천휘가 아무 말도 하지 않았기에 어쩔 수 없이 내가 물었다. 하지만 화연이는 갈 생각이 전혀 없었는지, 아니면 자신에게 물어볼 줄은 몰랐는지 눈을 조금 치켜뜨며 우리를 번갈아 쳐다봤다.

어제 일로 화가 많이 났던 건가? 나는 그런 생각에 약간은 과장되게 웃으며 화연이의 어깨를 주먹으로 툭 쳤다.

"어제 일로 기분이 많이 상했던 거야? 에, 잊어버려. 천휘도 본심은 아니었을 거야. 그렇지?"

나는 천휘에게만 보이게 주먹을 쥐었다. 그러자 녀석은 피식거리며 한 번 웃고는 굽실거리며 말했다.

"예예. 불초한 소자가 감히 어마마마께 대역죄를 지었사옵니다. 용서해 주실 때가지 빌고, 또 빌겠사옵니다."

그렇게 말힌 친휘는 정말로 자리에서 일어나서는 두 손을 마주하고 빌기 시작했다.

"비나이다. 비나이다."

"……."

한데 그 모습이 꼭 부처님께 불공드리는 것 같았다. 마주한 두 손은 원을 그리며 비비고 있었고, 몸은 굽혔다 폈다를 반복했다.

"저것 봐. 천휘도 저렇게 자신의 잘못을 뉘우치고 있잖아. 이제 그만 마음 풀어."

하지만 화연이는 내 말에 대꾸조차 하지 않고 자신의 어깨만 물끄러미 바라보고 있었다.

'내가 쳤던 게 기분 나빴던 건가? 그렇게 세게 치지는 않았는데…….'

나는 조심스럽게 물었다.

"왜 그래? 혹시 나 때문에 기분 상했던 거야? 미안, 난 그
저······."

마땅한 핑계거리를 찾지 못해 약간 얼버무리고 있는 중에
천휘를 쳐다보았다. 다 네 잘못이니 네가 해결하라고, 나는
녀석에게 눈치를 보냈다.

"비나이다, 비나이다. 관대하고 자애로우신 부처님께 비나
이다. 우리 연로하신 어머님의 노여움을 풀어주시기를 비나
이다. 이왕이면 물 좋은 사람으로 어머니의 적적함을 달래주
시기를 또 비나이다."

"야! 그게 사과하는 사람이 할 행동이야? 좀 더 성의있게
하지 못해!"

하지만 그런 내 목소리에도 역시 약간의 장난기가 배어 있
었다. 나는 화연이를 슬쩍 바라보며 눈치를 살폈다. 아직도
자신의 어깨만 바라보고 있었다. 나는 헛기침을 한 번 하고는
말했다.

"화연아, 어제는 말이야."

그제야 나를 빤히 바라보던 화연이 이해할 수 없다는 표정
을 지으며 말했다.

"어째서 아직도 내게 잘해주려는 거야? 내가 어제 그렇게
까지 심한 말을 했는데?"

"음?"

갑작스러운 화연이의 말에 나는 잠시 멍해졌다.

'어제? 무슨 말을 했었더라?'

나는 어제 화연이가 했던 말들을 떠올렸다.

"너희들같이 더러운 족속의 남자들 따위……."

"아!"

그제야 생각이 났다. 한데 그것 때문에 우리가 기분 나빴을 거라 생각했던 건가? 의외로 그런 것들에 신경 쓰는 사람이었구나.

나는 손을 휘저으며 말했다.

"남자들이 씻기 귀찮아하는 건 어느 정도 사실이니까. 게다가 여기는 씻을 만한 곳도 마땅하지가 않잖아. 그 정도는 이해해 주면 안 될까?"

그러자 천휘는 자신의 소매에 코를 대고는 킁킁거리며 냄새를 맡기 시작했다. 나는 슬쩍 물었다.

"어때?"

"향긋한데?"

"어디서 사향이라도 구한 거야?"

"이 정도쯤은 자체 생산이 가능하다고."

그렇게 나와 천휘가 실없는 대화를 나누고 있을 때, 화연이가 말했다.

"그런 뜻이 아니었다는 거 알면서 이러지 마. 대체 이렇게까지 내게 잘해주는 의도가 뭐야?"

"의도 같은 게 있을 리 없잖아. 자, 화난 게 아니라면 같이 가는 거다, 응? 우리는 어제 일에 전혀 마음 쓰지 않는다니까."

내가 괜찮다는 투로 말하자 화연이는 믿지 못하겠다는 표정을 지었다. 나는 작게 중얼거렸다.

"사실… 어제는 굉장한 눈요기를 했었고…….."

그러자 천휘는 갑자기 생각났다는 식으로 크게 말했다.

"맞다! 그걸 잊고 있었다니! 생각보다 괜찮은 몸매였…….."

휙! 퍽!

화연이의 손에서 섬광 같은 속도로 날아온 물체가 천휘의 얼굴에 작렬했다.

'저 돌멩이는 어디서 나온 거지?'

내가 그런 의문을 품고 있을 때 화연이의 목소리가 들렸다.

"너희들 바보야? 왜 이렇게 바보 같은 행동만 하는 거냐고! 난… 난 너희들에게 아무것도 줄 게 없단 말이야…….."

"……?"

나는 순간 천휘를 바라보았다. 녀석은 '거봐, 여동생 같은 거 맞잖아' 하는 표정을 지었다.

정말 그랬던 걸까? 자신은 우리들에게 아무것도 줄 수 없다고, 방해만 된다는 생각을 갖고 있었던 걸까? 모든 것에는 대가가 필요하다고, 그렇게 믿고 있는 걸까?

나는 순간 천휘에게 말했다.

"천휘야, 내가 너에게 준 게 뭐였지?"

"시답잖은 무공서를 주었지."

"그럼 네가 나에게 준 건?"

"인생의 즐거움을 줬잖아."

천휘는 뻔뻔하게 대답했다. 나는 미소 지으며 화연이를 바라보았다.

"좋아. 그렇게까지 무언가를 줘야만 네 마음이 편해진다면, 우리들노 앞으로 네게 한 가지를 받도록 할게."

화연이의 눈동자가 나를 향했다.

"난 너희들에게 줄 수 있는 게 아무······."

나는 화연이의 말을 잘라 버리며 말했다.

"웃음을 줘."

"······?"

화연이의 눈이 동그래졌다. 나는 확인하듯 다시 말했다.

"넌 그냥 웃으면 돼. 어때? 별로 어렵지 않지?"

"······?"

화연이는 영문을 모르겠다는 표정을 지었다.

"그따위 것이 어디에 필요하다는 거야?"

"어디에 필요할지는 우리가 해결할 문제고, 넌 그저 웃기만 하면 되는 거야."

왜 그런 말을 했는지는 나도 잘 모르겠다. 나에게 웃음을 전해준 천휘 때문이었을까. 아니면 그냥 화연이의 웃음이 보고 싶었기 때문이었을까.

우리들이 살고 있는 이 세상에서 어둡고 무거운 공기를 떨쳐 버리는 건 쉽지 않았다. 아무렇지도 않다고 꾸민 웃음에는 언제나 금방이라도 스러질 듯한 절망감이 숨어 있었다.

하지만 그럼에도 우리는 웃어야만 했다. 그것이 스스로의 나약함을 증명하는 꼴이 되어버린다 해도 우리는 주저하지 않았다.

눈을 번뜩이는 야수가 성난 발톱을 휘두르고 있을 때도, 정체를 알 수 없는 끈적함이 몸속에 들어와 섬뜩한 눈빛을 우리에게 던지고 있을 때도 우리는 웃어야만 했다.

우리의 나약함을, 인간이라는 사실을, 우리는 아직 살아 있는 생명체라는 것들을… 이런 식으로라도 증명해야만 했던 것이다.

어쩌면 화연이가 웃고 안 웃고 따위는 그리 중요하지 않은 문제일 수도 있다. 하지만 거기서 한가닥의 희망을 찾고 싶었다. 본래 아무 상관도 없는 것이지만, 나는 그렇게라도 찾고 싶었던 것이다.

"너, 너희들……."

화연이는 어제와는 비교도 되지 않을 정도로 당황해하고 있었다. 얇은 입술을 가리고 있는 손은 바르르 떨렸고 눈동자마저 흔들리고 있었다.

항상 나에게 달콤한 음성으로 속삭이는 목소리가 있다. 그것은 죽음에서 날아온 향기로운 손짓이었다.

이 세상은 참으로 덧없어. 그렇게 끈질기게 살아남으려 해봐야 거기에는 조금의 의미도 없다는 것을 모르니? 어차피 모든 것들은 죽으면 끝나 버려. 삶에 담긴 모든 미련도, 후회도, 사랑도……

그럼에도 왜 그렇게 아등바등 살아가고 있는 거야? 모든 이들은 언젠가 반드시 죽는다는 것을 알면서도, 어째서 그런 허망한 짓거리들을 하고 있는 거야?

잠을 자고 있을 때에도, 무공을 수련하고 있을 때에도, 하물며 밥을 먹고 있을 때조차 그 목소리는 나를 놓아주지 않는다. 시도 때도 없이 나를 유혹했다. 죽음의 안락함과 그 달콤함을 들먹이며……

"이제 그만 못 이기는 척하며 웃는 게 어때?"

어쩌면 죽음이라는 것은 정말 편한 일일지도 모른다. 내가 삶을 살아오며 느꼈던 분노와 자괴감, 그러한 슬픔들을 모두 버릴 수 있다는 사실만큼은 때론 나를 위태롭게 흔들기도 한다.

하지만 나는 그렇게 하지는 않을 것이다. 내 스스로 죽음을 반기지는 않을 것이다. 아직 내가 살아야만 하는 이유가 있는 한, 나는 결코 그러지 않을 것이다.

"웃어봐, 웃어봐, 웃어봐."

천휘의 장난스러운 말이 들렸다. 나는 녀석의 얼굴을 바라보았다.

어느새 내 옆에는 없어선 안 될 친구가 생겼고, 삶과 죽음을 함께할 동료가 생겼다. 그들이 나를 향해 보내주는 믿음과 신뢰를, 나는 연약한 마음으로 내팽개치지는 않을 것이다.

나는 안타깝게 만드는 미련과 내 어깨에 올려진 삶의 무게를 당당히 마주할 것이다.

내 친구가 나에게 웃음을 찾아주었듯, 나는 반드시 살아남아 내 소중한 사람들의 웃음을 지켜줄 것이다.

"기다리다가 지치겠는걸?"

화연이의 얼굴이 조금씩 변하기 시작했다. 어느새 눈물로 범벅이 된 눈에서 그동안 보이지 않았던 감정이 나타나고 있었다.

그래, 그렇게 웃는 거야.

"바보 같은… 이런 바보 같은……."

나와 천휘는 아무 말도 없이 화연이를 지켜보았다. 비록 환한 웃음은 아니었다. 눈물이 가득한 두 눈과 일그러진 입은 한없이 어색했다. 하지만 그 어떤 미소보다 아름다웠다.

결코 나갈 수 없으리라는 절망이, 결코 웃지 않으리라 생각했던 사람의 웃음으로… 점점 바뀌어가고 있었다. 그것은 단순한 착각이었을지도 모른다.

하지만 나는 믿었다. 화연이가 웃음으로써 우리는 나갈 수 있을 것이라고. 하늘에서 내려오는 빛조차 들어오지 않는 막막한 이 세상에서 반드시 나갈 수 있을 것이라고.

지금 눈앞에 있는 이 소중한 친구들과 함께 나갈 수 있을 것이라고.

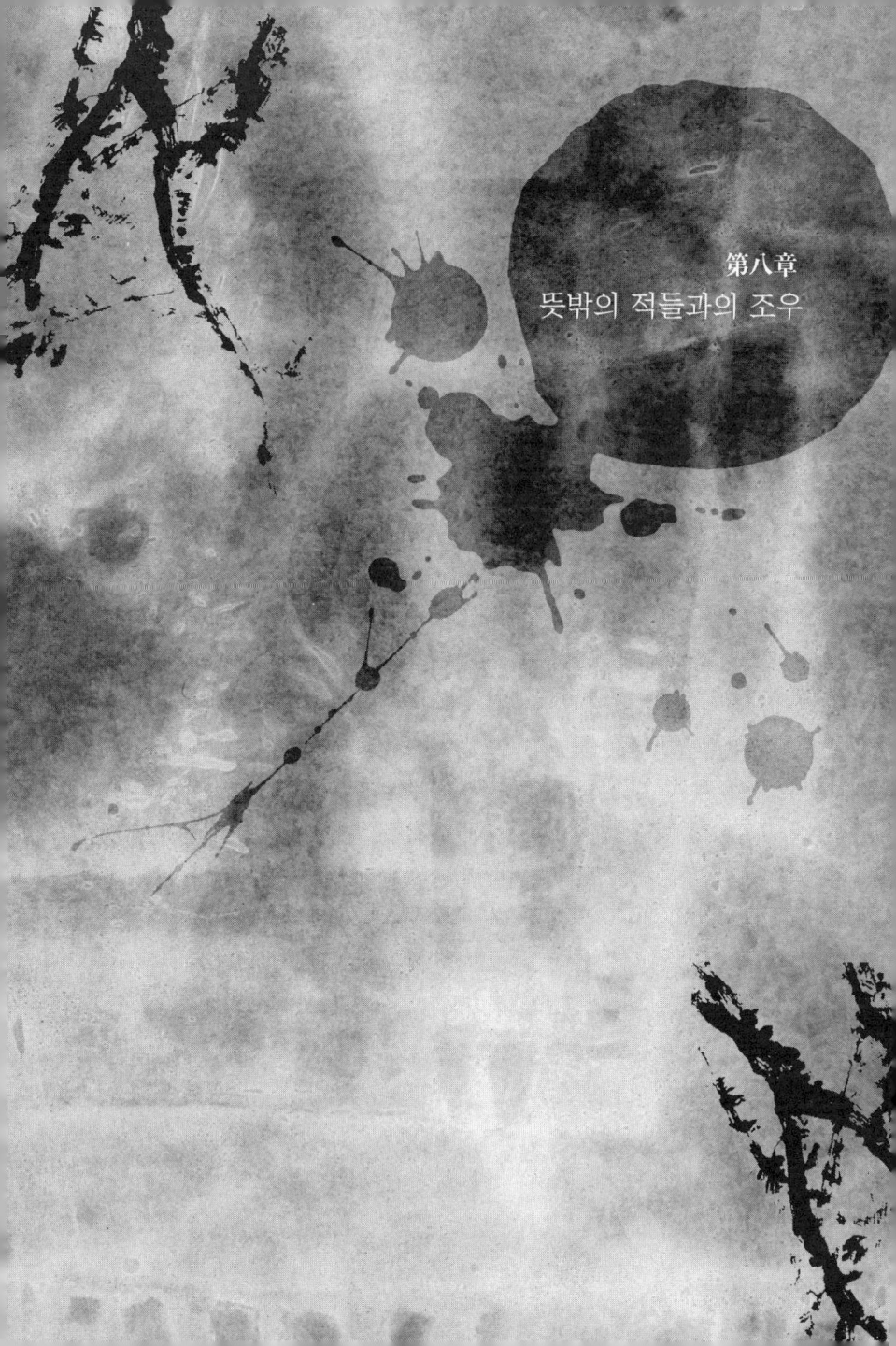

第八章
뜻밖의 적들과의 조우

악마

"그, 그런 말도 안 되는!"

경악한 목소리의 혜원이 자리를 박차며 일어났다.

"시, 시주. 소승은 빨리 이 사실을 방장님께 알려 드리러 가야겠습니다."

'죽지 못한 자'들과의 전투가 끝나고 혜원은 일행을 따라 객잔에 도착했다. 그리고 장천휘에게 귀안공자와 그의 목적, 그리고 그가 가진 힘을 들었다.

"그럼 다음에 뵙도록 하겠습니다."

혜원은 장천휘의 인사를 받는 둥 마는 둥 하며 객잔에서 빠져나갔다. 그 모습을 지켜보던 장천휘가 옆에 앉은 설희를 바라보았다.

"피곤하지 않아?"

객잔에 도착한 일행은 누가 먼저랄 할 것도 없이 자신의 방에 가서 쓰러지듯 누워버렸다. 다만 설희는 장천휘가 심심할까 봐, 라는 이유를 대며 아직까지 방으로 들어가지 않았다.

"글쎄요."

설희는 자신의 눈가를 매만지고는 말을 이었다.

"엄청 피곤한 건 사실인데요, 이상하게 잠이 올 것 같지는 않아요."

파르스름한 새벽을 몰아낸 아침은 햇살 가득한 손으로 객잔 안 구석구석까지 환하게 비추고 있었다. 창문과 마주 보는 자리에 앉아 있던 설희는 갑작스럽게 몰려오는 밝은 빛에 눈을 조금 찌푸렸다.

"벌써 아침이네요."

고개를 끄덕인 장천휘는 의자를 조금 움직여 설희에게로 향한 빛을 자신의 등으로 막았다.

"잠이 오지 않더라도 그냥 누워라도 있는 게 좋지 않겠어?"

햇살을 가리던 손을 내린 설희가 고개를 저었다.

"왠지 이 시간에 잠들면 뭔가 손해 보는 것 같은 기분이 들어서 그래요."

"손해?"

장천휘가 반문했다.

"네. 그냥… 이유는 모르겠어요. 왜 그런 거 있잖아요. 잠에서 깨어나 보니 주위가 어두컴컴한 밤이라는 걸 깨닫고, 왠지 하루를 버려 버린 것 같은 기분이 드는 거요. 사형은 그렇지 않나요?"

설희의 말을 듣고 잠시 생각에 잠겼던 장천휘가 천천히 끄덕였다.

"듣고 보니 그런 거 같기도 하네."

"그러니 조금 참았다가 저녁에 자려고요. 무공을 배우니 의외로 이럴 때는 꽤 쓸 만하네요."

항상 손후민에게 이런 걸 배워서 어디다 쓰냐고 윽박지르던 설희의 모습을 떠올린 장천휘가 슬쩍 웃었다. 그 미소를 지켜보던 설희는 손을 들어 삐죽하게 튀어나온 머리카락을 손질했다. 그리고는 두 손을 무릎 위에 가지런히 올려놓고는 장천휘를 지그시 쳐다보았다.

"사형."

설희의 목소리는 낮고 부드러웠다. 칭얼거리는 아이를 토닥이듯, 뒤척이는 아이를 달래는 듯한 그런 목소리였다. 자기 전에 들으면 잠이 잘 오겠네, 라고 생각한 장천휘가 대답했다.

"응?"

"왜 그러셨던 건가요?"

장천휘의 눈에 한 쌍의 맑은 눈동자가 들어왔다. 자신의 행동을 나무라거나 원망하는 태도는 아니었다. 그저 담담하게 묻고 있는 것이었다. 하지만 장천휘는 무언가에 찔린 것 같은 대답을 했다.

"미안해."

"그런 말이 듣고 싶었던 게 아니에요. 제가 듣고 싶은 건 왜 그러셨는지예요. 그 이유를 알아야 다음에 또 이런 일이 생기지 않도록 조심할 수 있을 테니까요."

하지만 장천휘는 쉽사리 대답할 수는 없었다. 자신조차 왜 그런 행동을 했는지 정확히 알 수 없었기 때문이었다.

너무 힘들어서 포기하고 싶었던 걸까? 언제 다가올지 모르는 종말이라면, 그 불안감을 안고 사느니 차라리 자신의 손으로 그것을 끄집어내려고 했던 것이었을까?

"……."

설희에게로 향하던 햇살은 이제 장천휘의 등만으로는 모두 막을 수가 없었다. 장천휘를 피해 설희의 머리 위쪽으로 다가온 햇빛은 그녀의 머리카락에 반사되어 반짝거리고 있었다.

"미안해."

장천휘는 그 말밖에는 할 수가 없었다.

"우와아아아아아아!"

난생처음 바다를 보게 된 설희의 감탄 섞인 목소리가 들렸다. '죽지 못한 자'들을 만났던 마을에서 하루도 쉬지 않고 출발한 지 나흘 만이었다.

비록 감사를 받으려 한 행동은 아니었으나, 자신들을 귀신 보듯 바라보는 마을 사람들의 눈빛에 성을 낸 채영후가 이동을 재촉했기 때문이었다.

"저렇게 큰 게 정말 물 위에 뜬단 말이에요?"

항구에 도착한 모용혜는 자신이 배를 구하겠다며 어디론가 갔고, 나머지 일행은 그녀를 기다리며 바다를 구경하고 있었다.

"아, 저는 모르는 사람입니다. 전혀! 결단코! 모릅니다."

갑자기 장천휘가 옆에 지나가는 애먼 사람을 붙잡고는 정색을 하며 말했다. 그 모습에 설희가 발끈했다.

"제가 지금 부끄럽다는 건가요!"

하지만 장천휘는 설희를 쳐다보지도 않았다.

"아, 저한테 하는 소리가 아닙니다. 걱정하지 마시고 가시길 가십시오."

장천휘에게 붙잡힌 사람은 황당하다는 표정을 짓고는 그대로 가버렸다. 설희가 허리에 손을 올리고는 화난 목소리로 말했다.

"태어나서 처음으로 바다를 보는 건데, 이 정도도 이해하지 못하시는 건가요!"

하지만 장천휘는 여전히 설희에게서 고개를 돌린 상태였다.

"어디서 갈매기 우는 소리가 들리는구나."

"야!"

"……."

그제야 반응을 보인 장천휘가 고개를 돌렸다.

"사매, 방금 전에……."

"아! 저기 모용 소저가 오시네요."

이번에는 설희가 장천휘에게서 시선을 돌렸다. 멀리서 걸어오는 모용혜를 반가운 목소리로 불렀다.

"고생하셨어요."

고개를 끄덕인 모용혜가 말했다.

"두 시진 후에 출발하는 배를 구했어요."

그리 어렵지는 않았다. 여기는 모용세가의 힘이 미치는 곳이었다. 가주가 금지옥엽으로 키운 딸이, 그것도 옥봉이라 불리는 여인의 부탁을 거절할 만한 사람은 없으니까.

"고생하셨습니다. 그럼 그동안 식사라도 하는 게 좋겠군요."

설희의 모습을 지켜보던 장천휘가 쓴웃음을 지으며 말했다.

"어서 옵셔~"

일행이 객잔으로 들어가자 큰 목소리로 외친 점소이가 다가왔다. 자리를 안내한 점소이에게 요리를 주문하고 앉아 있을 때 설희가 문득 물었다.

"그거, 불편하지 않으세요?"

모용혜가 하고 있는 면사를 가리키며 물었다. 보고 있는 자신이 더 답답할 정도였다. 만약 누가 자신보고 면사를 쓰라고 한다면 사생결단을 낼 각오로 싸울 생각이 들 정도로.

"이제는 익숙해져서 그렇게 불편하지는 않아요."

식사가 나오기 전에 점소이가 가져온 차를 마시던 모용혜가 말했다. 면사 끝을 살짝 들고 차를 마시는 모습에 설희가 기겁을 하는 표정을 지었다.

"전 죽어도 못할 거 같아요. 갑갑한 건 질색이거든요."

설희가 생각만으로도 질린다는 표정을 짓자 모용혜가 조용히 말했다.

"하지만 이걸 하지 않으면……."

"하하하! 실례하겠소. 괜찮다면 합석을 하고 싶은데 허락해 주시겠소? 보시다시피 객잔이 꽉 차서 말이오. 사해(四海)가 동도(同道)라는 말도 있으니 양해를 부탁드리오."

그렇게 말하며 다가온 청년은 일행의 대답도 기다리지 않고 자리에 앉았다. 그리고 그림자처럼 따라온 두 명의 청의사내가 청년의 뒤에 나란히 섰다.

호위무사처럼 보이는 두 명은 허리에는 검을 차고 있었고,

겁을 주려는 것인지 두 눈을 부라리며 일행을 바라보고 있었다.

"허, 보는 것만으로도 이렇게 웃음이 나올 줄이야."

장백이 기가 막힌다는 투로 말했다. 객잔 안에 손님은 적은 편은 아니었으나, 청년의 말처럼 꽉 찼다는 말이 나올 정도는 더욱 아니었다.

"이런 사람들 때문인가요?"

설희가 눈앞의 청년이 자신을 빤히 보고 있는 것에는 신경조차 쓰지 않고 물었다. 그러자 모용혜는 작게 끄덕였다.

"지루한 전개는 딱 질색인데……."

설희가 이마를 찌푸리며 중얼거릴 때, 청년은 황홀하다는 표정으로 그 모습을 지켜보았다.

"아름다운 꽃에 매혹되는 것이 어찌 나비의 탓이겠소. 들어보았는진 모르겠소만 본인은 구지명이라 하오. 소저, 실례가 되지 않는다면 그 눈부신 미모에 어울리는 방명을 알고 싶소만."

"실례예요."

잠시 말문을 잃은 청년은 한바탕 대소를 한 후에 말했다.

"하하하! 그렇지, 어찌 아름다운 꽃에 가시가 없겠소. 하지만 그 가시에 찔려 온몸이 상처투성이가 된다 한들, 난 소저 곁에서 떠나지 않을 것이오."

설희는 징그럽다는 표정을 짓고는 모용혜를 바라보았다.

"이런 사람들을 상대하는 방법을 알려 드릴게요."

꽤 자신만만한 설희의 표정이었던지라 모용혜는 약간의 기대심을 가지고 지켜보았다.

"음. 음."

"……?"

장천휘는 갑자기 팔짱을 끼고는 거만한 얼굴로 눈짓을 보내는 설희를 발견했다.

"뭐?"

설희의 얼굴이 살짝 일그러졌다. 하지만 이내 청년을 한 번 가리키고는 장전휘에게 해결하라는 턱짓을 했다.

"어쩌라고?"

장천휘는 도통 모르겠다는 표정으로 어깨를 으쓱했다. 그러자 설희가 더욱 강한 동작으로 자신의 뜻을 전달했다.

"암호놀이를 하자는 거야?"

하지만 전해지지는 않았다.

"눈치 없는 사형 같으니! 해결하시라고요!"

"그런 거였어?"

"빨리 해결하시라고요. 제 체면을 생각해서!"

장천휘가 쓰게 웃었다. 그럼 자신의 체면은 어디서 찾아야 하는 건가, 하며.

"여보시오, 구 형."

이제는 아예 대놓고 설희를 바라보고 있던 청년은 장천휘의 목소리에 고개를 돌렸다.

"사실 말이오, 이 소저는 그 누구도 고칠 수 없는 불치병에 걸렸다오. 그래서… 얼마 살지 못한다오."

하지만 장천휘의 그 말에 청년은 괜찮다는 표정으로 말했다.

"백 년을 산다 한들 진정한 사랑이 없는 삶이 무슨 의미가 있겠소. 소저, 걱정하지 마시오. 앞으로 남은 시간, 내 모든 것을 바쳐 소저만을 위해 살겠소."

청년은 순간 두 손으로 설희의 손을 잡으려 했지만, 무공이 부실했던지 애꿎은 허공만을 움켜쥤을 뿐이었다.

"사형! 제대로 하란 말이에요!"

하지만 장천휘는 설희의 말에 신경조차 쓰지 않고 엄지손가락을 치켜세우며 말했다.

"과연! 구 형은 진정 대인이시오! 나, 장 모가 탄복했소!"

청년은 지금 장천휘가 자신을 놀리고 있다는 사실을 전혀 모르는지 어깨를 우쭐거리며 끄덕였다.

"사실은 말이오……."

갑자기 장천휘가 은근한 목소리로 입에 손을 가져다 댔다. 그리고는 청년의 귀에 작게 중얼거렸다.

"……!"

일순 청년의 눈이 불가능할 정도로 커졌다.

"쿠, 쿨럭! 내, 내 급히 볼일이 있어 가봐야겠소. 그, 그럼 다음에 또 뵙도록 하십시다."

그렇게 말한 청년은 허겁지겁 일어나서는 호위들을 재촉해 객잔에서 뛰쳐나갔다.

그 모습을 지켜보던 장천휘가 흐뭇한 표정으로 설희를 바라보았다. 이 정도면 만족하겠지 하며.

"푸, 풉!"

"크큭! 들었어? …병에 걸렸대. 크크!"

"웁. 푸하하!"

채영후와 장백, 양철음은 참았던 웃음을 그제야 터뜨렸다. 비록 장천휘가 작은 목소리로 청년에게 말했다고는 하지만, 그 정도로 가까운 거리에서 한 말을 듣지 못할 정도의 사람은 없었다. 적어도 일행들 가운데서는.

"사형……."

탁자 위에 올린 설희의 두 손이 부들부들 떨리기 시작했다. 분노를 참지 못하겠는지 그녀의 고운 이마에 작은 힘줄이 돋기 시작했다.

"지옥 나들이를 가시고 싶으셨나요?"

장천휘는 결백하다는 표정을 지으며, 왜 그러는 거야? 라며 천진스러운 목소리로 말했다.

"염라대왕께서 물으시거든 저승사자가 보냈다고 전해주시지요!"

자리를 박차고 일어나는 설희의 모습에 장천휘가 기겁을

하며 뒤로 빠졌다.

"이번에는 놓치지 않을 거예요!"

장천휘가 난처한 미소를 지었다.

"식사는 배 위에서 하도록 하겠습니다."

콰아아앙!

놀라운 신법을 발휘해 객잔에서 빠져나가는 장천휘를 쫓아가며 설희가 외쳤다.

"야! 거기 안 서!"

장천휘와 설희가 객잔에서 나간 이후에도 모용혜를 제외한 일행은 웃음을 멈출 수가 없었다.

"푸… 크큭!"

"아, 죽겠네, 진짜. 푸풋!"

그런 그들과는 달리 모용혜는 조용히 찻잔을 들고 한 모금 마셨다. 아직도 얼굴이 화끈거렸다.

'매, 매독이라니…….'

배를 타고 이동하는 내내 설희는 줄곧 바다만을 바라보고 있었다. 그 모습을 한동안 지켜보던 장천휘가 조심스럽게 다가갔다.

"뭐가 그렇게 불안해서 앉아 있지도 못하는 거야?"

하지만 설희는 아무런 대답도 없이 여전히 한쪽을 응시하고 있었다.

"멀미라도 할 것 같아?"

장천휘가 다시금 물었다.

"그런 게 아니고요."

설희는 오른손을 들고는 자신이 계속 바라보고 있는 쪽을 가리켰다. 거기에는 배가 지나간 바다가 만들어낸 하얀 포말이 일고 있었다.

어떻게 보면 반복적인 모습이었고, 또 어떻게 보면 결코 일정하지 않은 모습이었다.

"꽤 예쁘지 않나요?"

설희가 감상적인 말투로 말했다.

"속은 괜찮은 거지?"

장천휘는 그렇게 말하고는 설희의 옆에 나란히 서서 그 모습을 지켜보았다. 자신이 보기에는 배를 잡아먹으려고 달려드는 거친 포말밖에 보이지 않았다.

"가끔은 이런 것들이 놀랄 만큼 신기하고 예뻐 보일 때가 있어요."

장천휘는 어깨를 으쓱했다. 설희는 예전부터 이런 모습을 종종 보이곤 했다. 소나기가 세차게 내리는 날에는 가만히 턱을 괴고 처마 끝에서 떨어지는 빗물을 하염없이 바라보곤 했었다.

"난 가끔 이런 것들이 놀랄 만큼 무시무시하게 보일 때가 있는데?"

장천휘의 말에 설희가 말갛게 웃었다. 배는 여전히 자신의 몸에 붙는 포말을 무시하며 앞으로 나아가고 있었다. 그제야 고개를 돌린 설희가 장천휘를 바라보며 물었다.

"오라버니는 전에 배를 타본 적이 있으신가 봐요?"

"그래 봐야 딱 한 번이었는데 뭐."

설희의 입가에는 여전히 엷은 미소가 번져 있었다. 그 모습에 장천휘가 멋쩍은 표정으로 관자놀이를 긁었다.

"아까는 미안했어."

"아니에요. 장난으로 그러셨다는 거 알아요."

그렇게 말한 설희는 다시 고개를 돌려 배 아래쪽을 바라보았다. 어느새 그녀의 얼굴은 무표정하게 변해 있었다.

"하지만 가끔은 주저앉고 싶을 만큼 힘들어질 때가 있어요. 그렇게 아무렇지도 않다는 듯이 행동하고, 평소와 같이 떠들고 노는 것들이요."

"……"

"하지만… 그렇게 힘들다는 생각이 들면 오라버니가 떠올라요. 그래서 참고 참고 또 참아요. 저보다 더 힘드실 텐데, 저보다 더 오랫동안 괴로우셨을 텐데… 하고 말이에요."

"……"

"오라버니?"

"으, 응?"

"얼마나 남은 거예요? 제가 눈치 채지 못한 것들도 꽤 많겠죠? 가끔은 그런 생각에 너무 무서워 잠도 잘 못 자겠어요. 오라버니가 없는 세상은… 생각해 본 적도 없단 말이에요."

장천휘가 힘겹게 웃으며 설희의 등을 토닥였다.

"걱정하지 마. 그 힘을 쓰지 않으면 평생 이렇게 지낼 수 있을 테니까."

"…정말인가요?"

"알고 있잖아. 한계치 이상의 힘을 쓸 경우에만 일어나는 일이라는 걸. 그러니까 너무 걱정하지는 마."

"네, 믿을게요."

"…응."

하지만 장천휘는 설희에게 말하지 못한 사실이 있었다. 그가 거짓말을 했던 것은 아니었다. 만약 자신이 그 '힘'을 쓰지 않는다면 평생 그 저주는 실현되지 않을 것이다. 하지만…….

'미안해.'

그렇다고 해서 모든 것이 해결되지는 않는다. 자신이 그 힘을 쓰지 않는다 해도 언젠가는 그 힘이 자신의 의지를 벗어나 자신을 잠식해 버릴 날이 올 것이다.

자신이 제어할 수 없는 '그것'이 풀려나기 시작하고, '장천휘'라는 사람이 진실로 이 세상에서 사라지는 날. 이 세상에는 그 누구도 막을 수 없는 거대한 악마(惡魔)가 나타날 것이다.

아무도 막을 수 없을 것이다. 그건 자신이 가장 잘 알고 있었다. 인간의 힘으로는 절대 막을 수 없다는 것을.

"식사하세요."

저쪽에서 모용혜가 장천휘와 설희를 부르고 있었다. 그 옆에는 의기양양한 표정의 채영후와, 우거지상을 하고 있는 장백과 양철음이 보였다.

"네놈 때문에 내기에서 진 거다."

장백의 말에 양철음이 콧방귀를 뀌었다.

"웃기고 있네. 낚시의 낚 자도 모르는 놈이 어디서."

천천히 그들에게 다가간 장천휘가 감탄한 표정을 지었다.

"어이쿠. 엄청난 놈을 낚으셨군요."

그 말에 채영후가 크게 웃으며 고개를 끄덕였다.

"암요. 제가 한때 강태공계의 초절정고수라는 말도 들었는데 이 정도는 해야 하지 않겠습니까."

그 말에 설희와 모용혜가 살포시 웃었다. 하지만 장천휘는 웃을 수가 없었다.

악마가 깨어나는 순간, 가장 가까이에 있는 사람들부터 죽일 것이다. 장천휘에게 소중한 사람들을, 그것도 스스로의 손으로. 비록 그의 의지가 아닐지라도 그 육체만은 '그'의 것임이 분명한.

"그럼 설희야, 오랜만에 네 요리 솜씨를 발휘해서 멋진 음식을 만들어보거라."

"걱정 마세요. 이따 저녁에 제가 눈이 돌아가실 만한 음식을 만들어 드릴 테니까요."

채영후의 말에 설희가 힘차게 대답했다. 그리고 그런 모습을 장천휘가 말없이 지켜보고 있었다.

* * *

"어찌 되어가고 있느냐?"

"순조롭게 진행되고 있습니다."

"순조롭다? 지금 내 앞에서 순조롭다 말한 것이냐?"

순간 사내의 오른쪽 붉은 눈동자가 피를 머금은 것처럼 더욱 짙어졌다. 그러자 뭉클거리던 어둠의 기운이 머리를 조아리고 있는 사람들의 몸을 덮쳤다.

덜덜덜덜.

"다시 한 번 말해보라. 지금 내 앞에서 순조롭다 말한 것이더냐?"

"주, 죽을죄를 지었습니다. 부, 부디 목숨만은……."

그중에 가장 높은 내공을 지닌 사내가 겨우겨우 입을 열며 사정했다. 하지만 오히려 그 말이 화를 돋운 걸까? 사내의 몸에서 뿜어지던 기세가 더욱 강렬해졌다.

"죽을죄를 지었으면 당연히 죽어야겠지?"

사내가 잔인하게 웃을수록 그의 눈동자는 더욱 짙어졌다.

이제는 눈동자 전체가 붉게 물들어 버린 까닭에 마치 한 마리의 악귀처럼 보일 지경이었다.

"제, 제발……."

사내의 수하들로 보이는 이들은 피가 나올 정도로 바닥에 머리를 찧고 있었다.

"흐음."

사내의 왼쪽 눈동자가 푸른빛을 뿜으며 빛나기 시작했다. 그러자 마치 거짓말처럼 그들을 향했던 기운이 씻은 듯 사라져 버렸다.

"그놈들의 능력이 그만큼 대단했던 것이겠지."

아까와는 전혀 다른 분위기가 사내의 몸에서 나왔다. 고개를 조아리고 있던 사람들은 그제야 속으로 안도의 한숨을 내쉬었다.

"장천휘라고 했더냐? 북천의 일이 끝난 지 얼마나 지났다고 또 훼방을 놓는단 말이냐."

태사의에 깊숙이 앉은 사내가 턱을 쓰다듬었다. 귀신처럼 파랗게 빛나던 그의 왼쪽 눈동자가 한쪽으로 향했다.

"그런데 너희들은 왜 살아서 돌아왔느냐?"

그곳에는 손발이 묶인 채로 무릎을 꿇고 있는 황보중기와 제갈미미가 있었다.

"소, 속하는……."

"내가 내렸던 명령을 잊었던 것이냐? 너희들과 장천휘, 그

236 악마

중에 한쪽은 반드시 죽어야 한다고 말했거늘."

사내는 몹시 안타깝다는 듯이 탄식하며 말했다. 어찌 보면 온화해 보이는 모습이었지만, 황보중기와 제갈미미는 절대 그렇게 생각지 않았다.

"회, 회주님께 반드시 알려 드려야 할 것이 있었기 때문입니다."

"나에게? 어디 말해보거라."

입술을 깨문 황보중기가 천천히 입을 열었다. 장천휘에게 모용웅천이 죽었던 상황과 그 뒤로 장천휘를 따라가서 자신들이 본 모든 것들을.

"뭐라? 지금 뭐라고 하였더냐?"

"소, 속하는……."

"그가 가진 힘이 나와 비슷하다는 말이냐?"

"그, 그런 말이 아, 아니옵고……."

황보중기는 순간 자신의 몸이 쪼그라드는 것 같은 고통을 느꼈다. 마치 바다 깊숙한 곳에서 엄청난 수압이 자신의 몸을 짓누르는 것 같은 압박이었다.

"잠시… 설마?"

사내의 표정은 먼 과거의 일을 떠올리는 것 같았다. 이윽고 황보중기와 제갈미미에게 향하던 힘을 거둔 사내가 오른 손바닥이 하늘을 향하도록 들었다.

"그가 가졌던 힘이 혹시 이것과 비슷했더냐?"

그 말과 동시에 갑작스럽게 그의 손에서 뻗어 나온 암흑의 기류가 장내를 휩쓸듯이 덮어버렸다. 자신들이 가진 힘과 비슷해 보이지만 전혀 다른…….

신체를 옭아매는 것이 아닌, 머릿속에 강렬한 공포를 심어 옴짝달싹하지 못하게 강렬한 기운. 황보중기가 그날의 기억을 떠올리며 몸을 떨었다. 장천휘가 보여준 것과 똑같은 기운이었다. 스멀스멀 기어오르는 공포, 그리고 불안감.

"그, 그렇습니다! 이것이었습니다!"

하지만 그 기운은 장천휘의 것과 비교도 되지 않을 정도로 약했기에 황보중기는 간신히 입을 열어 대답할 수 있었다. 사내의 표정이 와락 일그러졌다.

"어찌 이런 일이… 죽였다고 생각했거늘…….”

도저히 믿지 못하겠다는 듯 중얼거리던 사내가 자리에서 벌떡 일어났다.

"지금 즉시 제사계(第四計)를 발동한다. 또한 앞으로 장천휘를 만날 시, 무조건 피해라. 그를 상대할 수 있는 건 오직 나 하나뿐이다."

"존명!"

"존명!"

조심스럽게 물러서는 수하들을 지켜보던 사내가 자신의 가슴을 쓰다듬었다. 잊고 있던 통증이 갑자기 몰려왔다.

'설마 네놈이 제자라도 키운 것이냐? 그건… 누구에게 전해줄 수 있는 것이 아닐 텐데?'

*　　*　　*

부우우우우우우우.

"……?"

잠을 자던 모용혜는 갑자기 들려온 소리에 몸을 일으켰다.

'무슨 일이 생긴 건가?'

옷을 챙겨 입고 방에서 나오자 옆방에서 나오는 설희와 마주쳤다.

"모용 소저도 들으셨나요?"

작게 고개를 끄덕인 모용혜는 설희와 함께 갑판으로 올랐다. 한쪽에서 장천휘와 선장이 대화를 나누는 것이 보였다.

"무슨 일이 생겼나요?"

바람이 꽤 서늘했기에 몸을 살짝 움츠린 설희가 장천휘에게 물었다. 장천휘는 대답 대신 손가락으로 한쪽을 가리켰다.

달빛을 받아 검푸른 빛을 반사하는 바다 위에 희끄무레한 물체가 보였다.

탁!

그때 돛대 꼭대기에 올라가 있던 채영후가 내려왔다. 가볍게 발을 디딘 채영후는 장천휘에게 다가와 말했다.

"난파선인 것 같습니다. 한 개의 돛대를 제외하고는 다 부서졌고, 뱃머리도 온전치 못합니다. 그리고 너덜너덜하기는 하지만 돛은 확실히 검은색입니다."

그 말에 선장이 곰방대를 털며 말했다.

"해적선이었군요."

선장이 모용혜를 바라보았다.

"어찌하시겠습니까?"

모용혜가 별다른 대답이 없자 선장은 설명하듯 말했다.

"보통 뱃사람들은 난파선에 가까이 가지 않습니다. 게다가 그것이 해적선이라면 더더욱 그렇습니다."

"어째서요?"

설희가 궁금하다는 투로 물었다.

"저런 난파선에는 귀신들이 돌아다닌다는 소문 때문입니다. 고향으로 돌아가지 못한 안타까움과 한이 쌓여 이승을 떠나지 못하고 배 위에서 떠돈다는 소문입니다. 그것이 해적선이라면 더더욱 무시무시한 귀신이 있지 않겠습니까?"

선장이 은근한 목소리로 말하자 설희가 화들짝 놀라서 장천휘의 팔을 붙잡았다. 그 모습에 너털웃음을 터뜨린 선장이 말을 이었다.

"하지만 저런 난파선들을 좋아하는 사람들도 꽤 많습니다. 주인 없는 보물들이 있을 거라는 생각 때문입니다. 그중에 해적선은 최고라고 할 수 있겠습니다."

그런 선장의 설명이 이어지는 동안에도 배는 조금씩 움직이고 있었다. 계속해서 난파선에서 눈을 떼지 않던 채영후가 무언가를 발견했다.

"어?"

탁!

채영후는 그대로 바닥을 가볍게 차며 솟아올랐다. 단 한 번의 도약으로 까마득한 높이의 돛대 꼭대기에 오르는 모습을 보며 선장이 감탄했다.

"놀랍군요."

이십 년이 넘는 세월 동안 배를 타며 수많은 무인들을 봤기에, 저 한 수가 얼마나 대단한 것인지 잘 알 수 있었다.

"누군가 타고 있는 것 같습니다!"

채영후의 목소리가 들리자 장백과 양철음도 의아한 표정을 지으며 바닥을 박차 올랐다. 동시에 채영후의 양옆에 선 장백과 양철음이 장천휘에게 고개를 끄덕였다.

그들의 무위에 놀라는 것도 잠시, 선장이 이상하다는 표정을 지었다.

"저분들의 말씀대로라면 난파선이 분명합니다. 한데……."

일행의 시선이 장천휘에게 쏠렸다.

"이 속도를 유지하시고 조금만 더 가까이 가주십시오."

고개를 끄덕인 선장이 선원들에게 다가가 몇 가지 지시를 하는 것이 보였다.

"기분이 영 좋지 않아요."

모용혜가 오른손으로 가슴을 누르며 말했다. 얼마 전에 들렀던 마을에서 느꼈던 것과 비슷했다.

"아무래도……."

모용혜가 자신의 예상을 말하려고 할 때 채영후가 돛대에서 내려왔다. 그의 표정은 굳어 있었다.

"그것입니다."

"……."

"……."

"어떻게 하시겠습니까?"

이젠 굳이 높은 곳에 올라가지 않더라도 일행은 눈으로 확인할 수 있었다. 물론 선장이나 선원들의 눈에는 그저 배의 형체만 보일 정도였지만, 무공을 익힌 일행에게는 난파선의 모습이 자세하게 보였다.

난파선 뱃머리 부분에서 정면을 바라보고 있는 것은 뼈만 앙상하게 남은 해골이었다. 차마 옷이라 부르기 힘든 넝마가 바람에 휘날리고 있었다.

또한 멀리서 보았을 때에는 그저 파도에 휩쓸려 이리저리 흔들린다고만 생각했는데, 점점 가까워질수록 그렇지 않다는 것을 깨달았다.

비록 아주 느릿느릿한 속도이기는 했지만 한 방향으로 움직이고 있었고, 돛이라 부르기 힘든 천들은 힘겹게 펄럭거렸다.

"어떻게 움직이고 있는 걸까요?"

모용혜가 이해할 수 없다는 표정을 지었다. 저런 다 낡은 돛으로 움직인다고는 절대 생각할 수가 없었다. 갑자기 인상을 쓴 장천휘가 손을 들고 난파선 아랫부분을 가리켰다.

"어머!"

장천휘의 손가락을 따라 시선을 옮기던 설희가 짧은 비명을 질렀다.

자세히 바라본 배의 아랫부분에서 무언가 꿈틀거리며 움직이고 있는 것이 보였다. 수십, 아니, 수백이었다. 셀 수 없을 정도의 많은 시체 혹은 해골들이 바다 속에서 배를 움직이고 있는 것이었다.

"건너갑니다."

장천휘의 나지막한 말에 설희가 아랫입술을 깨물고 물었다.

"이, 이번에는 저들을 조종하는 사람을 찾기 쉽겠네요? 그럼 저번처럼 그렇게 싸우지 않아도 되는 거지요? 바다 한복판에서 숨을 곳도 많지 않으니 그 사람만 찾으면 되겠네요?"

장천휘가 고개를 가로저었다.

"언제 침몰될지 모르는 배 위에 사람이 타고 있을 거라 생각하는 거야?"

그 말에 채영후가 이상하다는 눈빛으로 말했다.

"문주님? 여기서 육지까지의 거리는 꽤 먼데… 그렇게 멀리서도 조종할 수 있는 겁니까?"

"그렇지는 않습니다. 그건 귀안공자가 직접 한다고 하더라도 불가능할 겁니다."

"그럼 어떻게……?"

"그것까지는 저도 잘 모르겠습니다. 하지만 저들을 조종하는 것이 아닌, 만약 불러들이는 것뿐이라면 충분히 가능할 것입니다."

"네?"

"그러니까 저들은 조종을 받고 움직이는 것이 아니라 단지 귀안공자의 부름에 따라 이동하는 것이 아닐까 하는, 어디까지나 제 추측입니다."

장천휘는 자신의 말을 이었다.

"만약 제 추측이 맞는다면 그때 상대했던 적들보다는 훨씬 약하지 않을까 생각합니다. 그러니 이곳에서 저들을 없애 버리는 편이 좋겠군요."

그나마 위안이 되는 장천휘의 말이었다.

"사매는 남아 있도록 해. 그렇게 위험하지는 않을 테니까 걱정하지 말고."

하지만 설희는 세차게 고개를 저었다.

"싫어요. 이젠 나를 두고 가실 생각은 마세요."

얼굴에는 무섭다는 표정이 역력하지만 설희는 고집을 피

웠다. 결국 이길 수 없다는 것을 알고 있는 장천휘가 쓰게 웃었다.

"모용 소저는 어떻게 하시겠습니까?"

"전 이곳에 남아 있도록 할게요. 혹시라도 저들이 이쪽으로 온다면 이분들이 위험해질 테니까요."

모용혜는 선원들과 선장들을 가리키며 말했다. 장천휘가 고개를 끄덕였다.

"제가 먼저 가도록 하겠습니다."

채영후가 숨을 크게 들이켜고는 내공이 실린 발로 바닥을 힘껏 박찼다.

쾅!

"그럼, 저희들도."

장백과 양철음도 채영후를 따라 솟아올랐다. 결코 가까운 거리가 아니었지만 단 한 번의 도약으로 난파선에 도착하는 모습이 보였다.

"저, 저기……."

설희가 머리를 긁적이며 난처한 표정을 지었다. 자신은 아직 저 정도의 거리를 뛸 수 있을 만한 실력이 아니었다.

"혹시 모르니 조심하십시오."

모용혜에게 말을 건넨 장천휘가 설희에게 다가왔다. 그리고는 오른손으로 설희의 허리를 감쌌다.

"놓치지 않게 꼭 잡고 있어."

하지만 그 말은 할 필요가 없었다. 자신의 허리가 부러질 정도로 껴안는 설희를 보며 장천휘가 내공을 모았다.

"그럼 간다."

"전 별로 무겁지 않아요."

갑작스럽게 엉뚱한 대답을 하는 설희에게 싱긋 웃은 장천휘가 바닥을 박찼다.

파박!

그렇게 장천휘와 설희까지 난파선 쪽으로 몸을 날리자, 선장이 조심스럽게 모용혜에게 다가왔다.

"대, 대체 어떤 분들이시기에……."

너무 놀란 나머지 떠듬거리며 말하는 선장의 모습에 모용혜가 나지막하게 말했다.

"글쎄요… 은거기인이라고 말씀드려야 할까요?"

탁!

최대한 바닥에 가해지는 충격을 줄일 수 있도록 몸을 낮추며 착지한 채영후가 주변을 살폈다. 뱃머리의 해골은 아직까지 앞만 바라보고 있었다.

타닥!

곧이어 장백과 양철음이 채영후의 근처에 내려섰다. 가까이서 본 난파선은 더욱 참혹했다. 배 이곳저곳에는 수많은 구멍이 뻥 뚫려 있었고, 자칫 발을 잘못 디디면 부서져 버릴 것 같은 갑판은 몇십 년이 지났는지 썩어서 거무스름했다.

서로 눈짓을 보낸 세 명은 그나마 단단한 바닥을 찾았다. 장천휘와 설희가 내려설 수 있는 공간을 마련하는 것이었다.

그들은 금세 적당한 곳을 찾을 수 있었고, 이어 주변을 경계했다. 저쪽에서 설희를 안은 장천휘가 날아오는 모습이 보였다.

"사형?"

설희는 자신의 몸이 점점 떨어지는 느낌을 받았다. 앞서 출발했던 사람들은 모두 한 번의 도약으로 도착할 수 있었다. 하지만 자신과 장천휘는 아직 난파선에 절반도 미치지 않았는데, 벌써부터 몸이 곡선을 그리며 내려앉고 있었다.

"저, 저는 별로 무겁지 않다니까요!"

당황한 목소리였다.

"그런 게 아니야. 꼭 잡고 있어."

그리고 장천휘 발이 수면에 닿는 순간,

파바바바박!

등평도수(等平渡水)의 신법이었다. 설희를 안고 있음에도 장천휘의 발놀림은 놀랍도록 가벼웠다.

"거봐요. 전 가볍다니까요!"

그런 말을 하는 설희였지만 내심 의아한 마음이 들었다. 단지 멋을 부리기 위해 이런 행동을 할 장천휘가 아니었다. 한

번에 도약할 수도 있었을 텐데, 어째서 이렇게 가는 걸까? 그런 그녀의 의문은 곧 풀렸다.

파밧!

난파선에 거의 도착한 장천휘가 이전과는 다르게 약간 더 힘을 실어 수면을 찼다. 그리고는 배의 아랫부분에서 배를 움직이고 있는 '죽지 못한 자' 들의 머리를 공격했다.

퍼벅!

대부분이 뼈만 남은 앙상한 해골들이었다. 장천휘의 발에 가격당한 해골들의 머리는 맥없이 부서지고 날아갔다. 그렇게 이십여 번을 공격하자, 수면 위에 보이는 해골은 하나도 없었다. 그제야 장천휘가 몸을 솟구쳤다.

타닥!

채영후와 장백, 양철음의 중앙에 내려선 장천휘가 주변을 둘러보았다. 갑판 위에는 하나의 해골밖에 보이지 않았다. 처음부터 지금까지 미동조차 하지 않고 뱃머리에서 앞을 바라보고 있는 자.

그 해골이 천천히 움직였다. 일행 쪽으로 몸을 돌리고 있는 것이었다. 그리고 마침내 그 해골이 일행을 발견하고 두 팔을 벌렸다.

"본인의 함선에 타신 것을 환영하오."

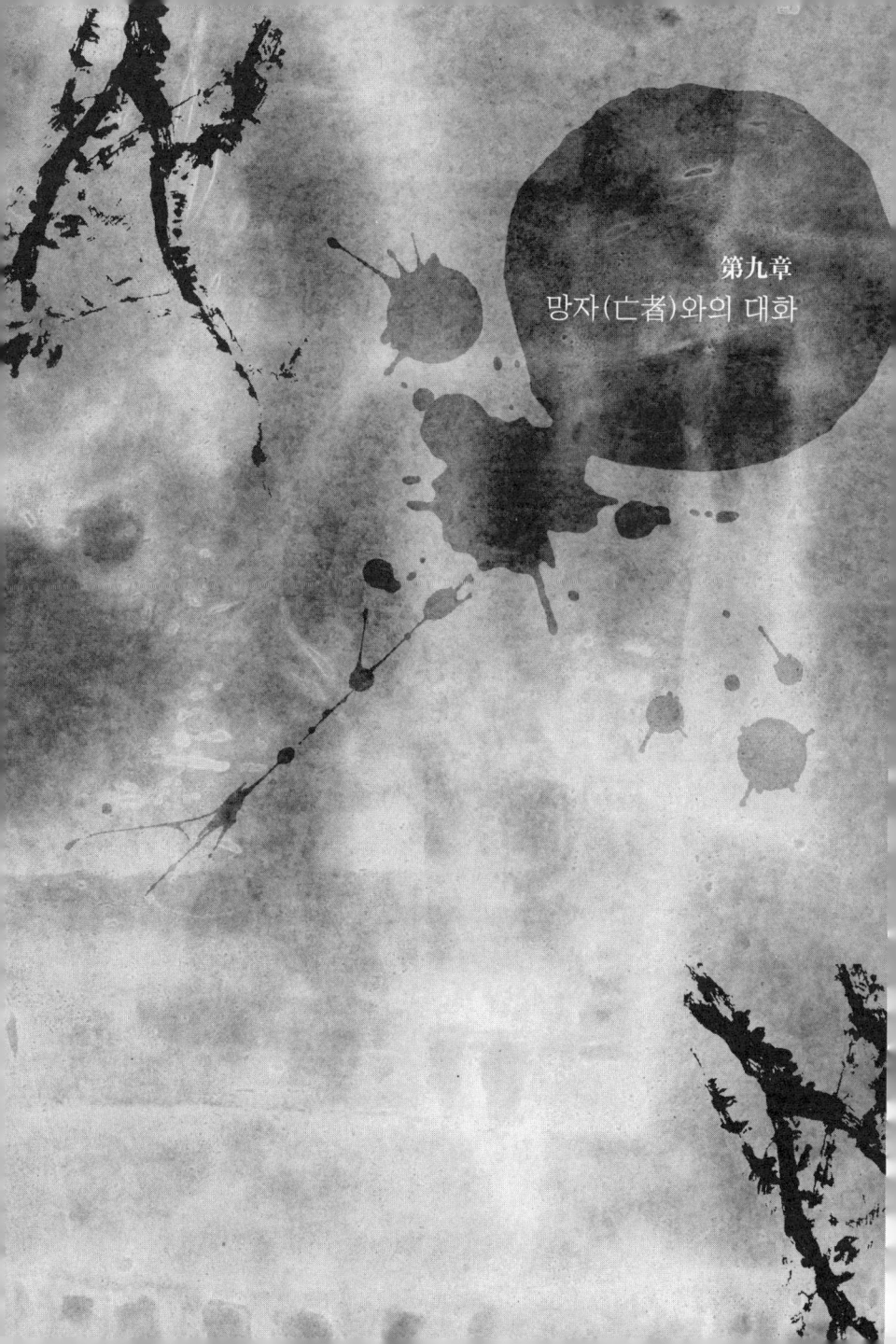

第九章
망자(亡者)와의 대화

악마

해골이 두 팔을 벌리며 말했다.

"본인의 함선에 타신 것을 환영하오."

모두의 입이 쩌억 벌어졌다. 이건 또 무슨 해괴한 일이란 말인가.

"어, 어떻게 말을 하는 거예요?"

장천휘의 뒤에 숨어 있던 설희가 기어가는 목소리로 물었다. 하지만 대답은 엉뚱한 곳에서 튀어나왔다.

"그 대답은 본인이 해도 괜찮겠소, 젊은 소저?"

"히엑!"

설희는 괴상한 비명을 지르며 장천휘의 뒤에 숨어버렸다.

뻐끔하게 뚫린 두 눈에서 혈광(血光)이 흘러나오고 있는 해골
이 그녀에게 말을 건넸기 때문이었다.

지금껏 봤던 그 무엇보다 생생한 움직임이었다. 비록 뼈만
남아 앙상한 손이었지만, 그 손가락의 움직임 하나하나는 정
말 기가 막힐 정도로 정교했다.

"얼마 만인지도 모르겠소. 이 배에서 손님을 맞는 것이 말
이오. 너무 반가운 나머지 본인이 무례를 범했다면 사과하겠
소. 하하하."

해골은 딱딱거리던 입을 벌리고 한참을 웃기 시작했다. 일
행에게 그 모습은 등골이 서늘할 정도로 기괴했다.

"…허허, 미안하오. 너무 오랜만에 느끼는 감정이라 지금
내 모습이 어떤지를 잠시 잊고 있었소."

그리고는 해골이 자신의 손과 발을 바라보았다.

"썩 좋은 꼴은 아니지만 이해해 주시오."

"……."

너무 당황스러운 일이었기에 장천휘마저 할 말을 잃어버
렸다. 그런 사이에 설희가 목을 빼꼼하게 내밀며 작게 말했
다.

"설마… 감정도 가지고 있단 말이에요?"

한동안 장천휘의 넓은 등을 보고 있었더니 약간의 두려움
이 가신 모양이었다.

"말도 할 수 있는데 감정이라고 못 가질 것이 있겠소?"

해골은 마치 당연하다는 듯이 말했다. 그제야 정신을 차린 장천휘가 말했다.

"이런 즐거운 대화를 나누기에는 썩 좋은 상황은 아닌 듯 싶군요."

여기저기서 삭은 널빤지가 부서지는 소리가 들렸다. 어느새 '죽지 못한 자'들이 일행을 중심으로 포위하며 다가오고 있었다.

다행히 그들에게는 이성이 남아 있지 않은 모양이었다. 열에 네다섯 정도는 허술한 갑판 위를 걷다 다리가 빠지기도 하고, 몸 전체가 쑥 내려가기도 했다.

"아쉽게도 본인은 지금 싸울 생각이 전혀 없소."

해골은 갑자기 두 팔을 양쪽으로 쭉 벌리고는 공격할 의사가 없음을 표했다. 하지만 그렇다고 일행이 긴장을 늦출 수는 없는 일이었다.

가장 앞에 서 있던 채영후가 검을 뽑았다. 머리 위에서 내려온 달빛이 검의 표면을 하얗게 삼키고 있었다.

"과연 그럴까?"

채영후의 자세가 낮아졌다. 금방이라도 공격할 수 있도록, 눈앞에 있는 상대의 움직임 하나도 놓치지 않도록 집중하기 시작했다.

스스스스.

갑자기 난파선 위에 몰아닥친 싸늘함은 금세 서리라도 내릴 것처럼 매서웠다.

"너무 성격이 급한 손님들이시군. 그런데 혹시 말이오, 내가 가진 수하들이 과연 이것이 전부라 생각하시오?"

갑작스러운 해골의 말에 채영후가 멈칫했다.

"멀리서부터 그대들의 힘을 느낄 수가 있었소. 어쩌면 본인이 죽을 수도 있겠다, 라는 생각이 들 정도로 강렬한 힘을 말이오. 과연 가까이서 보니 내 생각이 틀리지는 않은 것 같소."

"무슨 말이 하고 싶은 겁니까?"

"하하, 이 젊은 친구도 성격이 꽤나 급하시군. 좋소, 간단하게 말하겠소. 그대들이 지금 이 자리에서 나를 죽일 수는 있을 것이오. 하지만 이 넓은 바다 한복판에서 살아남을 자신이 있으시오?"

"……!"

갑자기 장천휘가 고개를 돌려 자신들이 타고 온 배를 바라보았다. 배 아랫부분에서 무언가 꿈틀거리는 것이 보였다.

"이런……."

"눈치가 빠르시군. 어쩌시겠소? 나를 공격하는 순간, 저 배는 순식간에 침몰될 것이오. 그것만큼은 장담할 수 있소. 그리고 당연히 이 배도 가라앉을 것이오. 그 정도의 충격을 견딜 수 없다는 것은 이미 알고 있지 않소."

장천휘가 채영후의 어깨를 잡았다. 이미 그 뜻을 알고 있는 채영후가 몸을 곧추세우며 검을 검집에 넣었다.

"원하는 것이 무엇입니까?"

"이제야 서로 대화가 되겠군."

그 순간 해골의 눈이 번쩍거렸다. 그러자 지금껏 장천휘 등을 포위하며 걸어오던 '죽지 못한 자' 들이 뒤로 물러나기 시작했다. 하나둘씩 바다 속으로 들어가는 모습을 지켜보던 해골이 말했다.

"걱정하지 마시오. 아까 말한 것처럼 본인은 싸울 생각이 전혀 없으니."

"당신은 귀인공자의 수하가 아닌 겁니까?"

장천휘가 직설적으로 묻자 해골이 천천히 고개를 저었다.

"대화에는 순서가 있는 법이오. 질문은 나중에 받도록 하겠소. 지금은 다른 이야기를 나누고 싶소."

"어떤 것을 말입니까?"

"바로 본인에 대해서 말을 하고 싶소."

"갑자기 이런 이야기를 한다고 해서 이상하게 생각하지는 마시오. 나는 지금 누구라도 내 이야기를 들어주었으면 하오. 가슴이 막혀 버릴 정도의 답답함을, 그동안 내가 겪은 일들을 누군가에게 하소연이라도 하고 싶어 이러는 것이오. 그대들이 없었다면 저 허공에 말을 했을지도 모르오. 그만큼 나는 대화라는 것에 목말라 있소. 난 지금 내 이름이 기억이 나지 않소. 내가 언제 죽었는지, 저 깊은 바다 속에 잠긴 지 얼마나 지났는지 그런 것들은 전혀 기억이 나지 않소."

"……."

"한 올의 빛도 들어오지 않는 저 아득한 바다 속에서 나는 아주 긴 세월을 보냈소. 이 처참한 육신 속에 갇혀 움직일 수 도 없고, 말을 할 수도 없었소. 하지만 어째서인지 내 정신은 살아 있었소."

해골의 손에서 가느다란 떨림이 일어났다.

"상상할 수 있겠소? 그게 어떤 것인지… 그게 어떤 고통인 지……. 아무리 이를 악물고 움직이려 해도 이미 죽어버린 내 육신은 미동조차 하지 않았소."

싸한 밤바람이 난파선을 지나쳐 흐르고 있었다. 해골의 손 에서 시작한 떨림은 그 음성마저 떨리게 만들었다.

"처음 얼마 동안은 희망을 잃지 않았소. 내가 겪고 있는 이 고통은 언젠가 구원이라는 손길로 바뀔 것이라고. 내 머릿속 을 어지럽히는 망상과 잡념들을 무시하며 나는 참았소. 그렇 지만 내가 기억할 수 있는 건 고작해야 몇 년이었소. 그 후로 는 시간이라는 것에 관념이 사라졌소. 일각이 일 년 같았고, 십 년이 천 년처럼 느껴졌소. 내 정신은 인간이었소. 분명… 나는 그런 끝없는 시간을 상념만으로는 절대 보낼 수가 없는 인간이었단 말이오!"

"……."

"하루하루가 고통과 불안의 연속이었소. 인간이 받아들일 수 있는 극한의 공포마저 뛰어넘은 감정이 내 정신을 점점 황폐하게 만들었소. 미치지 않고서 어찌 그것을 받아들이겠소. 앞으로 몇십 년을, 아니, 영원일지도 모르는 시간을 그렇게 보내야 한다는 생각은 정말로 나를 미치게 만들었소! 하지만 여전히 내 육신은 움직이지 않았고, 나는 오직 정신만이 남은 존재였소."

잠시의 침묵이 찾아들었고 해골은 다시 입을 열었다.

"나는 정말 두려웠소. 살아생전에 느낄 수 없었던 공포를 매일매일 마주하며 살았소. 이것들이 언제 끝날지 모른다는 생각, 어쩌면 신이라는 존재가 나를 까맣게 잊고 지내는 걸지도 모른다는 생각… 그저 나에게 남은 건 끝없는 나락으로 떨어지는 절망감과 공포뿐이었소."

"그렇게 아무것도 보이지 않고, 움직일 수도 없는 그 상황에서 나는 한줄기 빛과 마주했소. 그건 말로는 결코 표현할 수 없는 희열이었소. 그 형언할 수 없는 감정은 마치… 온 세상이 폭발하는 것과 같았소. 나의 세계가… 내가 살고 있던 세계가 모조리 솟아오르는 것 같았단 말이오!"

해골의 목소리는 몹시 흥분되어 있었다.

"…그것이 악마의 손이었다는 걸 알았더라도 나는 뿌리치지 않았을 것이오. 그 당시의 내가 처해 있는 상황보다 더 지독한 상황은 결코 없을 테니까!"

"그가 귀안공자였던 겁니까?"

장천휘가 물었다.

"그대가 말하는 귀안공자가 누구인지 나는 모르오. 하지만 벽안(碧眼)의 왼쪽 눈과, 적안(赤眼)의 오른쪽 눈을 가진 사람이 귀안공자라면 그가 맞소."

장천휘가 아랫입술을 깨물었다.

"나는 지금 이 상황이 꿈만 같소. 몇십 년 동안을, 아니, 나에게 그 시간은 몇천 년이었소. 그 시간 동안 상념만으로 살아왔었기에, 지금 이것들도 모두 내 머릿속에서 만들어낸 상상의 세계가 아닐까 하는 두려움이 든다오."

"현실이 맞습니다. 다만 믿기 힘든 현실이기는 하지만요."

해골이 고개를 끄덕였다.

"그건 그 무엇보다 듣기 좋은 말이군. 본인이 말이 많더라도 이해해 주시오. 이제까지 말한 것들을 들었으니 내 심정을 조금은 알 수 있지 않겠소?"

"어느 정도는 알겠습니다. 어떤 심정이셨는지 모두 다 알 수는 없지만, 듣는 것만으로도 굉장히 두려운 건 사실이니까요."

해골이 일행을 천천히 바라보았다. 아직까지 자신을 귀신 보듯이 쳐다보는 설희의 모습에 씁쓸한 마음이 들었다.

"너무 그렇게 무서워하지는 마시오, 젊은 소저. 나는 정말로 그대들에게 해를 끼치고 싶은 마음이 없소. 아까 말했다시

피 본인은 인간의 감정을 지니고 있소. 계속 그런 눈으로 바라본다면 내 마음이 편하지는 않소."

해골의 목소리에는 정말 감정이 깃들어 있었다. 견디지 못할 안타까움과 지금 자신의 처지가 만들어낸 절망감이.

"하지만 귀안공자와 손을 잡으셨다면 그건 감수해야 할 문제인 것 같습니다."

해골은 장천휘의 눈을 쳐다보았다. 단호해 보였다.

"나는 그의 손을 잡은 것이 아니오. 만일 그렇다고 해도 내가 변명을 할 수는 없겠지. 하지만 어디까지나 그와 내가 했던 것은 계약이있소. 내가 그의 일방직인 수하가 되는 깃은 결코 아니었소."

장천휘의 눈에 의문의 빛이 서렸다.

"계약이라고 하셨습니까? 그게 어떤 것인지 알 수 있겠습니까?"

"어렵지 않소. 그는 나에게 한 가지 일을 해준다면 안식을 주기로 약속했소. 그 안식이 정확하게 어떤 것인지는 모르겠지만, 아마도 지금처럼 영원히 살아갈 수 있게 되거나, 혹은 완전한 죽음을 얻는 것이 아닐까 생각하오."

"그 한 가지 일이라는 것이 무엇입니까?"

"그는 내게 하남(河南)에 있는 하나의 집을 무너뜨려 달라고 하였소."

하남… 하남이면?

"혹시……."

"그 혹시가 맞을 것이오. 나는 무림맹이라는 집을 무너뜨리겠다고 약속하였소."

"……!"

"……!"

"당신이 우리들에게 호의적으로 행동하는 것은 알겠습니다. 하지만 아무래도 그냥 보내 드리기는 어려울 것 같습니다."

"아까 본인이 한 말을 잊었소? 나는 그대들과 싸우고 싶은 마음이 전혀 없으며, 만일 그대들이 나를 공격한다면 저 배를 침몰시키겠다고 말했소."

그간 잠잠하던 해골의 눈에서 은은한 혈광이 새어 나오기 시작했다. 장천휘가 입술을 깨물었다.

"어차피 무림맹을 무너뜨린다고 하지 않으셨습니까? 만약 그곳에서 제가 기다리고 있다면 어찌하실 겁니까? 그래도 피하실 겁니까?"

"그대들이 나를 막는다면 싸울 것이오. 비록 몸은 이렇지만 내 정신은 온전한 인간이오. 약속은 반드시 지킬 것이오."

"하면 왜 지금은 싸우지 않겠다 하시는 겁니까?"

"내 말을 들었으면서도 모르겠소? 나는 만약 다시 죽더라도… 죽는다는 말은 적당하지 않군. 하지만 그것보다 더 적당한 말은 없는 것 같소. 만일 다시 죽더라도 절대 바다 위에서는 죽지 않을 것이오. 이 빛조차 들어오지 않는 곳에 다시 들어간다는 것은 정말로 끔찍한 일이오."

"……."

장천휘가 아무런 말이 없자 해골이 아쉽다는 말투로 말했다.

"아무래도 더 이상의 대화는 불가능할 것 같소. 본인의 심정이야 더 길게 이야기를 나누고 싶지만, 이미 서로가 용납할 수 없는 부분에 있어 깊은 골이 만들어진 것 같소. 오랜만에 맞은 손님이시만 대접할 것이 없다는 것이 참으로 민망하오. 혹시라도 다음에 보게 된다면 오늘을 기억하여 거하게 대접하도록 하겠소."

축객령이 내려졌다. 장천휘가 일행을 쳐다보며 어쩔 수 없다는 표정으로 고개를 끄덕였다. 상대가 가진 수가 자신들보다 월등히 강했다. 도리가 없었다. 이대로 물러설 수밖에.

"아마 다음에 만난다면 분명 적이 될 것입니다."

"그것이 무슨 상관이겠소. 어떤 방식으로든 본인은 그대들에게 반드시 대접을 하겠소."

"기대하고 있겠습니다."

"아참, 그대의 이름을 물어도 되겠소?"

"천휘, 장천휘라 합니다."

그 말을 끝으로 일행은 자신들의 배를 향해 몸을 날렸다.

그 모습을 지켜보던 해골은 딱딱한 자신의 턱을 매만졌다.

"제발 그대의 이름처럼 되었으면 좋겠소. 지금 내가 하고 있는 것들이 어떤 것인지 잘 알고 있소. 세상의 진리를 뒤엎는 짓은 결코 일어나서는 안 된다는 것 또한……."

해골이 천천히 고개를 들어 하늘을 바라보았다. 먼 과거 자신이 인간이었을 때와 똑같은 모습이었다.

"정녕 이 세상에 살아 있는 자들과 죽은 자들을 바꿔 버릴 생각이시오?"

*　　　*　　　*

"계획을 변경하도록 하겠습니다. 채 대주님은 지금 즉시 전서구를 날려 월영검대가 하남에 집결할 수 있도록 해주십시오."

배가 산동에 도착하자 장천휘가 서두르며 말했다. 고개를 끄덕인 채영후가 다녀올 동안, 말 다섯 필을 구한 일행은 잠시도 쉬지 못한 채 이동을 시작했다.

그냥 모른 체하고 지나치기에는 일이 제법 컸다. '죽지 못한 자'들이 향하는 곳이 다른 곳도 아닌 무림맹이라는 사실. 뻔히 위험해지리라는 것을 알고 있으니 그냥 지나칠 수는 없었다.

다그닥. 다그닥.

"하지만 우리들의 말을 믿지 못하면 어쩌죠?"

말을 타는 방법을 모른다는 이유로 당연하듯 장천휘의 뒤에 올라탄 설희가 물었다. 다섯 필의 말이 거칠게 달리고 있었기 때문에 평소보다 조금은 큰 목소리였다.

"그럴 수도 있겠지만, 최소한 그 사실을 알려주기는 해야 하지 않을까? 대부분이 믿지 않는다 해도… 적어도 몇 명은 믿을지 몰라. 그럼 그런 사람들은 적들의 공격에 대비를 하고 있을 것이고, 그럼 살 수 있을 가능성이 더 높아지는 거잖아."

장천휘는 말을 하는 도중에도 말의 속도를 늦추지 않았다. 설희로서는 이런 강행군이 익숙하지 않았다. 어느 정도까지는 내공으로 몸을 보호할 수는 있지만 점점 쌓이는 피로만큼은 어찌할 수가 없었다.

"하지만 이렇게까지 서두르실 필요가 있으십니까? 제가 생각하기에 그것들이 하남에 도착하기까지는 꽤 많은 시간이 남은 것 같습니다만……."

채영후가 말했다. 얼마 전 자신들과 이야기하던 기이한 해골과 그가 타고 있던 배가 떠올랐기 때문이었다. 돛조차 없었기에 바람을 타고 항해하는 것은 불가능했다. 짐작컨대 물속에 잠긴 '죽지 못한 자' 들이 그 배를 움직였을 것이다.

자세히 보지 않았다면 그 배가 움직인다는 사실조차 모르고 지나칠 뻔했다. 그만큼 느릿느릿하게 움직이는 배였다. 만일 누군가 몇 년이 지난 후에 그 해골들이 하남에 도착했다고 말해준다면, 채영후는 그 말을 그대로 믿을 수 있을 것 같았다.

그리고 그 생각은 비단 채영후 혼자만의 것이 아니었다.

"제 생각도 그래요. 장 소협, 이렇게 급히 이동하는 까닭이 무엇인가요?"

장천휘 쪽으로 고개를 돌린 모용혜는 면사를 하고 있지 않았다. 이렇듯 빠르게 달리는 말 위에서는 도저히 쓸 수도 없었고, 쓸 이유도 없다고 생각했기 때문이었다. 해서 오랜만에 감추지 않은 얼굴에 의문을 가득 담고 물었다.

하지만 장천휘는 엉뚱한 대답을 했다.

"그러고 보니 모용 소저도 꽤 많이 변하셨습니다."

"네?"

다소 예상치 못한 말에 모용혜는 무슨 소리냐는 표정을 지었다. 이에 장천휘는 짧게 한 번 웃었을 뿐 별다른 말을 하지는 않았다.

'무슨 뜻이었을까?'

모용혜가 속으로 생각했다.

일행을 만나기 전의 모용혜는 이렇게 쉽게 자신의 감정을 드러내지 않았다. 그녀는 철저히 자신의 감정을 숨기고, 혹은 경험해 보지 못한 채 살아왔다.

그건 단순히 성격의 문제라기보다는, 그럴 수밖에 없는 상황이었기에 그런 것이다. 외톨이와도 비슷했던 삶. 자신의 아버지와 몇몇 사람들을 제외하고는, 제대로 된 대화조차 하지 못했다.

그것은 벽옥심법을 수련하면서부터 일어난 일이었고, 그녀가 벽옥심법을 배우기 시작한 건 그녀 나이 여섯 살 때의 일이었다.

하지만 그런 모용혜는 일행과 함께 지내는 순간부터 변하기 시작했다. 비록 그 정도가 미미한 수준이었지만, 충분히 놀랄 만한 가치가 있었다.

일행의 기막힌 농담에 가벼운 미소를 지을 수 있게 되었고, 다른 사람의 아픔에 자신이 슬퍼할 수 있게 된 것이다.

'아……'

모용혜는 그제야 장천휘가 했던 말의 의미를 깨달았다. 자신이 변했다는 장천휘의 말과 요 근래 자신의 행동들이 맞물려 하나의 결과가 나왔기 때문이었다.

자신이 조금씩 그들을 닮아가고 있다는 사실을. 마치 바짝 마른 헝겊이 물을 흡수하듯 자연스럽고 당연하게, 그리고 자신 스스로가 막기 어려울 정도로…….

모용혜는 갑작스럽게 다가오는 당혹감을 감추고 말했다.

"그쪽이 너무 황당한 얘기만 하니까 제가 이렇게 돼버린 거잖아요."

"어이쿠, 누가 들으면 제가 모용 소저를 악의 구렁텅이에 빠뜨린 줄 알겠습니다. 전 어디까지나 삐친 어린아이처럼 세상을 살아가는 불쌍한 중생에게 구원의 손길을 내민 것뿐입니다."

모용혜는 기가 차다는 듯 장천휘를 노려보았다.

항상 이런 식의 반복이었다. 제멋대로 주제에서 벗어나서는 말도 되지 않는 이야기를 말이 되게끔 만들며 능청스럽게 군다.

"아, 좀! 그런 사랑놀음을 이런 상황에서까지 하고들 싶으세요?!"

"……."

"……."

그리고 항상 이럴 때 종지부를 찍어주는 사람이 나온다. 신경질적으로 외친 설희가 장천휘의 등을 꼬집었다.

"사형! 장난은 그만 치시고, 왜 이렇게 서두르는지 그 이유나 말씀하시라고요."

"웅?"

설희가 인상을 살짝 썼다.

"가끔은 사형의 그 능청스러움을 볼 때마다 사부님이 생각난다는 거 알아요?"

"……."

그 말에 장천휘의 얼굴에서 장난스러움이 싸악 사라졌다. 그리고는 진지한 표정으로 말했다.

"저번에 우리가 상대했던 시체들의 수가 어느 정도였는지 기억해?"

"네? 음… 한 오십 구 정도 아니었나요?"

장천휘는 맞아, 라고 대답하고는 계속해서 말을 이었다.

"이번에는 그 수가 수백이 넘는 것 같아. 어쩌면… 기천에 가까울지도. 게다가 그 정체 모를 해골까지 생각하면, 어지간한 수의 무인들로는 우리들 전부가 돕는다고 해도 결과는 마찬가지일 거라 생각해."

멀리서 희끄무레하게 마을이 보이기 시작했다. 장천휘가 확언하듯 말했다.

"그들이 도착하는 순간 무림맹은 정말로 사라저 버릴 기야."

일행은 장천휘의 말을 듣는 순간, 몇백 구의 끔찍한 시체들이 무림맹을 공격하는 모습을 상상했다.

사방에서 들리는 끊이지 않는 비명 소리. 땅은 수많은 시체들로 인해 산을 이루고, 피는 바다가 되어 흐른다. 그 시산혈해(屍山血海)가 펼쳐진 지옥에서 죽음에서 일어난 시체들이 시뻘건 눈으로 살아 있는 자들을 찾는 모습을.

절대로 쉽게 막을 수 없을 것이다.

"그럼 이렇게 서두르시는 이유는……."

장천휘가 고개를 끄덕였다.

"무림맹주라는 사람을 설득시키기 위해서야. 조금이라도 더 빨리 가야 해. 구파일방, 칠대세가, 천하사패. 이 모두의 힘이 모이지 않는다면 세상은 한순간에 귀안공자의 뜻대로 사라져 버릴지 몰라. 분산된 힘으로 막기에 상대는 너무 많은 힘을 가지고 있어."

장천휘는 아직 세상에 드러나지 않은 귀안공자의 힘을 염두에 두고 말했다. 죽은 자들을 일으키고, 그들과 싸워야 함도 힘들기는 했지만, 정말로 두려운 일은 아직 일어나지 않았다. 적어도 아직까지는.

"상대의 마음을 읽는 능력을 말하는 건가요?"

장천휘는 설희의 말에 묵직하게 고개를 끄덕였다. 그리고는 모용혜를 한 번 쳐다보았다.

'마음을 읽는 능력? 벽옥심법?'

모용혜는 장천휘가 자신을 쳐다보는 것과 동시에, 머릿속에서 떠오른 의문으로 혼란스러움을 느꼈다.

마을에 도착한 일행은 바꿔 탈 말과 식량을 구하고는, 또다시 이동을 시작했다. 이번에는 아무도 토를 달지 않았다.

'이젠 아프다는 느낌도 안 들어.'

아직은 말에 익숙하지 않은 터라 설희는 자신의 엉덩이가 감각이 사라진 것 같다는 기분이 들었다. 약간 얼얼하다는 느낌만 들 뿐, 전혀 아프지가 않았다.

'꼭 돌덩이 같아.'

보이지 않게 이마를 찌푸린 설희였지만 불평을 하지는 않았다. 그저 장천휘의 등에 볼을 대고는 죽은 듯 가만히 있었다.

'그래도 나쁘지만은 않으니까.'

설희는 장천휘의 허리에 두른 팔에 힘을 조금 주었다.

쏴아아아아아아!

마을에서 쉬지도 못한 채 출발했던 일행이었지만, 얼마 가지 못해 내리기 시작한 비로 인해 멈출 수밖에 없었다. 억수같이 내리기는 했지만 그렇다고 움직이지 못할 정도는 아니었나.

다만 비를 맞으며 장시간 이동하게 되면 체력 소모가 심해지기 때문이었다. 서두르다가 오히려 더 늦어질 수도 있다는 생각에 일행은 비를 피할 곳을 찾았다.

다행히 멀지 않은 곳에 사당을 발견할 수 있었다. 그리 넓은 편이 아니었기에 옹기종기 모여 가벼운 식사를 하며 멀뚱하게 앉아 있었다. 그때 모용혜의 목소리가 들렸다.

"솔직한 제 생각을 말씀드리자면 이렇게 무림맹으로 가서 맹주님을 설득시킨다 해도, 삼십 년 전 마교와의 전쟁과 똑같은 상황이 펼쳐질 거예요. 아마도요."

"네? 같은 상황이라니요?"

설희가 물었다.

"그때처럼⋯ 진짜 고수들은 대부분 몸을 사리고, 용기와 젊음, 그리고 명령에 의해 내던져진 무인들만이 아무 대가 없는 희생을 요구당하고, 결국 다 죽게 될 거예요."

모용혜의 얼굴에 씁쓰름한 표정이 떠올랐다.

"비겁한 방법으로 몸을 키운 호랑이들은 자신의 굴이 위험해지는 상황이 오기 전까진 절대 그 날카로운 송곳니를 드러내지 않아요."

사실 강호라는 곳의 생리를 따져 보면, 무림맹이라는 것이 존재할 수 있다는 것 자체가 어불성설에 가까운 일이었다.

서로 친목을 다지고, 회합도 가지며 우리는 같은 길을 걷고 같은 곳을 향하고 있는 동지라 말하지만, 그들의 진심은 그렇지 않았다.

이 비정한 강호에서 언젠가는 적이 될지도 모르는 경쟁자.

살아남기 위해서라면 그 누구라도 짓밟을 수 있는 상대.

오랜 기간 동안 이름을 떨치던, 소위 명문이라 불리는 문파도 예외가 될 수는 없었다. 만일 그들이 쇠락의 조짐을 조금이라도 보인다면, 그 작은 틈을 비집고 들어온다.

보이지 않는 곳에서 헐뜯고 비방하여 위신을 추락시키고, 더 이상 저항할 수 없다는 판단이 들면 마치 굶주린 승냥이 떼마냥 그들의 재산을 빼앗고 훔치는 것이다.

다 똑같다. 다만 그 방법이 조금씩 다를 뿐이지.

그런데 그런 사람들이 적을 상대하기 위해 하나로 뭉친다?
만일 그것이 정말로 이루어졌다면, 어찌 지금 강호라는 세계를 좌지우지하던 힘의 중심이 몇십 년이 넘도록 변하지 않았던 것일까?

마교와의 전쟁이 벌어질 당시, 패석문(敗石門)의 장문인이었던 염척민은 고민하였다. 지난 이십 년 동안 여러 명의 걸출한 고수를 배출한 까닭에, 어느새 자신의 문파는 복건에서 가장 큰 영향력을 행사하고 있었다.

하지만 그는 그것에 만족할 수 없었다. 언제나 자신의 문파 앞에 따라다니는 글귀를 지워 버리고 싶었다.

구파일방 다음이라는 그 말.

그래서 염척민은 결심했다. 이번 마교와의 전쟁을 히나의 기회라 생각하고, 반드시 사람들에게 보여줄 것이라고. 자신들도 구파일방에 못지않은 힘을 지녔음을.

그 후 패석문은 모든 전투에서 선봉을 맡았다. 수많은 문도들이 죽고, 피 같은 고수들이 하나둘씩 쓰러졌다. 그럼에도 멈추지 않았다.

죽음을 등에 업은 활약. 그것으로 인해 패석문은 마침내 진정한 영웅들이 모인 문파라는 칭송을 받았다. 하지만 그러한 칭송은 일 년을 넘기지 못했다.

어느샌가 약해질 대로 약해진 패석문은 강호에서 소리 소문도 없이 사라졌다. 정문에 걸려 있던 현판은 다른 문파의 이름으로 바뀌었고, 사람들의 머릿속에서도 패석문이라는 이름은 금세 지워져 버렸다.

그런 곳이다.

실리를 따지지 않는다면 결코 멸문을 면치 못할 세계.

진정 비정하다는 말이 어울리는 세상.

 그 누구도 자신의 문파에 중심적인 사람들을 희생시키지 않으려 애를 쓴다. 그것이 진짜 모습이었다.

 무림맹?

 악(惡)을 멸하기 위한 정의(正義)?

 "세상에 알려진 것들은 진실이 아니에요. 구파일방과 칠대 세가의 합공을 간단히 뚫어버린다고요? 그게 무엇을 의미하는 걸까요. 마음만 먹으면 언제라도 이 강호를 삼켜 버릴 수 있는 힘을 가졌다는 뜻이에요. 그런데 어째서 그런 절대적인 힘을 가졌으면서도 삼 년 동안이나 전쟁이 이어졌을까요?"

 모용혜가 이런 말을 꺼낸 건 설희와 무림맹에 관한 이야기를 나누는 도중에 일어난 일이었다. 자신 역시 칠대세가의 하나인 모용세가에 속한 사람이었다. 그래서 자세히 알 수 있었다.

 무림맹은 결코 그들을 막을 수 없을 것이라는 사실을.

 부끄러운 마음에 몇 번이나 말하기를 주저했다. 하지만 얼마 후에 일행에게 다가올 실망을 생각해서 조금이나마 그 실망을 줄여야겠다는 생각이 들었다. 그래서 말하고 있는 것이다.

기대를 하지 말라고.

"마교는 철저히 강호 대문파를 피해 다녔어요. 그리고 자신들에게 악착같이 달라붙는 무림맹 사람들만 공격을 했지요. 그들도 알고 있었어요. 몸을 사리고 있는 호랑이들의 진정한 저력이 나오게 되면 자신들은 승리할 수 없다는 사실을요."

어느샌가 모용혜의 말에 집중하고 있는 일행이었다. 모용혜는 수치심 비슷한 감정을 느꼈다. 삼십 년 전에 일어난, 자신은 태어나기도 전에 일어난 사건이었지만 그럼에도 부끄러운 일이었다.

"하지만 어디까지나 무림맹은 구파일방과 칠대세가의 사람들이 대부분이었어요. 떠돌이 무인이나 중소문파 무인들에 비해 그 수가 많은 것은 사실이었죠. 하지만 사실상 그 무인들은 고작 몇 년 동안 무공을 배웠던 삼대제자들, 혹은 수련생들이 전부였어요. 일대제자는 고사하고 이대제자조차 보내지 않았던 것이에요."

모용혜가 고개를 살짝 숙이고 바닥을 바라보았다.

"결국 자그마치 삼 년 동안이나 마교를 막았던 사람들은 구파일방도 칠대세가도 아닌, 그들로 인해 강제로 전쟁터로 내보내진 스물도 채 안 되는 사람들이었어요."

"…불가능한 일이었어요. 아무리 대문파를 피해 다녔다고는 하지만 일개 문파로는 절대 막을 수 없는 힘을 가진 마교였어요."

모용혜의 목소리가 살짝 떨렸다.

"그들의 젊음이, 그들의 용기가, 그들의 뜨거운 피가 그 일을 가능하게 만들어준 거예요. 그리고 그 후에 나타난 육천문이 단숨에 마교를 몰아내었죠. 장후량 대협이 천하제일인이라는 이름을 받은 건, 조금 의외의 일이었어요. 구파일방과 칠대세가에서 만장일치로 나온 결론이었거든요. 하지만 진실은… 그들의 오만함이, 그리고 육천문 역시 얼마가지 못해 멸문할 것이라는 예상으로 만들어진 일이었어요. 곧 죽을 사람에게 무엇인들 못 주겠냐는 심정으로 그랬던 것이지요."

모용혜는 자신의 발목을 어루만지며 말을 이었다.

"하지만 육천문은 당당하게 살아남았어요. 그것도 다섯으로 나눠진 상태로 말이죠. 후에 몇몇 장문인들과 가주님들이 후회를 했겠지만 이미 늦었다는 것을 깨달았겠죠. 이젠 그들과 어깨를 나란히 하는 천하사패라는 이름으로 불리었으니까요."

그녀의 눈빛은 단호하게 변했다.

"무림맹에서 그들을 막을 수 있는 가능성은 없어요. 무림맹의 힘은 곧 구파일방과 칠대세가, 그리고 천하사패의 힘인데, 적어도 구파일방과 칠대세가는 제대로 된 지원을 하지 않을 거예요. 천하사패는 잘 모르겠지만요."

모용혜는 천천히 고개를 들고 일행을 한 명씩 바라보았다.

"무림맹에서 아무것도 기대하지 마세요. 그리고 여러분들의 힘만으로 그들을 막으려 하지도 마세요. 조금 더 시간을 두고 방법을 생각해요, 우리. 전 모용세가의 일원이기도 하지만, 지금은 여러분들의 일행이니까요."

"……."

"제 말을 허투루 듣지 마세요. 자신의 신념과 의지에 따라 행동하는, 그런 자존심을 가지고 살아가는 무인은 거의 없어요. 환상일 뿐이에요. 현실은 달라요. 현실에서 무인들의 자존심이란 자신들 문파의 존속과 문파의 강대함이에요. 그들은 마교의 일에도 전혀 부끄러워하지 않았어요."

"……."

"……."

"……."

모용혜의 말이 끝나자 사당은 거북한 침묵에 휩싸였다. 가만히 앉아 있던 장천휘가 자신의 발 옆에 놓인 풀잎을 발견했다. 바람에 휩쓸려 왔던 모양이었다. 그는 그것을 집어 들어 한번 툭 털어내고는 입에 가져다 댔다. 그리고는 힘껏 불었다.

삐이이이이! 부부부.

"……?"

고약한 소리가 울려 퍼졌다. 설희가 제발 분위기 파악 좀 하라는 눈빛을 보냈다. 그러자 장천휘는 풀잎을 빼고 말했다.

"청아하면서도 맑은 음률이 아니더냐."

스스로 감탄하는 목소리로 말했다. 그리고는 다시.

삐이이, 뿌부부부부.

여전히 고약한 소리였다. 하지만 결국 그 모습에 설희가 작은 웃음을 터뜨렸다.

"푸풋! 그게 뭐예요?"

"나름 어울리지 않아? 이제부터는 나를 풍류공자(風流公子)라 부르도록 해."

"풍토병자(風土病者)요?"

"전염될지도 모르니 조심해."

장천휘가 장난스럽게 손을 뻗자 설희는 화들짝 놀라며 뒤로 도망쳤다.

"중풍 걸린 지렁이 따위! 무섭지 않다고요!"

"원래 미친개 눈에는 몽둥이만 보인다던데… 보자, 곰곰이 생각해 보니 사매한테 이 병이 옮은 것 같다는 생각이 드는데?"

갑작스러운 둘의 행동에 결국 모용혜마저 슬며시 미소 지었다. 장천휘가 옷을 털며 일어났다.

"삼십 년 전과 똑같을 거라 하셨습니까? 그것참 다행입니다. 그럼 결국엔 우리들이 이긴다는 결론이 아닙니까. 쉽군요. 누군가에게 등을 떠밀려 싸우지만 않으면 살 수 있고, 언젠가는 이긴다는 말이시니."

"장 소협, 그렇게 단순하게 넘어갈 문제가 아니에요. 게다가 삼십 년 전 마교와는 차원이 다르잖아요. 그것만큼은 장 소협이 가장 잘 알고 계시……."

"결국 똑같습니다. 똑같이 나쁜 놈들이고, 똑같이 물리치면 되는 겁니다. 이왕이면 마교처럼 쫓아내는 것이 아닌, 아주 없애 버려야 하는 것이 다르지만요."

모용혜가 다시 말을 하려고 했지만 장천휘가 더 빨랐다.

"제 인생에 오직 단 한 명뿐인 친구가 있었습니다. 그 친구가 저에게 뭐라고 했는지 아십니까?"

모용혜가 고개를 가로저었다.

"위대한 당가의 후손, 이라고 말했습니다."

"……."

장천휘가 말을 이었다.

"모든 사람들이 아니라고 해도, 제 친구가 그렇다고 말하면 그런 것입니다. 모용 소저가 아무리 저에게 그들은 비겁한 사람들이라 해도, 전 그렇게 생각하지 않습니다. 제 친구가 말했기 때문이죠. 위대한 당가, 라고. 그래서 저는 믿습니다. 그들이 위대할 것이라고, 결코 불의를 보면 참지 못하리라는 것을."

"……."

"귀안공자가 하는 짓이 어떤 것인지 이미 보셔서 아실 겁니다. 죽은 자들에게 씻을 수 없는 치욕을 주고, 망자를 그리워하는 사람들에게 가슴을 칼로 저미는 듯한 고통을 주는 자입니다."

"……."

"그런데 모른 척하고 또다시 애꿎은 사람들이 죽는 모습을 구경만 하라고요? 승산이 없으니 뒤로 물러섰다가 때를 기다려 싸우라는 말씀이십니까? 모용 소저는 그런 것들을 싫어하는 게 아니었나요? 힘없는 자들이 힘있는 자들에게 밀려 죽음을 강요당하는 것들 말입니다."

"싫어해요… 아니, 증오해요."

"그럼 결론이 난 것이 아닙니까. 이대로 무림맹으로 가서 우리들이 할 수 있는 모든 방법을 동원해 무인들을 모으고 싸우는 겁니다. 그리고 이기는 겁니다. 이게 가장 중요하겠죠."

"……."

"…문주님, 제가 생각하기에도 조금 시간을 두고 뒤로 물러서는 것이 좋을 듯싶습니다."

채영후가 조심스럽게 말했다. 이런 모습의 장천휘는 상대하기가 무척이나 힘들다. 한참을 가만히 있던 장천휘가 나머지 사람들을 차례로 바라보았다.

"좋습니다. 그럼 저만이라도 가도록 하겠습니다."

장천휘가 끄덕이며 말하자 자리에서 일어난 설희가 그를 말렸다.

"사형, 사형은 지금 너무……."

"단순히 복수심에 불타서 이런다고 생각하는 거야?"

설희가 고개를 푹 숙였다.

"지금이 아니면 영영 기회가 없을지도 몰라. 귀안공자가
조금이나마 여유를 부리고 있는 지금 큰 타격을 주지 못한다
면, 정말 믿기 힘든 상황을 보게 될지도 모른다고."

"…무슨 말씀이십니까?"

채영후가 물었다.

"잊으신 겁니까? 제가 말하지 않았습니까. 그가 가진 진짜
힘이 어떤 것인지. 단순히 죽은 자들을 조종하는 악인이라고
만 생각하지 말라는 말입니다. 그는 살아 있는 자들도 조종할
수 있는 능력을 가졌단 말입니다."

"……?"

또다시 잠시의 침묵이 찾아왔지만 이번에는 얼마 지나지
않아 사라졌다.

"…알겠습니다. 저야 어차피 문주님을 모시는 사람이 아닙
니까. 결정은 문주님이 내리셔야지요."

결국 채영후가 무겁게 고개를 끄덕이며 말했다. 장천휘의
시선이 채영후에게서 장백, 양철음, 그리고 설희에게로 차례
로 옮겨졌다. 그와 눈이 마주친 사람들은 작게 끄덕였다.

"갑니다."

장천휘의 짧은 말에 일행은 몸을 일으켰다. 모용혜 역시 알
겠다는 표정으로 자리에서 일어났다.

"이대로 무림맹으로 가는 겁니다."

비는 어느새 그쳐 있었다.

*　　　*　　　*

"흐음."

"정말 믿기 힘든 이야기요."

몇몇 가주들의 그런 반응은 당연한 것이었다. 그만큼 당주 희가 알려준 이야기는 충격적이었다.

"갑자기 육십 년 전, 조부께서 내게 해주셨던 이야기가 떠오르는구려."

남궁현운이 천천히 말하자 맞은편에 앉아 있던 모용백이 물었다.

"어떤 이야기셨길래?"

남궁현운은 수염을 쓰다듬으며 입을 열었다.

"조부께서 스무 살이 되셨을 무렵, 몇 년간 이어지던 몽고 와의 전쟁이 마침내 끝났소. 그간 집안의 반대로 밖을 나가지 도 못하던 조부께서는 그 길로 강호행을 시작하셨소. 오랜 전 쟁으로 인해 피폐하고 혼란스러운 강호를 조금이나마 안정시 키기 위함이셨소."

남궁현운은 이미 오래전에 이 세상을 떠난 남궁진명을 떠올렸다.

"그때까지만 하더라도 귀안공자에 관한 소문은 전혀 퍼지지 않은 상태였소. 그리고 그런 상황에서 조부께서는 그 귀안공자와 만나게 되었소. 자세한 이야기를 듣지는 못했소. 다만 조부께서는 항상 그에 대한 이야기를 하실 때, 인간이 아닌 자에 대한 두려움을 느끼시는 것 같았소. 그분께서는 몇 번이고 나에게 신신당부를 하셨소. 그를 보면 반드시 피하라고. 그는 인간이 아닌 진짜 악마라고, 절대 정면에서 그를 상대하지 말라는 말씀이었소."

"……."

"……."

"음!"

제갈문이 낮게 말했다.

"참으로 괴상한 일이오. 죽어서 시체가 돼버린 자들이 일어난다는 것도 요상한 일인데, 거기에 백 년 전의 마두가 지금까지 살아 있을 수 있다니 말이오."

"강호에서 벌어지고 있는 무덤가의 일들은 각파의 조사대원들에게 들으셨던 이야기가 아닙니까. 믿으셔야 합니다."

"그럼 해결책을 강구해 보도록 합시다."

모용백은 그렇게 말을 하고는 당주희를 한 번 쳐다보았다.

"한데 부친께서는 몸이 괜찮으시오?"

당주희가 천천히 고개를 끄덕이며 말했다.

"가주님의 염려 덕분에 조금씩 쾌차하고 계십니다."

"허허, 그것참 다행이구려. 어서 일어나셔서 예전처럼 건

강한 모습으로 만나고 싶구려."

모용백의 말에 이어 나머지 가주들도 당주희에게 부친의
쾌유를 빈다며 가벼운 인사를 건넸고, 곧이어 하후장민이 말
했다.

"그런데 무림맹에서는 어찌한다고 하오?"

*　　　*　　　*

"……."

"여기가 정말 그 강호의 중심, 위급한 상황에 닥치면 모든
무인들이 하나로 모인다는 그 장소가 맞는 건가요?"

"네, 맞아요."

"……."

설희가 멍한 표정을 지었다. 지금껏 상상했던—자신의 키보
다도 훨씬 높은 담이 끝이 보이지 않게 이어져 있고, 하루종일 둘러
보아도 모든 것들을 구경할 수 없을 만큼 엄청나게 넓으며, 자칫 발
을 잘못 디디면 각종 함정에 빠지게 되는 기관진식들이 깔려 있으
며, 으리으리한 건물들은 오묘한 진을 이루어 침입자들을 스스로
막을 수 있게 해둔—무림맹과는 너무나 다른 모습이었다.

"……."

어른이 간신히 드나들 수 있을 크기의 대문, 조금이라도 세
게 열면 머리 위에서 뚝, 하고 떨어질 것같이 위태롭게 흔들

리는 현판. 거기에는 무림맹이라는 세 글자만 덩그러니 써 있
었다.

그나마 그것 하나만큼은 자신이 상상했던 것과 일치했다.
서화에 대해 잘 모르는 그녀가 봐도 한 획 한 획이 웅혼하면
서도 고풍스러웠다.

"…꼭 평생을 청렴하고 고지식하게만 살았던 늙은 관리가
숙청 비스무레한 일을 당하고 그나마 모아온 녹봉으로 귀향
을 했더니 이런 집밖에는 사지 못했다… 라는 슬프고도 애달
픈 이야기가 술술 나올 것 같은 모습이네요."

설희의 말에 일행이 가볍게 웃었다.

대문을 지키는 사람도 없었다. 잠시 어찌해야 하나 고민하
고 있을 때, 일행의 눈에 서쪽 야산에서 내려오는 한 노인이
보였다.

"이런, 손님이 오신 줄도 모르고 그만……."

노인은 일행을 발견하고는 그렇게 말했다. 약초나 나물 같
은 것을 캐다가 온 것인지, 어깨에 두른 망태기에는 이름 모
를 풀들이 삐죽 튀어나와 있었다.

"내 정신 좀 보게. 어서들 들어오시구려."

옷에 흙이 묻어 있음을 깨달은 노인은 손으로 툭툭 털며 말
했다. 하지만 오히려 손에 묻은 흙이 더 많았기 때문에 옷은
더 더러워질 뿐이었다.

끼이익, 쿵!

"…맹주님, 제발 이런 일들은 아랫사람들에게 맡기시라고 몇 번이나 애원하지 않았습니까?"

갑자기 집 안쪽에서 대문을 열고 나온 중년인이 머리 위에서 떨어지는 현판을 가볍게 받고는 노인에게 말했다.

'정말로 세게 열면 떨어지는 거였어?'

설희는 자신이 상상했던 일이 정말로 일어나자 신기한 마음이 들었다.

"그간 강녕하셨는지요, 맹주님."

모용혜가 노인에게 고개를 숙이며 말하자 노인도 덩달아 일행들 쪽으로 고개를 숙였다. 그 갑작스러운 행동에 일행들도 엉거주춤한 형태로 고개를 마주 숙였다.

그러자 고개를 든 노인은 현판을 들고 한숨을 쉬고 있는 중년인에게 말했다.

"자네, 무얼 하는가? 어서 손님들을 모시지 않고."

"하지만 이것이……."

또 떨어졌단 말입니다, 까지는 말하지 않았다. 자신을 바라보고 있는 노인이 무슨 말을 할지 알고 있었기 때문이었다.

"그 현판이 붙어 있으나 없으나 이곳이 무림맹이라는 사실에는 변함이 없네."

"그 현판이 붙어 있으나 없으나 이곳이 무림맹이라는 사실에는 변함이 없네."

"……."

"…라고 말씀하실 줄 다 알고 있었습니다."

중년인은 노인의 말을 따라 하고는 자신의 손에 들린 현판을 쳐다보았다. 작은 한숨과 함께 현판을 한쪽에 조심스럽게 세워두고는 일행에게 말했다.

"비록 누추한 곳이지만 이곳은 여러분들이 알고 계신 무림맹이 맞습니다. 너무들 그렇게 놀란 표정으로 계시지 말고 이제 그만 들어오시지요."

정중하게 고개를 숙인 중년인은 대문 옆쪽으로 가서 몸을 돌리고는 일행들을 안내했다.

"그럼 실례하겠습니다."

그렇게 말한 장천휘가 몸을 살짝 숙이고 안으로 들어가자, 장백과 양철음, 채영후와 모용혜도 차례로 들어갔다. 그리고 마지막으로 설희는 현판이 걸려 있던 곳을 슬쩍 올려다본 후에 걸어 들어갔다.

"맹주님, 이번만큼은 저번처럼 쉽게 넘어가지 않을 겁니다. 손님들이 가신 후에 저와 차분히 이야기를 나누도록 하시지요."

중년인은 노인의 어깨에 메인 망태기를 빼앗듯 낚아채며 말했다.

"무슨 일로 저희 무림맹을 찾아오셨습니까?"

노인이 일행에게 물었다. 설마하니 시종 한 명 없을 줄은 예상하지 못했다. 노인과 함께 들어온 중년인이 직접 차를 끓여 일행에게 대접했다. 작게 헛기침을 한 장천휘가 이윽고 입을 열었다.

"집을 한 채 짓고 싶어서 왔습니다."

갑자기 일행조차 생각지 못한 말이었다. 의아한 눈빛으로 장천휘를 바라보았지만 오히려 노인은 흥미롭다는 표정을 지었다.

"무슨 집을 짓고 싶으신 겁니까?"

장천휘가 빙긋 웃었다.

"아주 튼튼한 집이어야 합니다. 그러니 그 집을 지탱시킬 열 개의 기둥과, 비가 들어오지 못하도록 일곱 개의 지붕, 그리고 사방에서 불어오는 거친 바람을 막아줄 네 개의 벽이 있는 집이면 좋겠습니다."

장천휘는 곧이어 문득 생각났다는 투로 말했다.

"아, 그리고 가능하다면 붉은 빛의 꽃들과 얼음으로 만들어진 꽃들이 피어 있는 정원까지 있으면 더욱 좋겠군요."

그러자 노인이 고개를 저었다.

"그건 생각보다 어려운 일입니다."

"어렵더라도 해야만 합니다. 그런 집이 아니라면 후에 닥칠 폭풍을 견뎌낼 수 없기 때문입니다."

한참을 가만히 있던 노인이 말했다.

"얼마 전, 강호에서 벌어지는 심상치 않은 일로 무림맹이

활동을 시작한 것은 사실입니다. 하지만 실상 무림맹이 가진 힘은 그리 대단치 않습니다."

고개를 끄덕인 장천휘가 천천히 입을 열었다. 귀안공자가 가진 힘과 그가 하려고 하는 일, 그리고 지금 무림맹을 향하고 있는 적들에 대해서도 차분하게 말했다. 노인의 표정이 점점 굳어졌다.

"세상에, 그런 일들이 일어날 수가 있다니……."

노인은 가만히 장천휘의 눈을 바라보았다. 그리고는 묵직하게 고개를 끄덕였다.

"좋습니다. 힘이 닿는 한 최대한의 노력을 해보겠습니다. 하지만 그 결과에 대해서는 장담할 수가 없습니다."

드디어 강호라는 넓은 세계의 존망이 걸린 판이 펼쳐지기 시작했다. 비록 귀안공자의 뜻대로 시작된 것이지만 절대 그의 뜻대로 되지는 않을 것이리라.

'아무도 나서지 않는다면, 나 혼자서라도 너를 막겠다.'

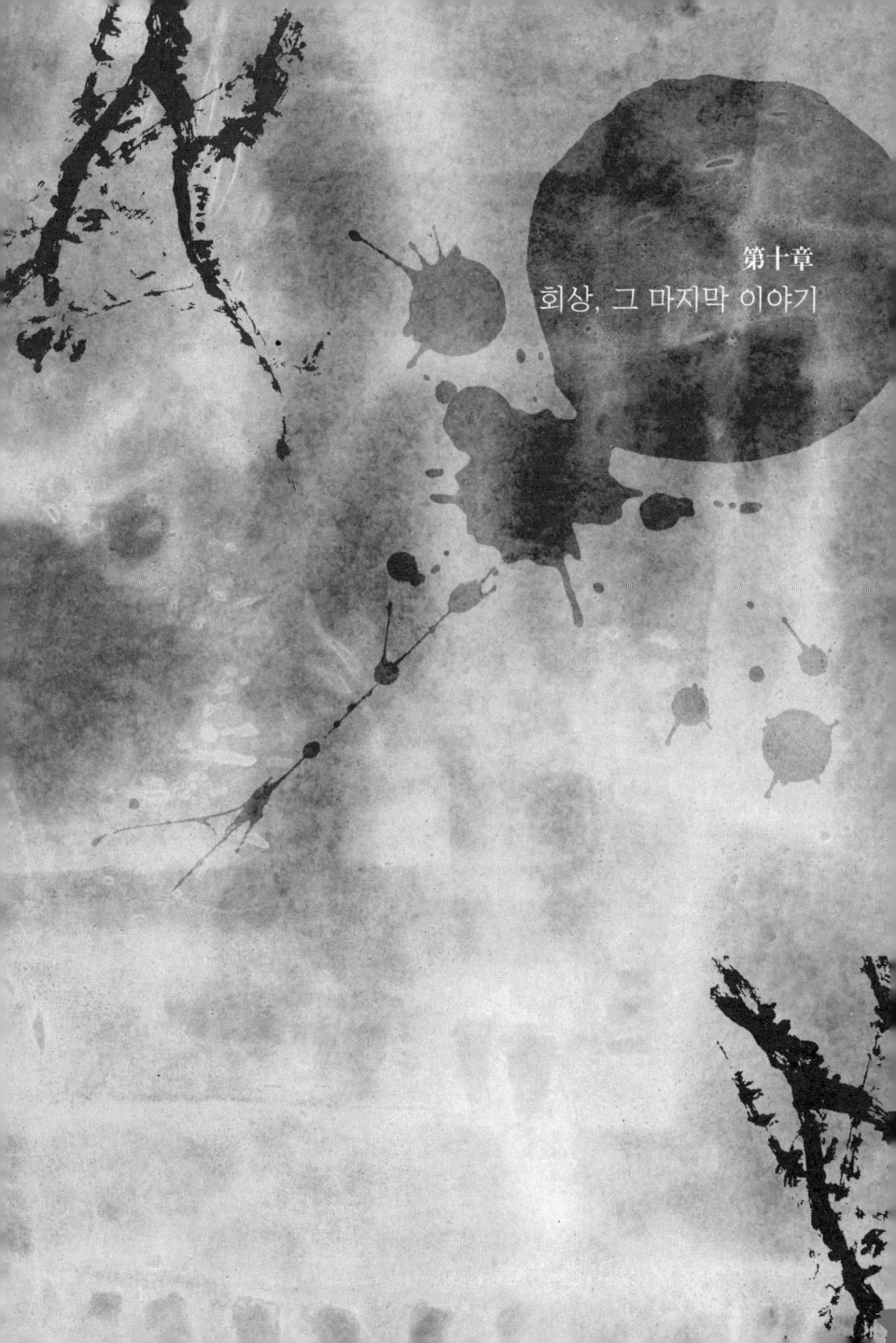

第十章
회상, 그 마지막 이야기

악마

"큰 차이는 없어. 다만 무지막지할 정도로 강할 뿐이지."

나는 예전의 기억을 떠올리며 가벼운 소감을 말해주었다.

"얼마나?"

"글쎄… 말 그대로 무지막지하다는 말밖에는 설명할 수 없어."

"그럼, 네 생각에 지금 우리들이 동굴에 들어간다면 어떻게 될 것 같아?"

"나도 잘 모르겠어. 그 당시의 나는 혼자 들어간 것이고, 지금은 그때보다 무공이 높아졌으니까."

내 말에 무언가를 잠시 생각하던 천휘가 동굴 밖을 가리키며 말했다.

"밖에 있는 괴인들과 비교하면?"

"음, 둘 다 제대로 손을 섞어보지 못해서 뭐라고 단정 지을 수는 없지만, 내 생각에는 비슷할 것 같아."

"…절망적인 이야기네."

"뭐, 그렇지."

"그럼 저 안쪽의 야수들이나 망혼들도 여기서처럼 떼를 지어 덤벼드는 거야?"

"아니, 그건 아니었어. 전부 본 것은 아니지만 그들은 전부 혼자였어."

"혼자였다고?"

"응. 내가 그곳에서 살아서 도망 나올 수 있던 이유도 바로 그것이었어. 애당초 정면으로 부딪쳤다면 난 절대 빠져나오지 못했을 테니까."

나는 기억을 더듬으며 대답했다.

"전에 말했다시피 난 이 동굴에 아무 생각 없이 들어갔어. 지금 생각해 보면 살아 돌아온 게 천운이었지. 안쪽으로 들어가면 거대한 철문이 있어. 내가 예전에 그 문을 열었을 때는 아무도 그곳을 지키고 있지 않았어. 오직 지독한 피비린내만이 풍겼지. 나는 궁금한 마음에 더 들어가 보기로 결심했어. 이 안에 무엇이 있을지, 무엇이 나를 기다리고 있을지 약간의 호기심 섞인 기대를 가지고 들어갔어. 어쩌면 출구가 있을지도 모른다는 생각에."

천휘와 화연이는 어느새 내 곁에 다가와 이야기를 듣고 있었다. 나는 멈추지 않고 말을 이었다.

"얼마 들어가지 않아 내가 목격한 것은 치열한 사투였어. 두 마리의 야수가 엉겨 붙어서 싸우고 있었는데, 보는 것만으로도 그 투지(鬪志)와 열기가 내게 닿을 정도였어. 한 번은 덩치가 큰 놈이 작은 놈의 목을 물어 동굴 벽에다 던졌는데 작은 놈이 부딪친 벽에는 그 몸에 딱 맞는 커다란 구멍이 뻥 뚫렸어. 하지만 그렇게 벽에 부딪치고서도 비척거리며 금세 일어나 다시 넘벼들고⋯⋯."

나는 어깨를 으쓱했다.

"결국에는 덩치 큰 놈의 승리였어. 그렇다고 해도 아주 완벽한 승리는 아니었어. 둘의 힘이 비슷비슷했기에 꽤 많은 상처를 남긴 승리였지. 그런데 만약 이것이 끝이었으면 나는 그것을 단순한 맹수들의 영역 싸움이나 우두머리 자리를 두고 싸우는 것이라고 생각했을 거야."

"그런 게 아니었어?"

천휘의 물음에 나는 고개를 끄덕였다.

"그 후에 일어난 일은… 글쎄, 뭐라고 설명해야 좋을지 모르겠네. 최대한 정직하게, 내가 본 그대로 이야기하고 싶지만 그것도 나름대로의 문제가 있어."

어떻게 설명해야 좋을까, 그날의 일들을.

"싸움에서 이긴 야수는 자신이 죽인 상대에게 다가갔어. 바닥에 누워 있는 야수는 숨을 헐떡거리며 거의 죽기 직전의 상태였어. 그런데… 잡아먹은 건 아니야. 하지만 분명 무언가를 먹고 있었어."

"먹고 있었다고?"

"응, 그게 그러니까, 흡수… 하고 있었다고 해야 하나? 바닥에 누워 있던 야수의 몸에서 무언가 희뿌연 안개 같은 게 아지랑이처럼 올라왔어. 아냐, 잘못 본 게 아냐. 싸움에서 이긴 야수는 분명히 그 안개 같은 것을 코로 빨아들이고 있었어."

"무슨 내공을 빨아들이는 것도 아니고……."

천휘가 어이없다는 듯이 말했다.

"그건 나도 정확하게 설명할 수 없어. 나는 단지 내가 본 것들을 그대로 말해주고 있는 것뿐이야. 어쨌든 그렇게 바닥에 누운 야수의 몸에서 뿜어지던 안개를 흡수한 야수는 한참을 그 자리에 웅크리고 있었어."

"설마 상처가 순식간에 아물었다는 말을 하려는 건 아니겠지?"

"맞아, 정확해. 정말 순식간의 일이었어. 싸움에서 이긴 야수의 옆구리 쪽의 상처는 내 주먹이 들어갈 수 있을 정도로 컸어. 그냥 그대로 둔다면 며칠을 넘기지 못하고 죽었을 거야. 그런데 그 상처가 굉장히 빠른 속도로 아물어가고 있는 거야. 몸 여기저기에 있던 수많은 상처들도 어느새 그 흉터를 찾을 수 없게 아물었지."

천휘는 맙소사라고 말했다. 나는 말을 이었다.

"그리고 그 야수는 자신의 상처가 다 아물자 그제야 나를 발견했어. 동굴 안이었기에 숨을 곳도 마땅하지 않았지만, 그렇게 단숨에 찾아낼 줄은 몰랐어. 야수는 긴 울음소리를 토하고 달려들기 시작했어."

나는 잠시 말을 멈추고는 엄지손가락을 치켜들었다.

"굉장히 빨랐어."

천휘가 피식 웃었다.

"비도 하나를 날렸는데 어떻게 됐는지 알아? 그냥 입으로 물어버렸어. 마치, 이런 것 따위 얼마든지 받아주지, 라고 말하는 것 같았다니까."

나는 화연이가 건네준 물을 한 모금 마시고 이야기를 계속했다.

"만약 일직선으로 달렸다면 나는 순식간에 잡혔을 거야. 비록 너만큼의 신법은 아니지만, 비도술을 수련하면서도 결코 신법을 게을리 하지 않았거든. 비도술이란 비도를 얼마나 잘 날리느냐도 중요하지만, 상대와의 거리를 얼마나 잘 유지시키느냐도 중요하니까. 그렇게 거의 무아지경의 상태에서 신법을 펼쳤어. 동굴 벽을 차서 이쪽으로 갔다가, 다시 저쪽으로 갔다가, 입에서 단내가 날 정도로 뛰었어. 야수의 발톱이 할퀴고 지나간 등에서는 피가 계속해서 떨어지고 있었지만, 나는 등이 조금 뜨겁다는 느낌밖에 없었어."

나는 탁자 위에 놓인 무공서를 매만졌다.

"그렇게 한참을 도망다니다가 또다시 어떤 문을 발견했는데 반쯤 열려 있었어. 나는 뒤를 돌아볼 겨를도 없기에 그냥 무작정 들어갔지. 그런데 뒤에서 야수가 벽에 부딪치는 소리가 들리는 거야. 무섭기는 했지만 그래도 이를 악물고 뒤를 돌아봤는데, 그 야수가 반쯤 열린 문틈 사이에서 나를 쳐다만 보고 있는 거야. 이상하게 들어오려고는 하지 않고."

나는 다시금 엄지손가락을 치켜세웠다.

"굉장히 무서웠어."

천휘도 다시금 피식하고 웃었다.

"그럼 그 무공서는 그곳에서 얻은 모양이지?"

나는 고개를 끄덕였다.

"그 야수는 한동안 문틈으로 나를 노려보더니 천천히 몸을 돌려 돌아가더라. 긴장이 풀린 탓에 한참을 주저앉아 있다가 주변을 둘러보게 됐는데, 네 말처럼 거기에서 그 책을 발견할 수 있었어."

"나올 때는 어떻게 한 거야?"

"간단해. 미친 듯이 달렸어. 그뿐이야."

"……."

정말 간단하네, 라고 중얼거린 천휘가 말했다.

"그럼 네 말을 정리해 보자면, 무시무시한 괴물들이 득실

거리는 무시무시한 동굴이라는 거네?"

"너무 완벽한 정리라서 할 말이 없을 정도야."

"장난들은 그만 해."

더 이상은 못 봐주겠다는 표정으로 화연이가 끼어들어 말했다. 우리는 머쓱한 표정으로 서로를 마주 보았다.

"네 말대로라면 저 안쪽의 야수들은 서로를 잡아먹으려 한다. 즉, 둘 이상의 적들이 덤빌 가능성은 없다. 여기서처럼 무리를 지어 다니는 것이 아니라 맹수처럼 자신의 영역을 지키며 홀로 생활한다, 이거지?"

"맞아. 들어갈 때나 나올 때나, 나를 쫓아온 건 언제나 한마리뿐이었어. 한참 도망가고 있으면 나를 쫓던 야수는 슬그머니 뒤로 빠져 사라지고 새로 나타난 야수가 나를 쫓아왔으니까."

"그것만큼은 다행이네."

천휘의 얼굴이 조금 밝아졌다.

"만약에 우리들이 진법을 펼치면 어떨까? 태중이 말을 들어보니, 왠지 홀로 상대하기에는 힘들 것 같은데……."

"진법?"

"응. 한 마리씩과 싸운다면 승산이 있을지도 몰라."

그때 화연이가 말했다.

"난 진법 같은 거 해본 적 없어."

천휘가 웃으며 대답했다.

"걱정하지 마. 넌 천재니까 금방 배울 수 있을 거야. 따지고 보면 넌 무공도 여기 와서부터 배운 거잖아."

"…왠지 놀림받는 기분이야."

"그럴 리가. 아, 태중아. 혹시 넌 진법 같은 거 배운 적 있어?"

"글쎄… 배운 적은 없지만 삼재진(三才陣) 정도는 어떻게 하는지 대충 알고 있어."

"잘됐네. 어차피 내가 알고 있는 건 우리들이 펼칠 수 있는 게 아니거든. 내가 생각하기에는 삼재진 정도가 적당할 것 같아."

나는 고개를 끄덕였다.

"자, 그럼 연습을 하러 나가야지?"

"어? 어… 어."

"……?"

천휘는 그대로 나를 잡아끌며 동굴에서 나갔다.

"이, 이봐? 뭘 좀 알려주고 가야지. 그냥 가면 어떡해? 어이? 이봐, 기다려."

그렇게 뒤에서 화연이가 어이없다는 목소리로 따라오고 있을 때 천휘의 말이 들렸다.

"원래 천재는 독학으로 깨우치는 거야. 그런 말 몰라? 혼자서 배우는 게 가장 쉬웠어요."

"그게 무슨 헛소리야!"

우리는 그날부터 삼재진을 연습하기 시작했다. 당연히 상대는 동굴 밖의 야수들과 망혼들이었다. 하지만 문제는 화연이 혼자서도 충분히 상대할 수 있는 적을 상대로 셋이 달려들어 상대하려고 하니 긴장이 잘되지 않는다는 것이었다.

아니, 전혀 되지 않았다.

"어딜 봐서 이게 진법이야!"

"화연아, 한 방에 보내 버리면 이게 무슨 연습이 되니……."

"그러니까 뭘 좀 알려주고 시작해야 할 거 아냐."

우리에게 호흡이라는 건 전혀 없었나.

"천휘야, 넌 왜 거기 있어!"

"너희들이야말로 왜 가만히 있는 거야! 내가 움직이면 따라와야 할 거 아냐!"

"날더러 어쩌라고……."

나중에는 우리들이 무얼 하고 있었는지를 까먹었다.

"시야 좀 가리지 마!"

"엉덩이 좀 치워!"

"그러니까 거기서 왜 엎드리냐고!"

결국에는 모두가 지쳤다.

"……."

"……."

"……."

천휘가 한숨을 쉬며 말했다.

"우리는 지금 급박한 현실에 처해 있어. 다들 너무 지금 상황에 안주하려고 하는 게 문제야. 좀 더 진지하게 연습을 해야만 해."

"너나 잘해."

"네가 제일 문제야."

"……."

머쓱한 표정을 지은 천휘가 근처 나뭇가지를 하나 주워왔다.

"잘 들어. 삼재진은 천(天), 지(地), 인(人), 이 세 개를 합쳐 상대를 공격하는 진법이야. 난해하지는 않지만 그렇다고 그 힘이 약한 건 아니야. 다른 진법과 마찬가지로 그 진을 이루는 사람들이 얼마만큼 완벽한 호흡을 이루느냐가 관건이야."

화연이는 천휘가 드디어 설명을 시작하는 모습을 보이자, 집중을 하기 시작했다. 각자의 위치와 방위를 설명하며 그 각각의 역할을 분배하기 시작했다.

"천(天)은 나야. 내 이름이 장천휘니까 당연하겠지? 그리고 지(地)는 태중이야. 그건 좀 남자답게 진중한 태도로 살라는 뜻이고, 인(人)은 화연이야. 그 이유는……."

설명을 하던 천휘가 화연이를 쳐다보았다.

"이젠 그만 인간이 돼야 하지 않겠어?"

퍽!

"……."

우리가 갈 길은 아직 멀었다.

"괜찮을까?"
화연이가 조금 긴장한 말투로 말했다.
우리들은 며칠 동안 야수와 망혼들을 상대로 무의미한 시간을 보냈다. 결국 이대로는 안 되겠다 싶어서 천휘가 괴인들을 상대로 삼재진을 연습하자고 했다.
만약 하나의 괴인이라도 처치할 수 있게 되면 우리는 동굴로 들어갈 것이다.
"괜찮을 서야. 혹시라도 위험한 상황이 오면 동굴 안으로 도망갈 수 있도록 유인하고 있는 거잖아."
우리는 지금 하나의 괴인을 동굴 쪽으로 끌어들이고 있었다. 최대한 동굴 근처에서 싸워야만 했다. 그래야 위험한 상황에 오더라도 빨리 피할 수 있을 테니까.
"여기까지야."
천휘의 말이 들렸다. 우리는 고개를 끄덕이며 각자의 자리로 움직였다.
끼이익. 끼긱.
괴인의 목은 여전히 그 특유의 움직임을 보이고 있었다. 나는 침을 삼켰다.
"연습대로만 하면 돼."
"그것참 위로가 되는 말이군."

천휘의 말에 가볍게 대답하고 괴인을 주시했다.

"간다."

타앗!

나는 괴인에게 달려들며 검을 횡으로 베었다.

끼긱. 끼기기긱.

'어?'

나는 순간 당황했다. 내 검이 괴인의 목에 거의 닿을 정도로 가까워졌음에도 그 괴인은 움직일 생각이 없어 보였다.

'설마 이렇게 쉽게 끝나는 건가?'

그 생각과 동시에 지금껏 괴인들을 피해 다녔다는 사실이 우스워졌다. 바보같이 이런 놈들을 왜…….

"무슨 생각을 하고 있는 거야!"

"……?"

까앙! 꽈아앙!

'언제?!'

내 복부를 향해 꽂히던 괴인의 손을 막은 천휘가 소리를 질렀다. 내 검은 괴인의 목을 가르지 못했다. 단단한 돌에 부딪친 것처럼 그저 튕겨 나왔을 뿐이었다.

"태중아!"

천휘가 나를 한 번 더 불렀다. 나는 그제야 정신을 차리고 대답했다.

"미안."

나는 그대로 뒤로 빠졌다. 괴인은 따라오지 않았다. 그저 목을 좌우로 딱딱 꺾으며 그 자리에 가만히 있었다. 나는 화연이와 천휘에게 눈짓을 보냈다.

화연이가 바닥을 박차며 괴인에게 달려들었다. 그리고 그 뒤로 천휘의 공격이 이어졌고, 그다음 내가 검을 휘둘렀다.

한 명이 공격을 하면, 그 공격을 피할 수 있는 방향에서 다른 사람이 기다리고 있다. 그리고 그다음 공격도, 그다음도. 계속해서 그런 식으로 상대에게 쉴 틈을 주지 않고 맹공을 퍼붓는 것이다.

하지만 단순히 순서대로 공격을 한다고 되는 것이 아니다. 그저 아무 방식도 형식도 없이 마구잡이 식 공격은 그리 위협적이지가 않다.

그러니까 거기서 중요한 것은 호흡이다. 공격을 하는 사람이 어떤 식으로 할지, 허초를 섞어 공격할지, 혹은 방어를 도외시한 채 공격을 할지 눈치를 채야 한다. 그리고 그 공격에 상대가 어떻게 반응을 할 것인지 생각하고 움직여야 한다.

그것이 아니라면 한 명은 다리를 공격하고, 한 명은 허리를 노리고, 이렇게 두 명이 동시에 공격을 한다면, 또 다른 한 명은 상대가 뛰어오르기를 기다리고 있어야 한다.

결코 연습만으로는 혹은 전투를 벌이기 전에 이런 식으로 하자고 해서 되는 것이 아니다. 그 상황에 맞춰, 그때그때 달라지는 것이 진법의 기본이다.

타악!

괴인은 순간적으로 우리 세 명의 공격을 단 한 번의 움직임으로 피해 버렸다. 하지만 그 움직임이라는 것이 오른발로 바닥을 살짝 차는 것이 전부였다.

단순한 그 동작으로 우리들의 포위망을 쉽게 벗어난 것이다.

"저게 무슨……."

"뭐야, 이게……."

"지금까지 우리 뭐 한 거야?"

우리들은 서로를 마주 보며 허탈한 표정을 지었다.

"다시!"

얼굴을 찌푸린 천휘가 보법을 펼치며 괴인에게 달려들었다.

콰앙!

천휘의 검이 괴인이 있던 바닥을 찍었다. 하지만 이미 나와 화연이는 괴인이 피할 수 있는 방위를 점하고 있었다. 역시 괴인은 내 쪽으로 움직였다.

'너무 빠르잖아.'

나는 이를 악물고 검을 두 손으로 쥐었다. 아까 목을 베었을 때의 기억을 잊지 않았기 때문이다.

까아앙!

"뭐야, 이 소리는!"

나는 기겁을 하며 뒤로 빠졌다. 괴인이 공격을 한 것은 아니었지만, 그 소리에 화들짝 놀랐기 때문이다.

"기가 막히는군."

천휘도 어이가 없다는 투로 말했다.

"일단은 이 정도만 하자."

내 말에 고개를 끄덕인 천휘와 화연이가 천천히 뒤로 빠졌다. 나 역시 괴인에게서 눈을 떼지 않은 채로 동굴 쪽으로 이동했다.

"혹시 강시 같은 게 아닐까?"

"나도 그런 생각을 하기는 했는데… 보통 강시는 그것들을 부리는 사람이 있는 거 아니었어? 혼자서도 돌아다닐 수 있는 건가?"

"근처에 숨어 있을 수도 있겠지."

"무엇 때문에? 우리들을 죽이려 하는 것이라면, 지금까지 기회가 엄청 많았을 텐데? 게다가 솔직히 저것들이 제대로 공격을 한다면 우리가 막을 가능성은 거의 없어."

천휘의 말에 나는 가만히 생각에 잠겼다.

"그럼 우리들을 상대로 강시 조종하는 방법을 연습하려는 것이 아닐까?"

그렇게 나와 천휘가 몇 가지 가설을 놓고 의견을 나누고 있을 때 화연이가 조용히 말했다.

"지금 중요한 건 그게 아니잖아. 저것들의 정체가 무엇인지가 아니라, 저것들의 약점이 무엇인지를 알아야지."

"음, 맞는 말이야. 태중아, 어떤 거 같아?"

"글쎄… 너희들도 봤다시피 내가 공격한 곳은 목과 허리였어. 그런데 그 느낌이 마치… 단단한 철을 두드린 것 같았어. 바위덩어리 같은 거……."

천휘가 인상을 썼다.

"앞길이 막막하군."

나는 고개를 끄덕이며 말했다.

"혹시 약점 같은 곳이 있지 않을까? 보통 강시들의 몸은 검기로도 상처 입힐 수 없다고 하지만, 찾아보면 약한 부분이 있다고 들었어. 입이나 배꼽, 아니면 눈 같은 부분일 확률이 높다고 하던데."

"응. 나도 그런 말을 들은 거 같아."

천휘의 말을 끝으로 약간의 침묵이 찾아왔다.

"어쩔 수 없잖아. 우리는 뒤로 물러설 공간 따위는 없다고. 앞으로만, 우리는 앞만 보며 달려갈 수밖에 없어."

내 말에 천휘와 화연이가 동의했다.

"그나마 다행인 점은, 내가 보기에 저것들은 이상하게 공격의사가 별로 없는 것 같아. 그저 상대의 위협을 피하는 정도라고 해야 하나?"

"좋아. 그럼 결론은 하나밖에 없는 건가? 며칠이 걸리든, 몇 달이 걸리든 저놈들의 온몸을 두드려서 약점을 찾아내는 수밖에는."

"……."

"아이고, 죽겠네."

"……."

"화연아? 아무리 그래도 넌 여자인데… 그렇게 아무 데서
나 누워도 되는 거야?"

나는 내 옆에서 털썩 눕고는 눈을 감아버린 화연이에게 물
었다.

"내버려 둬. 그냥 이렇게 살다가 죽게……."

화연이의 목소리는 정말로 죽을 것처럼 힘이 없어 보였다.

"그래, 그냥 내버려 둬라. 어차피 저렇게 있어도 인기없는
몸이라 아무도 관심없을 테……."

퍽!

"이야, 이제는 눈을 감고서도 목표물을 맞힐 수 있는 경지
에 달한 거야? 정말로 가르치는 맛이 있구나."

나는 감탄했고 천휘는 화를 냈다.

"야! 너 내가 자꾸만 맞아주니까, 정말 피하지 못해서 그런
다고 생각하는 거……."

퍽!

"내가 만만하게 보이는 모양인……."

퍽!

"다음부터는 피할 거다. 아무리 네가 던져도 소용없……."

퍽!

"제가 잘못했습니다. 어마마마."

결국 나는 웃음을 터뜨리고 말았다. 비굴하게 빌고 있는 천휘의 모습을 보며 도저히 참을 수가 없었기 때문이었다.

천휘는 왜인지는 모르겠지만 화연이가 던지는 물체(?)들을 피하지 않는다. 충분히 피할 수 있음에도 불구하고 그러지 않는 것이다.

그리고 화연이 역시 천휘가 그것들을 피할 수 있으리라는 것을 알면서도 던진다. 그래서 나는.

'도통 모르겠단 말이야……'

"그나저나 우리 언제까지 이 짓을 하고 있어야 하는 걸까? 점점 지친다, 지쳐……."

"그러게."

괴인의 약점을 찾기 시작한 지 벌써 석 달 정도가 지났다. 하지만 지금까지의 성과는 거의 없었다. 물론 우리가 얻은 것들도 있었지만, 도저히 약점이라고는 보이지 않는 괴인의 모습에 이젠 질릴 대로 질려 버린 것이었다.

석 달이라는 시간은 우리에게 제법 호흡을 맞추며 진법을 펼칠 수 있게 만들어주었다. 나와 천휘는 사 성가량의 내공을 사용하며 진법을 펼쳤고, 화연이의 경우에는 팔성의 내공을 사용하고 있었다.

처음 나와 천휘가 이성의 내공을 사용해 순식간에 진법이 무너졌을 때를 기억한다면 장족의 발전이 아닐 수 없다.

"그래도 점점 나아지고 있으니까. 아까는 괴인이 우리들에게 공격까지 했잖아."

"하마터면 진이 무너질 뻔했지만."

나는 천휘의 말에 대답했다. 그렇게 위력적이지는 않았지만 갑작스럽게 괴인이 손을 뻗어 우리들을 공격하는 바람에 너무 놀라서 약간 진이 흐트러졌었다. 하지만 금세 진을 다시 형성하여 반격을 했었다.

아직까지는 별 무리 없이 삼재진을 펼칠 수 있었다. 나와 천휘의 경우에는 크게 힘들지 않았지만, 문제는 화연이었다. 팔성의 내공을 오랫동안 쓴다는 건 굉장히 힘든 일이었다. 그것도 매일 그렇게 하고 있으니까.

나는 고개를 돌려 죽은 듯이 누워 있는 화연이를 바라보았다. 아직 화연이가 십 할의 내공을 사용하는 것은 아니었으니, 적어도 지금보다 더 나아질 가능성은 충분했다. 하지만 화연이에게 재촉할 수는 없었다.

지금까지 해온 것만으로도 너무 고마우니까.

"저기… 좀 더 내공을 올려서 해도 될 것 같아."

눈을 감고 있던 화연이가 조용히 말했다.

"뭐?"

"괜찮겠어?"

나와 천휘는 티는 내고 있지 않았지만 답답한 것은 사실이었다. 하지만 무공을 배우기 시작한 지 얼마 되지도 않은 화연이가 이 정도까지 해주고 있는 모습을 보면 그런 답답함도 금세 사라지기는 했다.

"우리들 때문이라면 괜찮아. 급하게 한다고 해서 되는 것도 아니고. 지금도 이미 충분하고도 넘칠 정도로 빠른걸."

"맞아. 너무 무리하지 마. 난 이곳에서 오 년을 넘게 있었어. 만약 천휘와 네가 아니었으면 꿈도 못 꿀 일이었어. 좀 더 여유를 가지고 천천히 하자."

나는 괜히 화연이를 재촉하는 모습을 보였던 것이 아닐까 생각했다. 만약 그랬다면 정말 미안한 일일 텐데.

"아니야. 정말 괜찮아서 그래. 좀 더 내공을 올려서 하도록 하자."

그렇게 말한 화연이는 힘겹게 몸을 일으켰다.

"어, 어이. 좀 더 누워 있어도 되니까 쉬고 있어."

"나 지금 손가락 하나 까딱할 수 없을 정도로 힘드니까 좀 더 쉬었다가 하자고. 나 이래 뵈도 많이 늙어서 말이야."

화연이의 눈동자가 우리를 향했다. 한참을 그렇게 바라보더니 무표정한 얼굴로 조용히 자리에 앉았다. 무슨… 말을 하려고 했던 것 같은데.

그것이 무엇이었을까 고민하며 머리를 긁적이고 있을 때 천휘가 말했다.

"그런데 너 말이야, 왜 그때 한 번 웃은 뒤로 전혀 웃지 않는 거냐? 이러면 명백한 계약 위반이라고."

그러자 화연이의 담담한 목소리가 들렸다.

"너희들이 뭐 준 게 있다고 그래. 받은 게 있어야 나도 웃어주던가 말던가 하지."

"……."

"……."

나와 천휘는 그대로 벙찐 표정을 지었다. 뭔가, 변한 것 같긴 한데…….

"왜 없어! 먹여주고, 재워주고. 게다가 입혀줬잖아."

어이, 이봐. 말이 좀 이상하네, 친구.

"먹는 건 내 손으로 먹었고, 자는 것도 내가 누워서 잤고, 입는 것도 내 손으로 직접 입었어."

"……."

알고 보니 저쪽이 더 대단한 것 같기도 하고.

"그래서 뭐야? 네가 웃는 모습을 보고 싶어하는 우리를 내팽개치겠다는 거야? 우리가 너한테 그 정도밖에 안 되는 사람이었어?"

무슨 소리를 하고 있는 겐가, 자네.

"웃음이 나와야 웃던가 하지. 누가 그런 막돼먹은 농담에 웃어줄 줄 알아?"

"……."

"푸, 푸풋!"

난 역시나 또 웃음을 참지 못했다. 저 둘을 바라보고 있으면 그냥 웃음이 나온다. 이유는 모르겠다. 그냥 웃음이 나오니까 난 웃는다.

화연이는 확실히 변했다. 그렇다고 많이 웃는 건 아니었지만, 예전보다는 많이 나아졌다. 그것만으로도 충분하다. 그것만으로도.

"애초에 네가 피도 눈물도 없는 냉혈한(冷血漢)이니까 그런 거잖아. 태중이를 봐. 감성이 풍부한 정상적인 사람은 저렇게 웃고 있잖아."

"냉혈한이라는 말은 남자한테나 쓰는 거야."

"……."

나는 미소를 지은 상태로 그대로 눈을 감았다. 편안했다. 그냥 이대로 계속 지내는 것도 나쁘지 않다고 생각했다.

'오라버니.'

'주희야?'

'왜 아직도 제게 돌아오지 않으시는 건가요? 절 잊으신 건가요?'

'그렇지 않아.'

'돌아와 주세요. 평생 절 지켜주시기로 하셨잖아요.'

'그래. 평생… 널 지켜주기로 약속했었지.'

'기다릴게요. 언제까지라도 오라버니를 기다릴 거예요.'

그럴 수 있다면 얼마나 좋을까. 내가 널 평생 지켜줄 수 있다면… 내 모든 것을 바쳐서라도 너 하나만을 지킬 수 있다면.

그리고 네가 날 기다리고 있다면 얼마나 좋을까. 저 별빛을 품에 안은 밤하늘에 하나씩 하나씩 그리움을 수놓으며 나를 기다리고 있다면……

아직도 나를 기억하고 있다면, 아직도 나를 생각하고 있다면……

"태… 중아?"

눈을 뜨니 놀란 표정으로 나를 보는 천휘가 보였다.

그랬으면 좋을 텐데. 하지만 이 모든 것은 내 머릿속에서 만들어낸 하나의 꿈일 뿐이다. 그녀는 날 기다리고 있지 않을 것이다. 그녀를 지키기로 한 약속은 나 스스로 했던 것에 불과했다.

나는 언제까지나 그녀의 어둠 속에 자리한 사람일 테니까.

"정말 괜찮은 거지?"

"응, 걱정하지 마."

"자, 태중아. 이번만큼은 너나 나나 각별히 주의해야 해. 알고 있지?"

나는 고개를 끄덕였다.

"혹시라도 전에 말한 상황이 발생하면 알고 있지?"

"하지만… 천휘야, 그건……."

"걱정하지 마. 내가 설마 너희들 대신 죽기라도 하겠냐."

"죽을 수도 있어."

"어차피 그런 상황이 발생하면 누군가는 죽어."

"그럼 차라리……."

"네 여동생은?"

"……."

나는 잠시 할 말을 잃었다. 그러자 천휘가 다부진 목소리로
말했다.

"바보같이 행동하지 마. 넌 반드시 이곳에서 나가야만 해."

"너는? 네 여동생은 괜찮다는 거냐?"

"네가 있잖아."

"무슨……?"

"네가 지켜주기로 약속했잖아."

"천휘야… 아무리 그래도……."

"자, 그럼 가자!"

갑자기 천휘가 달려나가기 시작했다.

'이 바보 같은 놈아. 그걸 지금 말이라고…….'

나는 어쩔 수 없이 천휘를 따라가며 진법을 펼쳤다. 화연이
도 어느새 내 옆에 나란히 자리하고 있었다.

콰앙!

화연이는 자신의 모든 내공을 끌어올렸다. 십성의 내공이
었다. 나와 천휘도 그것에 맞춰 내공을 모았다. 이전과는 비
교도 할 수 없을 정도의 진법이었다.

쾅! 까아아아앙!

몇 배는 강력해진 진법이었다. 괴인이 처음으로 주춤주춤 물러서기 시작했다. 우리는 서로를 마주 보며 순간적으로 눈을 빛냈다.

나는 품에서 비도를 꺼냈다. 우리는 언제부터인가 내 비도술과 천휘의 권각을 섞어가며 진법을 운용했다. 처음에는 오히려 더 약해졌지만, 그것도 익숙해진 순간부터는 달라졌다.

손에 쥔 비도에서 언제나처럼 서늘한 감촉이 느껴졌다. 이 느낌은 아버지의 기억을 떠올리게 한다. 그리고 그녀와의 기억마저도.

나는 이를 악물었다. 이런 감정적인 기분을 느낄 순간이 아니지 않은가.

파바바바박!

내가 던진 네 개의 비도는 정확하게 괴인의 왼쪽 가슴과 왼쪽 팔을 노리고 날아갔다. 괴인은 그것을 몸을 살짝 비트는 것으로 피했다. 하지만 그것 역시 내가 노렸던 것!

우르르르르!

천휘의 몸이 반쯤 돌아갔다. 그리고 뻗어진 각. 우렛소리가 들렸다. 그 번개는 정확히 괴인의 등에 작렬했다.

콰앙!

큰 타격을 입히지는 못했지만 괴인의 몸은 순간 움찔했다. 그러자 그것을 놓치지 않은 화연이가 괴인의 목젖을 노리며 검을 찔렀다.

깡!

역시나 검이 튕겨 나왔다. 하지만 우리는 더 이상 그 모습에 놀라거나 움츠러들지 않았다. 나는 즉시 검을 종으로 내리그었다.

내 검은 빠른 속도로 괴인의 정수리 부분을 찍듯이 가격했다.

콰직!

"……!"

이전과는 다른 소리다. 내가 놀랐던 것처럼 화연이와 천휘도 놀란 모양이었지만, 진이 흐트러지지는 않았다.

괴인은 주춤거리며 뒤로 조금 물러섰다. 그러자 기다리고 있었다는 듯이 천휘가 검을 찔렀다. 점이 되어 빛살의 속도로 꽂혔다!

지지직!

어쩌면……?

나는 바짝 마른 입 안을 느꼈다. 화연이가 움직였다. 괴인의 왼쪽 팔을 노린 공격이었다. 나는 그것을 보자마자 움직였다.

이젠 예전과는 확실히 다르다. 그저 보기만 해도 어떤 공격인지 알 수 있었다.

까강!

괴인의 왼쪽 팔이 화연이의 검을 맞고 튕겨 올라갔다. 집중해라. 집중해라!

꽈지직!

정확히 왼쪽 겨드랑이를 노린 내 검이 그대로 괴인의 몸에 박혀 버렸다. 처음 있는 일이었다. 처음으로 괴인의 몸에 상처를 낸 것이다!

천휘가 주먹을 내질렀다. 주변의 바람이 급격하게 쏠리는 것이 느껴졌다.

쾅!

다시 한 번 괴인의 왼쪽 팔이 위로 솟구쳤다. 약점인지는 모르겠지만, 공격이 들어갔으니 이젠 그곳만 공격하겠다는 뜻이었다. 화연이는 그 뜻을 알아차리고 괴인의 겨드랑이를 향해 검을 찔렀다. 그런데,

"......!"

괴인의 정면에 있던 나는 볼 수 있었다. 아주 찰나의 순간 괴인의 눈에서 나타난 번쩍거림을!

끼아아아아아아아아!

"안 돼!"

천휘가 소리를 지르며 화연이 쪽으로 몸을 날렸다. 그토록 짧은 시간 동안 내 머릿속에 수많은 생각이 지나쳤다. 어찌해야… 어찌해야…….

"혹시라도 전에 말한 상황이 발생하면 알고 있지?"

'빌어먹을!'

나는 지금까지 오성의 내공으로만 싸웠지만, 지금은 아니었다. 젖을 먹은 기억은 없지만 그 힘마저 끌어올렸다. 극도로 짧은 시각에 나는 내 모든 내공을 검에 실었다.

제발, 제발 죽어라!

콰아아아아아아앙!

"천휘야!!!"

우리는 드디어 괴인을 죽일 수 있었다. 내 마지막 공격이 정확하게 괴인의 머리를 날려 버렸기 때문이었다. 하지만 괴인이 화연이에게 했던 공격을 몸으로 막아낸 천휘는 아직 정신을 차리지 못하고 있었다.

"천휘야! 천휘야!"

천휘를 꼭 끌어안고 눈물을 흘리는 화연이를 보며 나는 자리에 풀썩 주저앉아 버렸다. 몸에 힘이 없었다. 서 있을 힘도 남아 있지 않은 것이다.

"……."

화연이는 오열을 하며 원망 섞인 목소리로 말했다.

"야이, 바보 같은 놈아! 왜, 왜 이따위 짓을… 누가 살려달라고 했어? 누가 살려 달라고 했냐고……!"

천휘는 미동조차 하지 않았다. 모든 내공이 고갈되었기에 녀석이 숨을 쉬고 있는지, 심장이 뛰고 있는지 확인할 수 없었다. 게다가 녀석이 있는 곳까지 걸어갈 기운마저도 없었다.

'너… 정말 죽은 거냐? 이 멍청한 놈아, 이 바보 같은 놈아. 이대로, 이대로 정말 쓰러질 거냐고!'

툭. 툭.

"……?"

"……?"

그렇게 죽었던(?) 천휘가 일어났다. 그리고는 옷에 묻은 풀을 가볍게 털기 시작했다.

"……."

"……."

"어이, 왜들 그래? 정말 내가 죽었다고 생각했던 거야? 그리고 화연아, 네가 너무 꼭 안아주는 바람에 숨 쉬기가 힘들어서 진짜 죽을 뻔했다고."

죽었다 살아난 녀석이 말했다. 난 어깨를 으쓱했고, 화연이는 고개를 푹 숙인 채 부르르 떨고 있었다.

"그런데 말이야, 나 꽤 멋있지 않았어? 누워서 생각해 보니까 내 모습에 반해 버릴 것 같더라고."

녀석의 장난스러운 말에 내가 대답했다.

"글쎄… 그렇게 계속 누워 있었다면 조금 멋있었을지도 모르겠지만. 그나저나… 너 뒷감당할 자신은 있는 거야?"

천천히 천휘의 고개가 뒤로 돌아가기 시작했다. 녀석의 눈에 비친 건 공포였다. 그리고 관자놀이를 타고 흐르고 있는 건 분명 땀이었다.

"화연……."

퍽! 쿵! 쾅! 푸슝! 뻐드등! 뿡샤샥! 움파움파!

이야, 아직도 힘이 남았나 보구나. 난 일어설 기운도 없는데. 그나저나 저 마지막 소리들은 무엇으로 때린 것이었을까?

"억! 악! 헙! 이, 이봐! 자, 장난이 아니… 아악! 장난이 아니잖아!"

"나가 죽어! 나가 죽어!"

"야, 야! 거, 검은 내려놓고 말해! 어, 어어어! 태중아, 좀 도와줘! 이러다 진짜 죽을지도 몰라!"

뿌린 씨앗은 직접 거둬야지. 난 도와주고 싶어도 그럴 힘이 없다네.

나는 그대로 몸을 뒤로 눕혔다. 금방이라도 잠에 빠져들 것만 같다. 드디어 괴인을 해치웠다. 드디어…….

이제 저 동굴로 들어갈 일만 남은 것이다

"그냥 죽어버려! 너 같은 놈이 살아서 뭐 해!"

"태, 태중아! 나 좀 살려줘!"

미안하네, 친구. 나는 지금 너무 졸리다네.

"…아?"

무슨 소리지? 누가 날 부르고 있는 것 같은데. 몸이 흔들린다. 누가 내 어깨를 잡고 흔드는 것 같다.

"태중아?"

눈을 떠보니 천휘가 나를 보고 있었다. 무슨 일이 일어난 거지? 나는 기억을 더듬었다.

"태중아?"

"어… 일어났어."

나는 몸을 일으켰다. 몸이 천근만근 무겁다. 눈꺼풀마저 들어 올리기가 힘들었다.

"그러게 왜 그렇게 무리를 한 거야? 좀 적당히 하라니까."

'무리를 했다고? 내가? 아…….'

나는 그제야 기억이 났다. 괴인을 죽이고 나서 우리는 나흘 간 휴식을 취한 뒤, 그동안 모았던 검과 옷가지들 그리고 식량을 전부 챙겨서 동굴 안쪽으로 이동하기 시작했다.

우리들이 그동안 사용했던 검이나 옷가지들은 전부 그 문으로 들어온 사람들의 것이었다. 예전에는 석 달에 한 번씩 꼬박꼬박 들어왔지만, 그 후로는 들어오는 사람들이 없어서 아껴가면서 썼다. 다행히 그전부터 내가 모아둔 것이 꽤 됐기에 부족하지는 않았다.

'생각해 보니 화연이는 늘 남자 옷을 입었었구나. 이곳에서 나가면 옷 한 벌 꼭 사줘야겠다.'

이곳의 야수들은 생각보다 위험하지는 않았다. 오히려 밖의 괴인들과 비교한다면 더 약한 수준이었다.

하지만 어제 한 마리의 야수를 처치하고 휴식을 취하고 있을 때, 갑자기 달려든 또 다른 야수로 인해 우리는 쉬지도 못하고 다시 싸움을 벌였다.

이제는 거의 완숙한 경지로 진법을 펼칠 수가 있었기에 그렇게까지 위험한 경우는 없었다. 하지만 마지막에 내가 조금 무리를 해서 공격한 탓에 그대로 기절했던 모양이다.

하지만 그렇다고는 해도, 왜 이렇게까지 몸이 나른한 거지? 정말 이상한데…….

나…… 오…….

"어?"

나는 갑작스럽게 들린 소리에 주변을 살펴보았다. 천휘나 화연이의 목소리는 아니었다. 난생처음 들어본 음성이었다.

"태중아, 왜 그래?"

"아, 아니야."

아무래도 내가 잘못 들은 모양이었다. 나는 그렇게 생각하며 몸을 움직여 보았다. 여전히 몸은 무거웠다.

"어디 아프기라도 한 거야?"

걱정스러움이 섞인 천휘의 말에 화연이가 다가왔다. 손으로 내 이마를 한 번 만져 보고는 말했다.

"열이 있네. 오늘은 그냥 이곳에서 쉬도록 하자."

"아니야. 그냥 좀 피곤한 것뿐이야. 얼마나 더 이어질지도 모르는데 서둘러야지."

이곳의 야수들은 이상하게도 죽는 순간 급속도로 썩는 바람에 도저히 먹을 수가 없었다. 결국 우리는 밖에서 가져온 식량을 아껴 먹으며 움직였고, 이제는 그 식량마저도 바닥을 보이는 참이었다.

"어?"

하지만 몸이 잘 움직이지 않았다. 몇 번을 일어서려고 했지만 다시금 주저앉아 버리고 말았다.

"그것 봐. 전혀 괜찮지 않잖아. 식량이 떨어지면 밖에 나가서 구해오면 돼. 지나온 길의 야수들은 다 해치웠으니 오래 걸리지도 않는다고."

화연이는 나를 강제로 눕히고는 차분하게 말했다.

"그래, 화연이 말이 맞아. 생각해 보니까 이 동굴에 들어온 이후로 제대로 쉬어본 적도 없네. 그냥 오늘은 이곳에서 쉬도록 하자."

그렇게 말한 천휘는 내 옆에 다가와서는 벌렁 누웠다. 그 모습을 가만히 지켜보던 화연이가 내 발밑에 놓인 모피를 들고는 나를 덮어주었다. 그리고는 싱긋 웃었다. 내가 놀라서 무슨 말을 하려고 하자, 금세 무표정하게 돌아와서는 조용히 말했다.

"또 움직인다고 고집 피우면 다신 안 보여줄 거야."

나는 그 말에 얌전히 누웠다. 별의별 협박도 다 있구나 하는 생각이 들었다.

"아직도 몸이 별로 안 좋은 거야?"

천휘의 말에 나는 괜찮다는 표정을 지어 보이며 고개를 저었다. 아무렇지도 않다는 듯이 행동하고 싶었지만 말처럼 쉽지는 않았다. 이상하게 내 몸이 내 몸이 아닌 것 같은 기분이 들었다. 너무 무겁다.

"좀 더 쉬었다가 갈까?"

화연이의 목소리마저 약간의 걱정이 섞여 있었다. 이거 아픈 경험도 꽤 괜찮구나.

나… 오…….

"……!?"

"어? 왜 그래?"

내가 갑자기 걸음을 멈추자 의아한 표정으로 천휘가 날 바라보았다. 잘못 들은 게 아니었다. 이건 어제 들었던 것과 똑같잖아!

"너희들에게는 안 들리는 거야?"

"뭐가?"

"방금 전의 그 목소리!"

"응? 갑자기 그게 무슨 소리야?"

화연이가 주변을 둘러보면서 말했다.

"너희들은 아무것도 못 들었던 거야?"

내 말에 천휘와 화연이가 고개를 끄덕였다. 그럴 리가. 분명, 분명히 들렸는…….

나에게 오…….

"방금! 방금 전에 들린 소리 못 들었어?"

"무슨 소리를 하는 거야."

나는 침을 삼켰다. 갑자기 소름이 쫘악 끼쳤다. 천천히 주변을 둘러보았다. 그런 내 모습에 의아한 표정을 짓던 천휘와 화연이도 주변을 살피기 시작했다.

"아무 소리도 안 들리는데?"

나에게 오거라.

"이거! 방금 이 소리. 정말 안 들리는 거야?"

그러자 천휘의 표정이 싸악 굳었다.

"미쳤냐고 묻고 싶지만 아무래도 그건 아닌 것 같네. 어떤 목소리인데? 사람 목소리야?"

나는 크게 고개를 끄덕였다.

"뭐라고 하는데?"

"나에게 오거라, 이렇게 말하고 있어."

화연이가 인상을 썼다.

"어디로?"

나는 고개를 저었다.

"아무래도 심상치가 않네. 태중아, 만약에 그 목소리가 다시 들리면 어느 쪽에서 들리는 건지 확인할 수 있겠어?"

"한 번 시도는 해볼게."

우리는 그 자리에서 한참 동안을 가만히 서 있었다. 그 목소리가 다시 들리기를 기다리는 것이었다. 그리고 그 기다림은 길지 않았다.

나에게 오거라.

나는 휙 소리가 날 정도로 고개를 돌렸다. 저곳이다. 저쪽
에서 들렸다.

"저쪽이야!"

나는 손가락을 들고 목소리가 들려온 방향을 가리켰다.

"그럼 가보자. 아, 잠깐 기다려 봐. 태중아, 넌 지금 몸이 정
상이 아니니까 뒤로 물러서 있도록 해."

"그래, 그렇게 해."

천휘의 말에 화연이까지 거들자 나는 어쩔 수 없이 둘의 사
이에 서서 걷기 시작했다.

"그 목소리가 들릴 때마다 방향을 알려줘. 동굴이 심하게
꼬불거리니까."

"알았어."

나에게 오거라.

우리는 그 목소리가 들리는 곳으로 계속해서 가다 보니 결
국 어두퀴퀴한 동굴 벽과 마주하게 되었다.

"뭐지? 이쪽이 확실한 거야?"

"응, 확실해."

천휘가 자신의 턱을 매만졌다.

"이 벽 반대편에 뭔가 있는 게 아닐까?"

그렇게 말한 화연이가 주먹으로 벽을 툭 쳤다.

투우우우우우웅.

우리는 서로를 마주 보았다.

쫘아아앙! 후드득.

"에푸푸. 웬 먼지가 이렇게 많이 나는 거야."

"그러니까 좀 천천히 들어가면 되잖아."

앞서 들어간 천휘에게 바보 같다고 말한 화연이가 천천히 나를 따라 안으로 들어갔다. 그곳에는 마흔 정도로 보이는 한 사내가 정좌를 취한 채 앉아 있었다.

천휘의 어리벙벙한 목소리가 들렸다.

"이게, 그… 말로만 듣던 기연인가 뭔가 하는 건가?"

"그건 아닌 듯싶구나."

"……!"

"……!"

"……!"

갑자기 눈을 뜬 사내가 우리들을 바라보며 말했다. 기절할 뻔했다.

"……."

"……."

"……."

"알아듣겠느냐?"

사내의 말에 우리는 동시에 고개를 저었다. 도저히 믿을 수가 없는 말만 골라서 한다고 해도, 저 말보다는 믿음이 갈 것 같았다.

"그, 귀안공자라는 사람이 정말로 백 년이 넘도록 살아 있단 말입니까?"

"나를 보라. 나 역시 백 년이 넘도록 이렇게 살아 있지 않은가."

천휘가 머리를 긁적였다.

"전체적으로 너무 믿을 수 없는 말을 하시니 믿기 어려운 건 사실이지만, 어쩌면 가능할 수도 있다는 생각으로 들으니 또 믿을 만하다는 생각도 드는군요."

"말을 참 재미있게 하는구나. 어쩌겠느냐? 나의 힘을 받겠느냐?"

"글쎄요……. 들어보니 그 귀안공자라는 사람이 가진 힘이 대단한 것 같은데, 그건 도저히 인간이 가질 수 없는 힘이 아닙니까?"

"네 말이 맞다. 그건 인간이 가져서는 안 되는 힘이지."

천휘의 말과 사내의 말은 조금 달랐다. 순간, 사내의 눈이 나를 향했다.

"너는 어쩌겠느냐?"

"……?"

"내 힘을 받겠냐고 물은 것이다."

그 소리에 나는 또다시 이성을 잃을 뻔했다. 주희. 그녀를 지키기 위해, 지키기 위한 힘을 얻기 위해 지금까지 살아온 나날들. 나는 고민할 필요도 없는 질문이라 생각했다.

"받겠습니다."

"태, 태중아. 잠시 생각이라도 해보고……."

"좋다!"

가아아아아아아아아아.

"으아아아악!"

갑자기 내 머릿속에 터져 나가는 느낌이 들었다. 나는 머리를 쥐어뜯으며 그 고통에 몸부림쳤다.

"무슨 짓입니까! 당장 멈추지 못하겠습니까!"

천휘가 검을 뽑는 소리가 들렸다. 하지만 나는 지독한 통증 때문에 아무것도 할 수가 없었다.

"금방 끝날 것이다."

사내의 말은 틀리지 않았다. 한순간 머릿속이 하얗게 될 정도의 통증은 점점 사그라지고 있었다. 하지만 나는 그대로 쓰러졌다. 이성은 남아 있었지만 몸을 움직일 수가 없던 탓이었다.

"걱정 마라. 그는 아직 무사하니."

"아직이라고 하셨습니까? 그건……."

"너는 어쩌겠느냐?"

천휘의 말을 무시한 사내가 화연이에게 말했다.

"저는······."

한참 동안의 침묵이 지나고서야 화연이는 입을 열었다.

"저도 받겠습니다."

"화연아!"

화연이도 비명 소리와 함께 넘어지는 소리가 들렸다. 눈도 떠지지 않은 상태였기에 장내의 상황을 살필 수가 없었다.

'난 정말 그의 말처럼 힘을 얻은 걸까?'

아직까지는 아무것도 알 수가 없었다. 어쩌면 저 사내가 거짓을 말했을지도 모른다. 하지만 이제는 늦은 것이다. 나는 눈조차 뜰 수 없는 상태였고, 그저 저 사내가 했던 말들이 진실이기를 바라는 것밖에는 할 일이 없었다.

"이게··· 이게 지금 무슨 짓입니까!"

천휘의 분노 섞인 목소리가 들렸다. 하지만 그다음에 들려온 사내의 목소리는 아까와 똑같았다.

"나는 저 둘에게 힘을 주었을 뿐이다."

"그런데 왜 저렇게 쓰러져 있는 겁니까?"

"그것이 문제란 말이냐? 좋다."

'어?'

나는 서서히 내 몸이 붕 뜨는 기분을 받았다. 내 몸이 내 의지에서 벗어나 천천히 움직였다. 기묘한 느낌이었다. 천천히 내 눈이 떠지고 있었고, 내 몸은 사내가 앉아 있는 모습과 똑같이 정좌를 취했다.

그제야 나는 이곳의 상황을 살필 수가 있게 되었다. 저 앞에는 씩씩거리는 천휘가 사내를 노려보고 있었고, 그 옆쪽으로 화연이가 나와 똑같은 자세로 앉아 있었다.

"자, 네가 원하는 대로 해주었다. 그럼 대답하라. 너는 내 힘을 받겠느냐?"

사내의 말에 천휘가 입술을 깨무는 것이 보였다.

"그 힘이라는 것이 정말 대단한 것입니까? 그 귀안공자라는 사람도 죽일 수 있고, 제가 지키고자 하는 것이 그 무엇이라도 지킬 수 있을 만큼?"

"물론이다. 의심이 많은 놈이구나. 좋다."

사내가 그렇게 말을 하자 말도 안 되는 일이 벌어지기 시작했다.

울창한 숲이었다. 하늘에서는 오 년이 넘도록 보지 못했던 황금빛 햇살이 눈부시게 내려오고 있었다. 그 햇빛을 받은 풀잎들과 나뭇잎들은 각자의 향기로움을 흘려보내고 있었고, 어디선가 불어오는 바람은 따스했다.

"이것이 내가 가진 힘이다. 이래도 믿지 못하겠다는 것이냐?"

사내가 앉아 있던 곳은 아까처럼 평평한 돌 위가 아니었다. 그는 나무로 된 평상 같은 곳에 앉아 있는 것이었다. 천휘의 눈에 놀람이 가득했다.

"이, 이런 말도 안 되는……."

천휘의 당황한 목소리가 들렸다.

"아쉽게도 넌 이미 늦었다. 너희들이 오기 전부터 난 모든 것들을 준비하고 있었기 때문이다. 그리고 너."

사내의 손가락이 천휘에게로 향했다.

"장천휘, 너에게는 특별한 선물을 준비했다."

이제는 더 놀랄 기운도 없는지, 천휘는 자신의 이름을 알고 있는 사내의 모습에도 그저 가만히 바라보고만 있었다.

"내가 너희 둘에게 힘을 주었다는 말은 거짓이 아니다. 나는 너희들이 상상하지도 못할 강대한 힘을 주었다. 그건 사실이다."

사내의 눈이 나와 화연이를 향했다. 그리고는 이내 천휘를 쳐다보았다.

"분명 거짓은 아니다. 하지만 말을 하지 않은 것은 하나 있지."

"설마… 그 힘을 얻는 대신 곧 죽는다. 그런 건 아닐 거라 믿겠습니다."

"그건 아니다. 다만 이 세상은 모든 것이 공평하기 때문에 어쩔 수 없이 너희들에게 따라붙는 것들이 있을 것이다. 쉽게 내공을 모을 수 있는, 흔히 마공이라 불리는 것들을 보라. 결국에 그 힘을 이기지 못해 폐인이 되거나 마인이 되는 사람들이 많지 않은가."

"그럼……."

"간단하게 말해주마. 당태중과 양화연. 너희 둘은 이제 그 무엇보다도 강한 힘을 얻었다. 하지만 그 힘에 따르는 저주가 달라붙을 것이다. 그것이 어떤 것인지는 나도 모른다. 하나 내가 알고 있는 건, 죽는 그 순간까지도 너희들을 놓지 않으리란 것이다."

"……."

천휘의 팔이 부들부들 떨리는 것이 보였다.

"이, 이 빌어먹을… 자식아! 너 지금 무슨 짓을 하고 있는 거야!"

천휘는 사내의 멱살을 움켜쥐고 흔들었다.

"이미 늦었다. 네가 발악을 해봐야 다 소용없는 짓이다."

"개자식아! 이, 이……!"

"그리고 이대로 둔다면 저 둘은 곧 죽는다."

"……!"

사내의 멱살을 잡고 있던 천휘의 팔이 뚝 멈췄다.

나… 이대로 죽는 건가? 결국 내 예상이 맞았던 거구나. 나는 웃음이 나올 것만 같았다.

"어떻게 해야 되는데… 어떻게 해야 살릴 수 있냐고!"

지금까지 볼 수 없었던 천휘의 모습이었다. 귓불까지 새빨갛게 달아오른 천휘는 금방이라도 터질 것 같은 모습이었다.

사내는 아무 말도 없이 천휘를 쳐다보았다.

"아까 말하지 않았더냐. 너에게는 특별한 선물을 준비했다고."

그렇게 말한 사내의 몸이 점점 어두워지고 있었다. 아니, 그 사내 주변이 어두워지고 있다는 말이 맞을 것이다. 모든 것들이 그 짙은 암흑 속으로 빨려 들어가고 있었다.

"저 두 명에게 강력한 힘을 주었다. 하지만 그 힘으로는 귀안공자를 죽일 수 없다. 그리고 내 힘으로도 귀안공자를 죽일 수 없었지."

"……."

"그래서 나는 이곳에서 그를 죽일 수 있는 방법을 궁리했다. 그리고 희박한 가능성이지만 하나의 방법을 찾을 수 있었지."

사내가 나와 화연이를 가리켰다.

"아까 저들을 그냥 둔다면 죽는다 했었지? 하지만 그들을 살릴 방법은 있다. 그건 바로 너의 선택에 달려 있다."

암흑은 더욱 짙어지고 강대해져 갔다. 이윽고 그 사내의 몸이 그 어둠 속으로 완전히 사라져 버릴 때쯤,

"네가 이 힘을 받는다면 그들은 살아날 것이다. 그리고 이 힘이 무엇인지는 그 책에 모든 것이 적혀 있다. 너희들의 힘을 사용하는 방법과 그 힘의 정체가 무엇인지."

천휘의 앞으로 하나의 책이 날아가고 있었다. 허공섭물 따위의 방법이 아닌 것 같았다.

"고민할 시간은 없을 것이다. 장천휘, 넌 지금 당장 저들을 살릴 것이냐, 죽일 것이냐를 선택해야만 한다."

사내의 목소리는 이제 사방에서 들려오는 것 같았다. 지금 우리들이 있는 이 울창한 숲. 그 숲 사이사이에서 그의 목소리가 울려 퍼졌다.

"자, 이제 말하라. 장천휘."

어둠이 이 숲 전체를 지배하기 시작했다.

태어나는 것과 죽는 것은 동일한 것이다. 이제부터 넌 그 말을 이해할 수 있을 테지. 머리가 아닌 가슴으로 깨닫게 될 테니까 말이다.

그건 도저히 인간이 하는 말이 아닌 것만 같았다. 천휘의 몸이 한차례 부르르 떨렸다. 하지만 나는 바라보고 있는 것 외에는 아무것도 할 수가 없었다. 미안하다… 천휘야.

네가 눈을 뜨는 순간, 너는 세상에서 죽는 것이며, 또한 다시 태어나는 것이다.

천휘의 몸이 점점 더 강하게 떨리기 시작했다. 자신의 몸에 들어오려고 하는 무언가를 막으려고 하는 것만 같았다.

거부할 것이냐? 이 악마의 힘을?

천휘는 세차게 고개를 끄덕였다.

저들이 죽어가는 모습을 보면서도 거부하겠다는 말이냐?

천휘가 나를 바라보았다.

그리고 화연이를 바라보았다.

처음부터 넌 알고 있었다. 네 스스로 이것을 거부할 수 없음을.

천휘의 고개가 뚝 떨어졌다. 그러자 그와 동시에 사내의 몸에서 나오던 암흑이, 사방을 장악했던 어둠이 천휘의 몸에 스며들기 시작했다

'미안하다. 미안하다, 천휘야······.'

이것으로 너를 막을 수 있는 건 아무것도 없을 것이다. 그 무엇도 너를 가둘 수 없을 것이다.

주변에 퍼진 어둠은 이제 거의 사라진 상태였다. 그 사내의 음성도 처음과는 달리 점점 약해져 갔다.

너의 가슴속으로 들어온 것이 느껴지는가? 그 꿈틀거리는 힘이 느껴지는가?

이제 숲은 사라져 가고 주변은 다시 현실로 바뀌어가고 있었다. 그리고 사내의 마지막 말이 들렸다.

너는 이제부터
세상을 지배할 수 있는
악마(惡魔)가 된 것이다.

『악마』 4권에 계속···

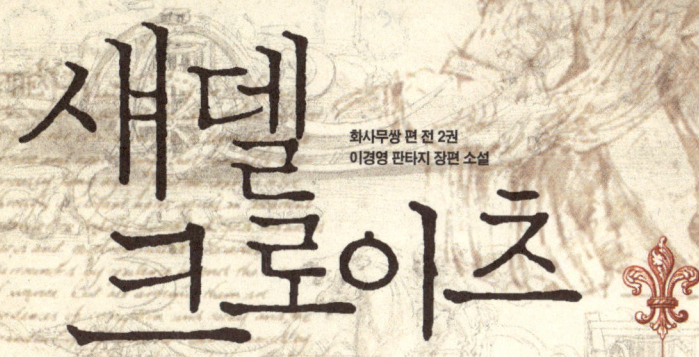

섀델
크로이츠

화사무쌍 편 전 2권
이경영 판타지 장편 소설

『가즈나이트』의 명성과 신화를 넘어설
이경영의 판타지의 새로운 상상력!

자신만의 독특한 세계관을 창조한 작가
이경영의 새로운 도전과 신선한 충격.

바란투로스의 특수부대 섀델 크로이츠의 리더 파렌 콘스탄.
야만족을 돕는 안개술사를 물리치기 위해 아시엔 대륙에서 온
불을 뿜는 요괴 소녀 카샤.
너무나 다른 두 사람이 운명의 길에서 만나다.
친구란 이름으로 시작된 모험, 그 앞에 놓인 난관과 운명의 끈은
어떻게 될 것인지……

"질투가 날 만도 하지.
요괴가 산신령을 엄마로 두는 건 흔한 일이 아니거든.
괜찮다, 파렌. 본좌가 아는 요괴들 전부 본좌를 질투하고 부러워하니까."
소녀는 손에 잔뜩 받은 빗물을 흘짝 마셨다.
파렌은 그 순수함에 웃음을 흘렸다.
그는 지금까지 자신이 봤던 그녀의 기이한 행동들을 어렴풋이나마 이해할 수 있을 것 같았다.
그렇게 친구가 된 둘은 그 길로 긴 여행을 떠나게 된다.

-본문 중에-

세상을 보는 또 하나의 창 - inthebook.net
유행이 아닌 자유추구 - chungeoram.net

Book Publishing CHUNGEORAM

학교에서는 가르쳐주지 않는
10대들을 위한 **인생수업**

작가 : 이빙 | 역자 : 김락준

10대들을 위한 나침반 같은 인생 교과서!
사회 초입에 들어서게 될 청소년들에게 들려주는
100가지 인생 이야기

내 인생의 방향잡기!
여행길에 오르기 전에 접해보자!

100가지 이야기, 100가지 명언

사람은 태어나면서부터 각기 다른 모습으로, 각기 다른 사고로 "인생" 이라는
여행길에 오르게 된다. 내가 지금 서 있는 이 위치에서 그리고 사회라는 공간에서
한 사람의 몫을 당당하게 해낼 수 있는 역량을 키워나가기 위해서는 어떠한 생각을
가지고 있어야 하는 걸까.

늦지 않게 준비하자! 스스로의 마음가짐이 자신의 미래를 결정한다!

설레는 마음으로 떠난 길일지라도 기존에 생각하고 있던 것과는 다르게 흘러가는
사회의 모습에 당혹스럽기도 할 것이다.

그러한 곳에 발을 들여놓기 위해 첫 발걸음을 막 뗀 청소년이라면 학교에서는
미처 배우지 못한 상황에 더욱이 큰 혼란스러움을 느낄 수밖에 없다.
시간이 흐를수록 사회가 한 인간에게 요구하는 것은 다양하고 세밀해지고 있다.
그러한 사회 속에서 자신만이 앞으로 나아가지 못해 제자리걸음을 하게 된다면 어떠할까.
미리 대비를 하지 않는다면 당신 역시 그러한 현상에 빠지는 또 한 명의 사람이 되고 말 것이다.

책장을 넘기는 순간, 책과 당신의 공감대가 형성된다!

적응을 위해 도움이 될 만한
인생의 지혜와 경험, 깨달음이 한가득 담겨있다.
그 속에 담긴 100가지 이야기 그리고 그와 관련된 100가지의 명언은
가슴 깊이 새겨 놓고 되뇌어 보기에 충분하다.

Book Publishing CHUNGEORAM

세상을 보는 또 하나의창 - inthebook.net
유행이 아닌 자유추구 - chungeoram.net

공부하는 감각의 차이가 자녀의 미래를 결정한다.
이 시대가 필요로 하는 명품 인재 만들기!

Luxury Study habit

명품
공부습관
올바른 습관이 명품 자녀를 만든다
87가지

저자 : 친위
역자 : 오혜령

❖ 똑소리 나는 부모의 똑소리 나는 자녀 교육법!

어린 시절의 습관은 평생을 결정한다.
제대로 바로잡지 못한 나쁜 습관은 자녀의 미래에 검은 그림자를 드리울 수도 있다.
대부분의 부모들은 아이의 잘못된 습관을 발견하면 언성을 높이는 경향이 있다.
하지만 그것이 문제 해결의 방법이 아님을 당신은 이미 알고 있을 것이다.
지금 당신은 적절한 대안을 찾지 못해 힘겨워 하고 있지는 않은가.
내 아이가 명품 인생으로 살아가길 희망하는 부모라면 이 책에 귀를 기울여 보자.

❖ 내 아이가 세상의 중심에 우뚝 설 수 있게 하는 방법!

이 책은 잘못된 공부습관과 대인관계 형성 등의 문제 등을
87가지 이야기를 통해 알아보고 그에 걸맞는 올바른 해결책을 제시해주고 있다.
이 한 권의 책을 통해 똑소리 나는 부모가 되어보자.
그리고 내 아이가 최고의 명품으로 거듭날 수 있도록 노력해보자.
이 책은 분명 당신에게 꼭 맞는 효과적인 자녀교육서가 될 것이다.

세상을 보는 또 하나의 창 - inthebook.net
유행이 아닌 자유추구 - chungeoram.net

Book Publishing CHUNGEORAM

Rhapsody Of Cardinal

카디날 랩소디

송현우 판타지 장편 소설

놀라운 경험(the enormous experience)!

He created a completely new world.
It is a place who have never known and where never been able to imagine.
This splendid world will introduce the enormous experience for the
person only who reads.

그 누구에게도 알려진 것이 없으며 상상조차 할 수 없었던 새로운 세계를
작가는 완벽하게 창조해내었다.
이 멋진 세계는 독자들만이 체험할 수 있는 놀라운 경험으로 인도할 것이다.

판타지는 허구다? 아니다. 판타지는 일상이다.
우리의 삶은 연속된 판타지의 연장선상에 놓여 있고,
상상은 우리의 일상을 더욱 살찌운다.
『카디날 랩소디(Rhapsody of Cardinal)』를 경험하는 독자들은
더욱 풍부한 일상 속에서 새로운 삶을 경험할 것이다.
멋진 만남! 흥미로운 경험! 이것이 『카디날 랩소디』가 가진 장점이며,
작가 송현우가 독자들에게 바라는 꿈이다.

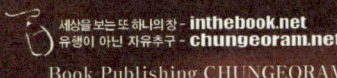

세상을 보는 또 하나의 창 - inthebook.net
유행이 아닌 자유추구 - chungeoram.net

Book Publishing CHUNGEORAM